迦陵书系

叶嘉莹
说诗讲稿

[加]叶嘉莹 著

中华书局

图书在版编目(CIP)数据

叶嘉莹说诗讲稿/(加)叶嘉莹著. —北京:中华书局,2024.
10. —(迦陵书系:典藏版). —ISBN 978-7-101-16815-0

Ⅰ. Ⅰ207. 22

中国国家版本馆 CIP 数据核字第 2024DV8257 号

书　　名	叶嘉莹说诗讲稿
著　　者	［加］叶嘉莹
丛 书 名	迦陵书系(典藏版)
责任编辑	孙永娟
装帧设计	刘　丽
责任印制	陈丽娜
出版发行	中华书局
	(北京市丰台区太平桥西里 38 号　100073)
	http://www.zhbc.com.cn
	E-mail:zhbc@zhbc.com.cn
印　　刷	北京盛通印刷股份有限公司
版　　次	2024 年 10 月第 1 版
	2024 年 10 月第 1 次印刷
规　　格	开本/880×1230 毫米　1/32
	印张 10⅜　插页 2　字数 220 千字
印　　数	1-6000 册
国际书号	ISBN 978-7-101-16815-0
定　　价	56.00 元

出版说明

2006年，叶嘉莹先生写毕"迦陵说诗"系列丛书的序言，连同书稿交给中华书局，开启了与书局的合作，至今已历一十八载。在这十数年间，书局先后出版了《叶嘉莹说汉魏六朝诗》《叶嘉莹说阮籍咏怀诗》《叶嘉莹说唐诗》《叶嘉莹说诗讲稿》《迦陵诗词稿》《迦陵讲赋》等十余部作品。这些作品不仅涵盖了先生的学术专著、教学讲义和她个人的诗词作品，也有先生专门为青少年所写的普及读物，是先生一生的学术造诣、教学生涯、人生体悟的全面展现。这些图书在上市之后行销海内外，深受读者喜爱，重印数十次，并经历数次改版升级。其中，《叶嘉莹说唐诗》后因体量较大，拆分成两部——《叶嘉莹说初盛唐诗》与《叶嘉莹说中晚唐诗》。《迦陵诗词稿》则以中华书局2019年增订版为基础，收入叶先生截至2018年的诗词作品，并经作者本人审定。

今年迎来先生百岁诞辰。在先生的期颐之年，我们特将先生在书局出版的作品汇于一系，全新修订，精益求精，采用布面精装，并将更新后的先生年谱附于《迦陵诗词稿》之后，以期为读者朋友们提供一个更加完善的版本。

《楞严经》中有鸟名为"迦陵"，其仙音可遍十方界，因与"嘉莹"音颇近，故而叶嘉莹先生取之为别号。想必此鸟之仙音在世间的投射，便是叶先生之德音。有幸，最初先生讲述"迦陵说诗"系列的录音我们依然留存，并附于书中，虽因年代久远，部分内容或有残损，且因整理与修订幅度不同，录音与文字并不完全吻合，但今天我们依然能聆听先生教学之音，本身便不失为一大乐事。愿此音永在杏坛之上，将古典诗词感发的、蓬勃的生命力，注入国人心田之中。

中华书局编辑部

2024年8月

原"迦陵说诗"系列序言

　　中华书局最近将出版我的六册讲演集，编为"迦陵说诗"系列，要我写一篇总序。这六册书如果按所讲授的诗歌之时代为顺序，则其先后次第应排列如下：

　　一、《叶嘉莹说汉魏六朝诗》

　　二、《叶嘉莹说阮籍咏怀诗》

　　三、《叶嘉莹说陶渊明饮酒及拟古诗》

　　四、《叶嘉莹说唐诗》

　　五、《好诗共欣赏》

　　六、《叶嘉莹说诗讲稿》

　　这六册书中的第二种及第五种，在1997及1998年先后出版时，我都曾为之写过《前言》，对于讲演之时间、地点与整理讲稿之人的姓名都已做过简单的说明，自然不需在此更为辞费。至于第一种《叶嘉莹说汉魏六朝诗》与第四种《叶嘉莹说唐诗》，现在虽然分别被编为两本书，但其讲演之时地则同出于一源。二者都是二十世纪八十年代中我在加拿大温哥华不列颠哥伦比亚大学讲授古典诗歌时的录音记录，只不过整理成书的年代不同，整理讲稿的人也不同。前者是九十年代中期由天津的三位友人安易、徐晓莉和杨爱娣所整理写定的，后者则是近年始由南开大学硕士班的曾庆雨同学写定的。后者还未曾出版过，而前者则在2000年初已曾由台湾之桂冠图书公司出版，收入在《叶嘉莹作品集》的第二辑《诗词讲录》中，而且是该专辑中的第一册，所以在书前曾写有一篇长序，不仅提及这一册书的成书经过，而且对这一辑内所收录的其他五册讲录也都做了简单的介绍。其中也包括了现在中华书局即将出版的《叶嘉莹说阮籍咏怀诗》和《叶嘉莹说陶渊明饮酒诗》，但却未包括现在所收录的陶渊明的《拟古》诗，那是因为"饮酒"与"拟古"两组诗讲授的时地并不相同，因而整理人及成书的时代也不相同。前者是于1984年及1993年先后在加拿大温哥华的金佛寺与美国加州的万佛城陆续所做的两次讲演，整理录音人则仍是为我整理《叶嘉莹说汉魏六朝诗》的三位友人。因此也曾被桂冠图书公司收入在他们2000年所出版的《叶嘉莹作品集》的《诗词讲录》一辑之中。至于后一种《拟古》诗，则是晚至2003年我在温哥华为岭南长者学院所做的一次系列讲演，而整理讲稿的人则是南开大学博士班的汪梦川同学，所以此一部分陶诗的讲录也未曾出版过。

回顾以上所述及的五种讲录，其时代最早的应是二十世纪六十年代中我在台湾为教育电台播讲大学国文时所讲的一组阮籍的"咏怀"诗，这册讲录也是我最早出版的一册《讲录》。至于时代最晚的则应是前所提及的2003年在温哥华所讲的陶渊明的《拟古》诗。综观这五册书所收录的讲演录音，其时间跨度盖已有四十年以上之久，而空间跨度则包括了中国台湾、美国、加拿大及中国大陆四个不同的地区和国家。不过这五册书所收录的讲演却仍都不失为一时、一地的系列讲演，凌乱中仍有一定的系统。至于第六册《叶嘉莹说诗讲稿》则是此一系列讲录中内容最为驳杂的一册书。因为这一册书所收的都是不成系列的分别在不同的时地为不同的学校所做的一次性的个别讲演，当时我大多是奔波于旅途之中，随身既未携带任何参考书籍，而且我又一向不准备讲稿，都是临时拟定一个题目，临时就上台去讲。在这种情况下就不免会出现了不少问题。其一是所讲的内容往往不免有重复之处，其二是我讲演时所引用的一些资料，既完全未经查检，但凭自己之记忆，自不免有许多失误。何况讲演之时地不定，整理讲稿之人的程度不定，而且各地听讲之人的水平也不整齐，所以其内容之驳杂凌乱，自是必然之结果。此次中华书局所拟收录的《叶嘉莹说诗讲稿》原有十三篇之多，计为：

1.《从中西诗论的结合谈中国古典诗歌的评赏》（这是我二十世纪八十年代初在四川成都所做的一次讲演，由缪元朗整理，讲稿曾被收入在河北教育出版社所出版的《古典诗词讲演集》。）

2.《从几首诗例谈中国古典诗歌中形象与情意之关系》（这是二十世纪八十年代初我在天津师范大学所做的一次讲演，由徐晓莉整理，讲稿亦曾收入在《古典诗词讲演集》。）

3.《从形象与情意之关系看三首小诗》（这是1984年在北京经济学院所做的一次讲演，由杨彬整理，讲稿亦曾被收入《古典诗词讲演集》。）

4.《旧诗的批评与欣赏》（这是我在二十世纪九十年代中在南开大学所做的一次讲演，此稿未曾被收入我的任何文集。）

5.《从比较现代的观点看几首旧诗》（这是二十世纪六十年代中我在台湾大学为"海洋诗社"的同学们所做的一次讲演，讲稿曾被收入台湾桂冠图书公司所出版的《迦陵说诗讲稿》。）

6.《漫谈中国古典诗歌中的感发作用》（这应是二十世纪八十年代末或九十年代初的一次讲演，时地已不能确记，此稿以前未曾出版。）

7.《从中西文论谈赋比兴》（这是2004年在香港城市大学的一次讲演，曾被收入香港城市大学出版之《叶嘉莹说诗谈词》。）

8.《古诗十九首的多义性》（这是2003年在香港城市大学的一次讲演，曾被收入《叶嘉莹说诗谈词》。）

9.《诗歌吟诵的古老传统》（同上。）

10.《杜甫诗在写实中的象喻性》（同上。）

11.《从西方文论看李商隐的几首诗》（这是2001年我在南开大学所做的一次讲演，未曾收入我的任何文集。）

12.《一位晚清诗人的几首落花诗》（这也是2003年在香港城市大学所做的一次讲演，曾被收入《叶嘉莹说诗谈词》。）

13.《阅读视野与诗词评赏》（这是2004年我在一次会议中的发言稿，未曾收入我的任何文集。）

以上十三篇，只从讲演之时地来看，其杂乱之情形已可概见，故其内容自不免有许多重复之处。此次重新编印，曾经做了相当的删节。即如前所列举的第一、第二、第四与第五诸篇，就已经被删定为一篇，题目也改了一个新题，题为"结合中西诗论看几首中国旧诗中的形象与情意之关系"；另外第六与第七两篇，也被删节成了一篇，题目也改成了一个新题，题为"从'赋、比、兴'谈诗歌中兴发感动之作用"。我之所以把原来十三篇的内容及出版情况详细列出，又把删节改编之情况与新定的篇题也详细列出，主要是为了向读者做个交代，以便与旧日所出版的篇目做个比对。而这些篇目之所以易于重复，主要盖由于这些讲稿都是在各地所做的一次性的讲演，每次讲演我都首先想把中国诗歌源头的"赋、比、兴"之说介绍给听众，举例时自然也不免谈到形象与情意之关系。而谈到形象与情意之关系时，又不免经常举引大家所熟悉的一些诗例，因此自然难以避免地有了许多重复之处。然而一般而言，我每次讲演都从来没有写过讲稿，所以严格说起来，我每次讲演的内容即使有相近之处，但也从来没有过两篇完全一样的内容。只是举例既有重复，自然应该删节才是。至于其他各篇，如《叶嘉莹说汉魏六朝诗》、《叶嘉莹说唐诗》、《叶嘉莹说阮籍咏怀诗》、《叶嘉莹说陶渊明饮酒及拟古诗》等，则都是自成系列的讲稿，如此当然就不会有重复之处了。

除去重复之缺点外，我在校读中还发现了其中引文往往有失误之处。这一则是因为我的讲演一向不准备讲稿，所有引文都但凭一己的背诵，而背诵有时自不免有失误，此其致误的原因之一。再则这些讲稿都是经由友人根据录音整理出来的，一切记录都依声音写成，而声音往往有时又不够清晰，此其致误的原因之二。三则一般说来，古诗之语言自然与口语有所不同，所以出版时之排印也往往有许多错字，此其致误的原因之三。此次校读中，虽然对以前的诸多错误都曾尽力做了校正，但失误也仍然不免，这是我极感愧疚的。

回首数十年来我一直站立在讲堂上讲授古典诗词，盖皆由于我自幼养成的对于诗词中之感发生命的一种不能自已的深情的共鸣。早在1996年，当河北教育出版社为我出版《迦陵文集》时，在其所收录的《我的诗词道路》一书的《前言》中，我就曾经写有一段话说："在创作的道路上，我未能成为一个很好的诗人，在研究的道路上，我也未能成为一个很好的学者，那是因为我在这两条道路上，都并未能做出全心的投入。至于在教学的道路上，则我纵然也未能成为一个很好的教师，但我却确实为教学的工作投注了我大部分的生命。"关于我一生教学的历程，以及我何以在讲课时开始了录音的记录，则我在1997年天津教育出版社为我出版《阮籍咏怀诗讲录》一书及2000年台湾桂冠图书公司为我出版《诗词讲录》一辑的首册《汉魏六朝诗讲录》一书时都曾先后写过序言，而此两册书现在也被北京中华书局编入了我的"迦陵说诗"系列之中。序言具在，读者自可参看。回顾我自1945年开始了教书的生涯，至于今日盖已有六十一年之久。如今我已是八十三岁的老人，仍然坚持站在讲台上讲课，未曾停止下来。记得我在1979年第一次回国教书时，曾经写有"书生报国成何计，难忘诗骚李杜魂"两句诗。我现在仍愿以这两句诗作为我的"迦陵说诗"六种之序言的结尾，是诗歌中生生不已的生命使我对诗歌的讲授乐此不疲的。

　　是为序。

叶嘉莹

2006年12月

目　录

1 ／一

从"赋、比、兴"谈诗歌中兴发感动之作用

35 ／二

结合中西诗论看几首中国旧诗中形象与情意之关系

93 ／三

从形象与情意之关系看三首小诗

119 ／四

《古诗十九首》的多义性

163 ／五

诗歌吟诵的古老传统

193 ／六

杜甫诗在写实中的象喻性

233 ／七

从西方文论看李商隐的几首诗

279 ／八

一位晚清诗人的几首落花诗

307 ／九

阅读视野与诗词评赏

一
*

从"赋、比、兴"谈诗歌中兴发感动之作用

什么是"赋、比、兴"

一

大家不要觉得这些古代的名词很生疏，也很遥远。我这个人，因为热爱诗词，总喜欢把我的这份欣喜跟别人分享。所以我不但给学校里边的大学生、研究生讲课，我也给幼儿园的小朋友讲课。在给那些幼儿园的小朋友讲的时候，我也选了一些古典诗词，一些有典故的。我的朋友看到我选这样的诗词就跟我说：你讲这样的古典诗词，他们小孩子怎么会懂呢？我说：这是你们的成见，一看到古典，一看到《诗经》，一看到"赋、比、兴"，就觉得这个真是既艰难又遥远。其实，一点也不遥远。所谓古典者，就是古代的故事、古代的典故。所以，我给他们讲古典的诗、一个一个古代的故事，小朋友听得非常有兴趣。我真的不明白为什么有些人不喜欢诗词，先不用说创作诗词，就是欣赏阅读诗词，也是人生非常快乐的一件事情，而且是每个人应该有的一种心灵感情上的享受。刘勰《文心雕龙·明诗》说:"人禀七情,应物斯感,感物吟志,莫非自然。"我们作为人,有心灵、有感情,我们天生就应该爱好诗词。"人禀七情",喜、怒、哀、乐、爱、恶、欲;"应物斯感",当我们面对外在的一切物象,我们都有所感应。我现在还要说明一点,就是下文我讲"赋、比、兴"的时候,还要说明这个心灵跟外物之间的关系。我们看到外在的物象,很多人都以为,所谓物象者就是动物、植物、鸟兽、花草,这些才是外物的物象。所以说《诗经》上常常用外物引起诗人的感发,说是草木鸟兽引起诗人的感发。其实我以为,所谓外物的这个"物","人禀七情,应物斯感"的"物",应该分成两方面:一个是大自然的物象,是草木鸟兽;一个是人世间的事物。

当你看到外在的物象的种种变化,于是,你的心灵感情自然有一种感受。古代像李后主的小词"林花谢了春红,太匆匆。无奈朝来寒雨晚来风"(《相见欢》)。"林花"两句表现了一整片的凋零。满林花树,春天这样红艳美好的花朵都凋谢了。"谢了"两个字,说得多么沉痛,多么哀伤!"林花谢了春红",怎么这样好的春红竟然就谢了,竟然就满树都谢了?他不假思索,他的感情也不假修饰,他说了,是"太匆匆"。如果说"林花谢了春红",还是外在所见的现象;"太匆匆"则是词人内心的悲哀和感叹。我们知道,花的生命本来就是短暂的,能开三五天,这就很不错了,开一个礼拜,那很长久了。如果风和日丽、天暖气清,虽然它只开三天、五天,它的生命很平顺了。可是,花不只是仅有短暂的的生命,还更有"无奈朝来寒雨晚来风"的打击摧伤。

我们的生命是有限的，我们每一个人都必不可免地会有一些艰辛苦难的遭遇。他说有朝来的寒雨、晚来的寒风。这你也不能从表面上去理解，说朝来就只有寒雨没有风，晚来就只有风没有雨。中国的文学对举的时候都有普遍包举的意思，"朝来寒雨晚来风"是自朝至暮都有冷雨寒风的吹袭。而这寒风冷雨的吹袭打击，是只对花草吗？辛稼轩的一首词中有两句："可惜流年，忧愁风雨，树犹如此。"（《水龙吟·登建康赏心亭》）那风雨是整个生命所遭受的挫伤。所以，"林花谢了春红，太匆匆。无奈朝来寒雨晚来风"，李后主所写的是整个生命的无常、苦难。他用林花这么小的一个自然界的物象，表现了对生命短暂无常的感悟。所以，鸟啼花落，皆与神通，都与我们的精神、心灵有相通之处。

人不能悟，是我们的心死了，我们的心都被外在的那些物质的、死板的东西塞满了。因此，我们就没有一个空灵的心灵，来接受宇宙万物如此美好的种种的生命迹象。物，不是一个死的物，那是生命的迹象。人不能觉悟，就不能够感受。作为一个人，对于能够真正打动你的心灵感情的，真正有生命的可以引起共鸣的东西，你不能感受它，那就是："哀莫大于心死，而人死亦次之。"我们身体虽然活在这里，但是我们的心灵、我们的感情死去了，真是"哀莫大于心死"。而我们说万物，鸟兽作为动物，当然是有生命的了；花草作为植物，也同样是有生命的。

我们中国人总说，宇宙之间有阴阳二气，说冬至的时候，冷到极点了，冬至就阳生，那阳气就回来了；夏至热到极点了，夏至就阴生。我们刚刚说过了，冬至以后，正是阳生的季节。像北宋的欧阳修写过一首小词，他说："雪云乍变春云簇，渐觉年华堪送目。"
（《玉楼春》）"雪云"，你关心过吗？你注意到天上的云彩，冬天的
跟春天的有什么不一样吗？徐志摩写康桥的早晨，他说我关心天上
的云影，关心石上的苔痕，春来一天有一天的消息。那是现当代的
文学家徐志摩，他写了这么美丽的散文，写了春季的到来，万物的
景色的变化。如果你在北方，当春天来的时候，你就会感受到欧阳
修的这两句美丽的小词"雪云乍变春云簇，渐觉年华堪送目"的
美丽。

　　我是在北京出生长大的。如果是下雪的时候，天阴得跟一块
铅板一样，整片的天空都是铅灰色的。不像夏天，我们说"夏云多
奇峰"，一阵暴雨快要来了，远远地看见一团乌云，汹涌而上。但
是，雪云不然，它阴得那样匀，但春天来了，它化开了。"雪云乍
变"，变成了什么？是"春云簇"。这个"簇"字用得非常好，中
国古典文学的文字不只是美丽，真是写得非常奇妙！简单的一个
字，带给我们如此丰富的感觉。"簇"字是什么意思呢？它是一团
一团的，一堆一堆的，所以欧阳修说"雪云乍变春云簇"。春天的
云彩就柔软得像一团一团的棉花、棉絮一样。你放眼看去，你就觉
得一年之中的美好的季节，真的是来到了，所以，当欧阳修看到这
种景象的时候，他就说："渐觉年华堪送目。"你纵目远望，不管是
山，不管是水，不管是树木，一切的颜色、一切的光影，都随时在
转变，所以"雪云乍变春云簇"，你就"渐觉年华堪送目"。这还
是一个总写，那年华如何让你"堪送目"？欧阳修写得很美丽，他
说什么呢？他说："北枝梅蕊犯寒开，南浦波纹如酒绿。"你真的要

欣赏中国古典诗词的那语言、那文字的美妙。欧阳修说你就放眼一看,看到什么?他说"北枝梅蕊犯寒开"。在中国的北方,不管是柳枝,还是梅花、樱花的树枝,南边的、向阳的那一面先冒绿意、先开放了;北面,背太阳的那一面,就稍迟一些。他说,现在我就看到春天真的是来了,不但是南面向阳的那些花已经开了,而且,北面的树枝,背太阳的一面也"犯寒开"。冒着寒风,慢慢地在开放。我们看它用字用得好:"春云簇"的"簇"字写得好,"北枝"的"北"字说得好,"犯寒"的"犯"说得好。中国的文字还有奇妙的一点,还讲究对句,对句的妙处何在?他说"北枝梅蕊犯寒开",那"南浦"的"波纹"就"如酒绿"。"浦",就是水边。南面的水边,冬天冻得都是冰。北京的北海、什刹海,我小时候所生活的地方,冬天的时候冻了很厚的冰,很多人在那里溜冰。可是等到春天来了,慢慢地那层冰薄了,化了,那水——绿波就荡漾。你看欧阳修说的是"南浦"的"波纹如酒绿"。真是写得好。

古典诗词真的是美妙!你不觉得把大自然的景色写得这么美是多么奇妙的一件事情吗?王安石有一句诗"春风又绿江南岸",人家都相传说他本来写的不是"绿",是"春风又到江南岸"。"到"也不错,"到"也说得很清楚,说春风到了江南岸。但"到"字不是特别好,有点死板了。说"春风又过江南岸",春风从这里经过,说"春风又满江南岸",你什么字都可以用,但想来想去,"绿"字最好,因为"绿"字,不仅是它到了,还过了,更满了,而且有这么美丽的一个颜色在那里。李太白说:"此江若变作春酒,垒曲便筑糟丘台。"(《襄阳歌》)这是李太白的狂想,他说,如果这一江的春水都变成了酒，那多好啊，是不是？

接着上面说对偶句，对偶不是为难你，对偶真的有对偶的妙用，"北枝梅蕊犯寒开，南浦波纹如酒绿"，你看这里是"北枝"，那里是"南浦"，一个是"北"，一个是"南"；一个是"枝"，是高高的在上面；一个是"浦"，是低平的，是在下面；这个"梅"是花，那个"波"是水；"北枝梅蕊"是"犯寒开"，"南浦"的"波纹"就"如酒绿"。就是在这对举之间，一个是南，一个是北；一个是高，一个是低；一个是树，一个是水。它暗示了整个的天地，整个的天地是无边的春色，所以就"渐觉年华堪送目"。你往高处看那北枝的梅蕊也好，低头看那南浦的波纹也好，天地之间一片的春色，多么美丽。

这是欧阳修写春天，写美丽的春色。可是杜甫不然，杜甫写过《秋兴八首》，开头说过这样几句，他说："玉露凋伤枫树林，巫山巫峡气萧森。江间波浪兼天涌，塞上风云接地阴。"杜甫的《秋兴八首》写于安史之乱以后，唐朝走向下坡路了。而且就在杜甫的有生之年，唐朝首都长安城，经历了两次陷落：一次是被安禄山的军队攻打陷落的，一次是吐蕃攻陷了长安。一个人一生之中亲身经历了自己国家首都的两次沦陷，而且终生都处于战乱流离之中，心中的感情是可想而知的。晚年的时候，他想要回到他所怀念的北方，想要回到他满心都牵系的朝廷。然而他从四川顺江而下，就羁留在长江沿岸的夔州，没有办法前进了。他看见什么？"江间波浪兼天涌，塞上风云接地阴"，也是一高一低。低头看一看，山下的江水波涛汹涌，波浪从地面直打到天上。抬头看，山上的驻扎着军队的关塞，一片阴云笼罩，从天上直阴到地下。欧阳修的"北枝""南浦"，一高一低，一北一南，写出如此美好的令人心醉的春色；而杜甫一个"江间"，一个"塞上"，也是一个高一个低，但波浪风云写得如此之动荡，如此之阴惨，如此之不平安！所以中国的文字真的是妙，如果我们不会欣赏诗词，我们真的对不起我们祖先留下的这么美好的文化、这么美好的语言。

锺嵘的《诗品》说："气之动物，物之感人，故摇荡性情，形诸舞咏。"你为什么要作诗呢？就是因为阴阳二气的变化，感动人心，所以就"摇荡性情，形诸舞咏"。欧阳修的性情不就是被它摇荡了吗？所以他如此地陶醉在春光之中。"北枝梅蕊犯寒开"，给人那种意兴的风发；"南浦波纹如酒绿"，使人如此地陶醉，所以他就形诸舞咏，就把它写下来了。"咏"就是"歌咏"，"歌咏"就是作诗。人非草木，孰能无情？只要有情，每个人都可以成为诗人。连我所教的五岁的幼儿园的小朋友，我说你们回去作一首诗，他们都可以作一首诗来。

我给小朋友讲诗，第一首是杜甫的一首五言绝句，是"迟日江山丽，春风花草香。泥融飞燕子，沙暖睡鸳鸯"。"江山丽"好讲，说江水啊，青山啊，都很美丽，什么叫"迟日"呢？日头怎么会迟呢？我说"迟"就是慢的意思，就是晚的意思。我家住在加拿大的温哥华，温哥华这个地方如果是春天来了，早晨五点钟天就已经很亮了，晚上九点钟天还是亮的，白天就变得很长。可是冬天的时候呢？早晨九点钟，天才慢慢亮起来，晚上四点钟天就黑了。我教他们的时候，正是春天来的时候，我说："你们觉得，这个太阳为什么走得这么慢了呢？你们看冬天的时候，四点钟太阳就跑下山去了，怎么现在七点钟太阳还在那里呢？太阳真是走得太慢了吧！"这就是"迟"。"迟"就是"慢"了、"迟"了。太阳走得慢的时候，就是春天来了，春天来了，就是"北枝梅蕊犯寒开，南浦波纹如酒绿"了。所以，"迟日江山丽，春风花草香"。在我的家温哥华那边，从二月开始一直到三、四月，不是说你偶然遇到一个花园，你偶然看见一两棵花树，不是的，温哥华那个地方满街的都是花，这一条街上种的都是樱花，那一条街上种的都是海棠，你放眼看去，整条长街真是"春城无处不飞花"。所以，春风吹来，当然是"花草香"了。

"泥融飞燕子"。冬天，地上的冰雪是很硬的。等春天来了，那冰雪就化了，泥土就软了，小燕子就飞回来做巢了，这是"泥融飞燕子"。我家的院里有一棵树，每年都有两只鸟来做巢，你每天就看见小燕子飞来飞去，叼一根树枝，叼一点泥巴。"沙暖睡鸳鸯"，在水边沙岸上，在日光之下，一对一对鸳鸯鸟在那里睡。温哥华有个Stanley Park，那Stanley Park岸边都是水鸟，所以，我所说的小朋友都能够理解，他们都看见了嘛。

我就问他们，我说："你看，作诗一点也不难，是吗？你看见什么就说什么。看见江山就说江山，看见花草就说花草，看见燕子就说燕子，看见鸳鸯就说鸳鸯。"我问他们："你都看见什么了？"有一个小孩很勇敢，他就说："我看见小松鼠。"一点都不错，在北美有很多的小松鼠在地上跑来跑去，我说："你怕不怕小松鼠？"他说一点都不怕。我说："小松鼠也可以作诗呀，我给你起两句：'门前小松鼠，来往不惊人。'好了，你已经有两句了，你回家就凑两句来，你就已经会作诗了。"小朋友说好。

第二个星期六早晨，我问："你作了诗了吗？"他说："作了。"我说："你拿来我看一看。"他说："我不会写。"我说："不会写没有关系，你就背给我听嘛。"他说："门前小松鼠，来往不惊人。"这是我的句子。他后来接着说"松鼠爱松果"，然后又跳出一句"小松家白云"。我说："小松是什么？小松是松树吗？"他说："不是，小松就是松鼠的名字。"我说："小松怎么家白云？"他说："我看到它往天上跑去了嘛。"你看，这些小朋友，你一鼓励他们，他们就觉得作诗一点都不是难事，所以说人人心中莫不有诗。

《礼记·乐记》上曾经说："人心之动，物使之然也。"是什么外物使你感动呢？"春风春鸟，秋月秋蝉，夏云暑雨，冬月祁寒，斯四候之感诸诗者也。"（锺嵘《诗品序》）春天有春天的景色的变化，夏天有夏天的景色的变化。"四时之景不同，而乐亦无穷也"，这是欧阳修的《醉翁亭记》的话。四时的阴阳二气的转移，四时的草木鸟兽的变化，四时的景色不同，我们的快乐也是无穷的。四时的景物都有值得我们欣赏的地方，所以，"乐亦无穷也"。陆机的《文赋》说"瞻万物而思纷"，是你自己看到万物的形象引起你内心情绪的纷纭的感动。是什么样的感动？"悲落叶于劲秋，喜柔条于芳春"（陆机《文赋》）。你看到草木的黄落，内心就悲哀；你看到春天的草木欣欣向荣，内心就欢喜，你内心真的有了兴发感动，所以说"气之动物，物之感人，故摇荡性情，形诸舞咏"。

作为一个人，如果你对那些草木鸟兽都关心了，都有如此的感情，像辛弃疾说的"一松一竹真朋友"，每一棵松树、每一根竹子，真的是我的朋友；"山鸟山花好弟兄"，山上的每一声鸟叫、每一朵花开，都跟我有如兄弟一样亲近。鸟兽草木你都关心，你难道不关心跟你同样是万物之灵的人类吗？孔子说："鸟兽不可与同群，吾非斯人之徒与而谁与？"（《论语·微子》）鸟兽我们也欣赏，我们也喜爱，我们也关怀，我们也把它写进诗里去。可是跟你更切近的，更值得你关心的是什么？是与你同样的人类。所以，所谓"赋、比、兴"，其所代表的就是诗歌创作时感发作用之由来与性质的基本区分。概括地讲，则中国诗歌原是以抒写情志为主的，情志之感动由来有二：一者由于自然界之感发，一者由于人事界之感发。至于表达此种感发方式则有三，即赋、比、兴。大家都说"气之动物，物之感人"，只是外面的草木鸟兽，其实不尽然。大家知道，吴文英有一首词，说是"三千年事残鸦外"。吴文英说你如果讲到三千年以前的事，那三千年以前的事是早已消磨在"残鸦外"了。"鸦"，乌鸦。乌鸦飞到天边，消逝了。而三千年的往事的消逝，更在残鸦之外。

二

"赋、比、兴"就是诗歌的作法。你说这"赋、比、兴"太古老，我们现在讲写作的方法，是一大套一大套的诗歌理论。其实，"赋、比、兴"所讲的是非常简单的"心"与"物"之间的关系。刚才我们引了"气之动物，物之感人，故摇荡性情，形诸舞咏"之句。《诗大序》说："诗者，志之所之也，在心为志，发言为诗。"

你光是内心感动，那不是诗。你心里有诗情，但你没有写出来，那不是诗。我曾经认识一位朋友，讲诗讲得很好，他在大学里也教诗词，我去听了他的课。我说："你的诗讲得这么好，你作诗吗？"他说："我有作诗的感动，没有作诗的训练。"这是很可惜的一件事情。你既然有作诗的感动，就应该有作诗的训练。还有一个是我在温哥华所教的听我讲诗的学生，这个学生跟我谈话，他对诗的体会、理解都非常好。我说："你为什么不写一篇文章，把你的体会、理解都写下来？"他说："老师，我不是在加拿大出生的，我是在香港出生的，我讲的是广东话，所以，写普通话的文章就有一点困难。你如果要是让我再用英文写，我就更觉得困难。"所以，我就对这个学生非常同情，因为，他的资质和感受体会的能力真的非常好。有这么好的感觉，有这么好的感情，但没有办法写下来，也没有办法说出来，真是一件让人遗憾的事情。

《毛诗》所说的"赋、比、兴"最简单的理解就是作诗的三种方法。"赋"，就是"直陈其事"，直接把事情说出来；"比"，就是"以此例彼"，用这件事情来比喻那一件事情，"例"就是"比"；"兴"，就是见物起兴，就是一种感发，你看到一个东西，引起你内心之中的一种感动，这就是见物起兴。下面我们举一些《诗经》上的例证。

我们先从"兴"字说起。《诗经》第一篇《关雎》说："关关雎鸠，在河之洲。窈窕淑女，君子好逑。""关关"是象声词，就是"咕咕咕咕"的鸟的叫声，有人说，这是求偶的叫声。雎鸠，就是一种水鸟。"关关雎鸠"，就是关关的水鸟的叫声。"在河之洲"，就在那河边的沙洲上。因为听到雎鸠这样一对一对的美丽的鸟关关的叫声，看到这水鸟都有它们的伴侣，所以，就产生了对恋人的思念。我们刚才讲到杜甫的诗，说"泥融飞燕子，沙暖睡鸳鸯"。燕子，是一对一对的燕子；鸳鸯，是一对一对的鸳鸯。如果说，禽鸟都有这么美好的生活，都有这么亲密的伴侣，人岂不应该也有美好的生活和亲密的伴侣吗？"窈窕淑女，君子好逑。"现在许多的人，以为"窈窕"就是"苗条"，所以，许多少女都不肯吃东西，以为瘦才是好的。其实，这个"窈窕"跟"苗条"完全是两码事。你看这"窈窕"两个字，上边都是"穴"字头，都是一个洞穴的"穴"字。凡是以洞穴的"穴"做字头的，都有深远的意思。所以，"窈窕"不是指外表，是说她有一种内在的品质，一种美好的蕴涵。"淑"，是美好的、淑善的意思。如果有这样一个品质如此美好的女孩子，"君子好逑"，那就应该是君子的一个美好的配偶。因为听到雎鸠鸟叫的声音，就引起人的感觉，就联想到人间的爱情，这就是"兴"。这个"兴"字，有人说，是不是可以念"xīng"？这个字可以念"xīng"，也可以念"xìng"。作动词念"xīng"，作名词念"xìng"。"赋、比、兴"已经变成三个名称了，所以，我们管它念"xìng"，《关雎》是"兴也"。

还有《硕鼠》，说："硕鼠硕鼠，无食我黍。三岁贯女，莫我肯顾。逝将去女，适彼乐土。乐土乐土，爰得我所。"他说，大老鼠啊，不要再吃我的粮食了，我的粮食都被你们吃光了。"三岁贯女，莫我肯顾"，说三年这么长久了，我都供应你吃我的粮食，而我给你吃了我的粮食，你呢？"莫我肯顾。"这是一个倒装句，就是"莫肯顾我"，把"我"字放在前边去了，就加重了语气。你一点也不顾念我。你有没有想到，你把我的粮食都吃光了，我吃什么呢？说你不顾念我，这只是一种说法；说你对我一点也不顾念，这不是加重了语气吗？他说"逝将去女"，第一个"逝"字，可以是个开头的语气词，他说：我现在就要离开你了。"去女"就是我就要离开你。我到哪去？"适彼乐土"，我要到一个快乐的土地上去。"乐土乐土"，如果我真是找到这么一块快乐的土地，"爰得我所"，于是我就真的找到一个安身立命的地方了。这只大老鼠指的是什么呢？是指那个剥削者。那些收租纳赋的人把老百姓的这些粮食都收光了。所以杜甫有诗说："鞭挞其夫家，聚敛贡城阙。"（《自京赴奉先县咏怀五百字》）拿着鞭子抽抽打打，在老百姓家搜刮，搜刮来就供应了皇城。所以，他这是借老鼠讽刺那些个剥削的人，是"比也"。

你看，这两首诗都是从外物开始的：一个是从鸟开始的，一个是从老鼠开始的。为什么一个是兴，一个是比呢？"兴"，是一个由物及心的过程，是因为你听到或看到外物的景象，然后才引起来的一种感动。"比"呢？是由心及物，是你内心中先有一种对剥削者的痛恨的那种恶劣的印象，然后你才用老鼠作比的。所以"兴"，是自然而然的感发，也许你本来没有想到要找个伴侣，可是你听到"关关雎鸠"的鸟叫声，你忽然间油然动心，说"窈窕淑女"，也应该是"君子好逑"，这是由外在引起你内心的动，这就是"气之动物"。可是呢，《硕鼠》不是，硕鼠是因为你受到剥削的压迫的痛苦，你就把剥削者比成一只大老鼠。

"兴"是完全自然的感发。"比"是经过你自己的理性的安排。"赋"呢？赋是直陈其事，就直接说明，不需要一个外物的鸟兽草木的形象。我也举一个例子："将仲子兮，无逾我里，无折我树杞。岂敢爱之？畏我父母。仲可怀也，父母之言，亦可畏也。"（《诗经·郑风·将仲子》）这里没有鸟兽，也没有草木，什么都没有，直接就说了。这是一篇爱情的诗歌，是一个女子的口吻。这个女子有一个男朋友叫仲子。中国古人排行是伯、仲、叔、季，所以，仲，就应该是排行第二的那个男孩子，仲子就是老二。可是你看，"将"是个发声的语助词，"兮"也是一个发声的语助词。没有意思还要它们干什么？你要知道，说话的口气是非常重要的。如果不要这两个虚字，说"仲子"，那好，是他爸爸在叫他，说"老二"。可是这是他的女朋友，说"将仲子兮"，有人翻译这首诗，说"我那亲爱的小二哥呀"，这倒是现在的人添油加醋的翻译。古人呢，古人就用一个"将"字，口气就完全缓和下来了。从前我还念过一篇讲朝鲜的平壤之战的《左宝贵死难记》（左宝贵，清同治、光绪时期的人，死于平壤之战），说左宝贵就要出征了，来跟他的母亲告别，母亲说"汝行矣"，说你去吧。这表示一个母亲以忠义为先。见完母亲，左宝贵就来见他的妻子，他妻子怎么说？她说："君其行矣！"只是多一个"其"字，那语气就完全不一样了。他妻子真的是跟他很难以割舍的！可是没有办法，所以说你还是走吧，口气中带有许多的依恋。

假如我们每个人内心都有一种诗歌的感情，那我们怎么样来写呢？我告诉你有三种不同的写法：一个是由物及心；一个是由心及物；一个就是平铺直叙，即心即物。我现在不是只给大家讲一个作诗法，然后你就死板地记一个作诗法，跟1加1等于2似的，给你一个死板的程式叫你背下来，不是的。是告诉大家什么呢？作诗，是"情动于中而形于言"。是你内心有所感动，才用言辞来表达你的感动。所以，重要的是什么？是你有了作诗的感动。你作出来的诗，要带着你的感动，要足以传达你的感动，这才是成功的诗。如果你自己很感动了，写出诗来，不使读者感动，不能够传达你的感动，那就是失败的诗。如果你没作，你就没有诗；你作了，而不能传达你的感动，你就是失败的诗人。所以，怎么样传达你的感动很重要。

以上我们所说的是对于作者而言，他可以借此表达自己内心情意的感动；而对于读者而言，他们也会因为读到这些富于感发生命的诗歌，而引起相应的感动。那么，读者的感动又是怎样的呢？

我认为，读者的感动可以分为两种不同的层次。一种是"一对一"的感动。比如《关雎》说："窈窕淑女，君子好逑。"男子读了这首诗，就会想，如果真的有这样一个好伴侣，我也会一心一意地去追求她。这是一种直接的感动，是一对一的。

另外，这种"一对一"的直接的感动，还不只是说你对同时代人的作品能够有所感动，就是千百年以上的作者，他诗里边所具有的感发力量，也同样能使后来的读者受到感动。比如宋玉《九辩》中说："悲哉秋之为气也，萧瑟兮草木摇落而变衰。"千百年之后，杜甫在其《咏怀古迹》中说："摇落深知宋玉悲，风流儒雅亦吾师。"时隔千载，杜甫却能深深体会到宋玉的悲哀！其实，这种悲秋的传统，从屈原就开始了。屈原在《离骚》中也曾说过："日月忽其不淹兮，春与秋其代序。惟草木之零落兮，恐美人之迟暮。"每天日升日落，月升月落；日月来往匆匆，永无停息。如此积日成月，积月成年，一年四季就这样匆匆过去了。人看到摇落变衰的草木，于是产生了生命落空、年华虚掷的悲感。古往今来有多少才智之士，他们有这美好的理想与才能，却得不到一个实现的机会，白白度过了短暂的一生。杜甫曾经感叹说："四十明朝过，飞腾暮景斜。"（《杜位宅守岁》）这是他在四十岁那年除夕的夜晚写的一首诗。四十岁意味着什么？孔子说："四十、五十而无闻焉，斯亦不足畏也已。"（《论语·子罕》）又说："三十而立，四十而不惑。"（《论语·为政》）所以男子到了四十岁，就应该有一些学问、事业上的根基才对。杜甫这两句诗是说，四十岁明天就要过去了，就算我曾经有过飞腾而高远的理想和志意，但四十岁一过，一切就如同黄昏的日影，毕竟要走向西斜的轨道上去了。可见，从屈原到宋玉再到杜甫，"秋士易感"已经形成了诗歌中的一个传统，这也是千古的坎壈失职的志士们共同的悲哀。正是在这个意义上，杜甫与宋玉虽然远隔千载，他却能深知宋玉的悲哀。

除了这种一对一的感发，在中国古典诗歌的传统中，还有一种更为微妙的感发作用，那就是像孔子与弟子论诗时，以实例所显示出来的，一种可以由读诗人自由发挥联想的感发作用。比如《论语·学而》中记述了这样一段：

子贡曰："贫而无谄，富而无骄，何如？"子曰："可也，未若贫而乐，富而好礼者也。"

子贡曰："《诗》云：'如切如磋，如琢如磨。'其斯之谓与？"子曰："赐也，始可与言《诗》已矣！告诸往而知来者。"

子贡对孔子说，如果一个人贫穷而不卑屈谄媚，富贵而不骄傲自大，这样的人怎么样呢？孔于回答说，这样做虽然可以了，但不如虽贫穷却能够安于贫穷，虽富有却谦虚而有礼法。在这里，孔子推崇那种虽然物质上缺乏但心灵上平安快乐的人。所以，他对颜渊"陋巷箪瓢""不改其乐"曾大为赞赏。"不改其乐"并非乐此贫穷，其乐处乃是在于贫穷之外别有非贫穷所可移易的一种操守在。正是因为这一点，晋代的陶渊明辞官归隐后，虽过着饥寒交迫的生活，却能够从容、甘愿而无怅，并且达到了"俯仰终宇宙，不乐复何如"（《读山海经》之一）的入化境界。

西方人本主义哲学家马斯洛（Abraham Maslow）曾提出"自我实现"（Self-actualization）哲学，他把人的需求分为不同层次。比如人最基层的追求是生存的需求，进而是归属的需求，接着是自尊和爱的需求……一直到最高层次的"自我实现"的需求。这种"自我实现"，是人内心本质上的一种完满自足的境界，是人自我道德修养方面的完成。它与外在的财富、学问、事业都没有关系，人一旦达到这种境界，自然就觉得那些低层次的追求微不足道了。

所以孔子对子贡说，人应该"贫而乐，富而好礼"，这是人生追求的一个至高的境界，这种境界比"贫而无谄，富而无骄"又高出了一个层次。这本来讲的是做人，可是听孔子这么一说，子贡马上就引《诗经》中的两句诗"如切如磋，如琢如磨"。他说，如同一块粗糙的璞玉，它里面虽然包含有玉的品质，但还要给它进行一番切磋琢磨的加工，才能使之晶莹光华，才能使其美好的品质提升到一个更高的层次。在这里，孔子把做人的境界提高了，子贡就联想到璞玉琢成美玉的两句诗，而这两句诗的本义并不是说"贫而乐，富而好礼"等做人的修养。子贡引用这两句诗，只是子贡的联想。

《论语·八佾》中记述了这样一段：

> 子夏问曰："'巧笑倩兮，美目盼兮，素以为绚兮。'何谓也？"子曰："绘事后素。"曰："礼后乎？"子曰："起予者商也！始可与言《诗》已矣。"

子夏引用《诗经》中的一段话问孔子说：有一个女子笑起来很美丽，她的眼睛流盼的时候光彩照人，这两句我还可以理解；可为什么接下来却说"素以为绚兮"——素白怎么会是最有色彩的呢？孔子回答说："绘事后素。"只有在洁白质地上才能涂上绚丽的色彩。子夏听后马上联想到"礼"，于是又问："礼后乎？"中国儒家非常重视"礼"，所谓威仪三千，礼仪三千；非礼勿言，非礼勿视等等。但"礼"只是形式，重要的是你内心要先有一种谦卑恭敬的感情。所以子夏由"绘事后素"马上联想到"礼后"了。

前面当孔子跟子贡谈到人的修养时，子贡联想到诗句，孔子说：我可以跟你谈诗了。因为我告诉你一件事情，你能够推想到另外的事情；在孔子与子夏的谈话中，子夏由"绘事后素"联想到"礼后"，孔子又说：是卜商（子夏之名）给了我启发，只有这样的学生，才可以跟他谈诗。由此可见，孔门诗教非常注重感发和联想；而诗歌给人的感发，也不只是如前文所说的"一对一"的感发，而是一可以生二，二可以生三，三可以生无穷，有这样一种绵延不断、生生不已的兴发感动。

我们讲过，说王国维看到南唐中主的一首词，"菡萏香销翠叶残，西风愁起绿波间"（《摊破浣溪沙》），王国维说大有"众芳芜秽，美人迟暮"（《人间词话》）的感慨。为什么会有这种感慨呢？你曾经有过美好的生命、美好的容颜，没有得到赏识，然后就白白地这样衰老了，这是可悲哀的，这说的是妇女。如果是男子，你有美好的才学，有美好的理想，你没能够完成，你就这样衰老了，这是生命落空的悲哀。所以，所有的有理想的人，当他衰老的时候，回首往昔一事无成，就有这样的感慨。所以你不要以为"赋、比、兴"是三个死板的名词，"赋、比、兴"所说的是如何传达你的感动，如何引起读者的感动。

中国讲作文法，常常说你要用形象思维。于是大家都用形象思维，没有形象也非找个形象不可，即使那个形象已经死掉了，也要找个形象在那里。形象是可以死掉的，你不要以为有了形象，你的诗就成功了，绝对不是如此的！我可以给大家找一个死掉的形象作例证，其实这不是我举出来的例证，杜甫诗有很多的注本，很有名的注本就是仇兆鳌注本。这个"仇"，不念"chóu"，念"qiú"，是姓。这个注本，书名本来叫《杜诗详注》，因为作者姓仇，所以，人们管它叫"杜诗仇注"。"详注"那真的是详，他把杜甫诗句的每一个字的来历都给你写出来。我小的时候，看《杜诗详注》，真的是耽误时间，五个字的诗，注释了五行字还没注完呢，很耽误时间。可是后来我就知道了，中国那个时候，没有现代的文学理论，但有很多做法其实用现在的理论是可以给解释一番的。现在的理论有"Intertextuality"（意思是互为文本）。"Text"是文本，为什么不说"本文"非要说"文本"，这个意思不同。你一说"本文"这个文章就死掉了，是死死板板的本文。你说"文本"，这文章是一个客体（Object）在那里，你可以从这个文章里边引申更多的意思，更多的兴发感动，而这个文本，你如果要用西方的语言学家索绪尔的说法，一个是平行的语序轴（Syntagmatic Axis），这是文法的组词；一个是直线的联想轴（Associative Axis），你可以用一个语码，一个语言的词汇。每一种语言（Language）那是一个符号，每一个符号都可以有很多的"Intertextuality"，可以给你很多很多的启发和联想。

仇兆鳌的《杜诗详注》说杜甫的诗写得好。怎么知道你的诗写得好还是不好？我们说了，就是看你有没有传达出你的兴发感动，有没有把你内心的感动用你的语言文字传达出来。仇兆鳌在讲杜甫的《曲江》中的两句诗"穿花蛱蝶深深见，点水蜻蜓款款飞"时，他就引了两句别人的诗，说"鱼跃练川抛玉尺，莺穿丝柳织金梭"。不是有形象就是好诗，大家老说形象思维，老师也教你作诗要用形象思维，于是你的脑子就掉进一个坑里去了，你就老找形象思维，结果那形象都是死的，一点都不发生作用。这"鱼跃练川抛玉尺"，是说一条鱼从水面上跳过去，"川"就是水。他说，这条水像一条白绸子，是"练川"；这鱼从像白绸子一样的水上跳过去，鱼也是白鱼，所以就像一根玉尺。"抛"就是丢在白绸子上，所以就说"鱼跃练川抛玉尺"。"莺"是黄莺鸟。他说，黄莺鸟就像金梭一样地在像丝线一样的柳条之中来回地穿飞，像是一个黄金的梭在那里编织。你看这形象，是很美的啊！有鱼有莺，而且形容说水像白练，柳丝像细细的丝线，黄莺鸟像金梭，很形象，但这个没有生命。不是有了形象就是好诗，如果你用的都是僵死的形象，你永远写不出使人感动的诗篇。因为这个作品没有生命，作者没有感动，至少他没有把他自己感动的生命传达出来。

当然了，一般说起来，如果你空口说，大家不容易想象，所以你给人一个形象是比较好的，但不是必然。你就是空口说，只要你说得好，一样是可以成为有感动的诗篇。你看"将仲子兮"四个字，"仲子"就是个人嘛。一个"将"字，一个"兮"字，就把那个感动的口气表现出来了。她说"将仲子兮"，这是第一句，她是呼唤仲子，是直陈其事，直接的叙述。叙述的时候，不是形象，是口吻。"将仲子兮"是呼唤，接着说"无逾我里"，这是一个否定，说你不要跳我们家的里门。这个男孩子常常跳了墙跟她幽会，所以她说你不要跳我们家的里门。"无折我树杞"，你一跳墙，把我们墙边的杞树的树枝都折断了，所以你也不要折断我们家的树枝。你看"将仲子兮"，呼唤得很温柔很多情，不是吗？这是"将"字的作用。可是接着她就说，你不要这样不要那样，你要"无逾我里，无折我树杞"。这个太伤感情了。所以，你看她又马上回来，说"岂敢爱之"，难道我是爱我们家的杞树比爱你还多吗？当然不是。所以"岂敢爱之"，我不是爱它。为什么我要你不要再跳了？"畏我父母"啊！我是怕我的父母。这里扬起来又跌下去，然后她又说，我虽然怕我的父母，"仲可怀也"，我对你还是很怀念的。可是呢，"父母之言，亦可畏也"。你看这里一个形象都没有，但这种转折、起伏，把这个女孩子的内心的万转思量，想要跟仲子约会，又害怕担心的那种感情，都委婉曲折地表达出来了，这就是赋。赋就是直陈其事。所以，写作不在于你用了什么方法，重要的是你用什么样的叙述方法把你的感动传达出来。

三

我们说"兴"是由物及心的；"比"是由心及物的；"赋"是即物即心的。中国古人讲《诗经》的比、兴，都是在一首诗第一章的开头的一句。像前面我所举的"关关雎鸠，在河之洲。窈窕淑女，君子好逑"。但有的时候，中国的诗歌也把比兴用在句子的中间。我们再举一个例证，这是秦观（秦少游）的一首小词。他说"欲见回肠，断尽金炉小篆香"（《减字木兰花》），真是美！所以不读诗词不是很可惜吗？他说，你如果怀念一个人，真的没有办法放下、真的没有办法摆脱那"万转千回"的思量。可是，你说你"思量"，别人怎么知道你"万转千回"呢？你说你断肠，谁又看见你的肠断呢？所以你看人家秦观说"欲见回肠"，你要知道我千回万转的断肠的痛苦思量吗？我可以给你一个比喻，那是"断尽金炉小篆香"。真是写得美丽！你看"香"是何等芬芳！美好的感情不应该是芬芳的吗？"篆"，何等曲折，千回百转；"小"，何等精微、何等纤细的感觉；"炉"，是燃烧的，何等热烈；"金"，何等贵重。每一个字都有它的意义。"香"是篆香，是小篆香，是炉子里燃烧的小篆香，是金炉里的燃烧的小篆香。现在我就是为了思量而一寸一寸地断掉。李商隐说"春心莫共花争发"（《无题》），因为那"一寸相思一寸灰"，所以，"欲见回肠，断尽金炉小篆香"。何等美妙的语言！我是说形象是重要的，在诗词中可以出现在任何的地方，关键在于你是否写出了你的内心的感动。可是有的时候也可以不用形象，我们也看到了，你就是直陈其事，直接的叙事，不用形象，如"将仲子兮"这首诗，一样写得如此之生动，如此之真切，如此之感人！而且你看杜甫很多首诗，他就是直接叙述的。他的"杜陵有布衣，老大意转拙。许身一何愚，窃比稷与契"（《自京赴奉先县咏怀五百字》）就是直陈其事，直接地诉说内心的感情，但一样使人感动。

　　以上我们是由最原始的《诗经》，说到"情动于中而形于言"，说到"气之动物，物之感人，故摇荡性情，形诸舞咏"，说到每个人内心都有诗。然后我们讲到《诗经》写作的时候，又讲到如何表达你的感动，又如何引起读者的感动，有赋、有比、有兴。这是讲到心与物之间的关系：兴，是由物及心的；比是由心及物的；赋是即物即心。我们说即物即心，就有人误会物一定是外界的动物植物，草木鸟兽。那"将仲子兮"，仲子是个物吗？是动物还是植物呀？所以这个物你要分别，我们说的这个物其实是"物象"。自然界的草木鸟兽，那当然是物象了。可是中国古人所说的这个"象"，是兼有两者而言的，除了自然界的物象以外，还兼有人事界的事象，人事界的种种的象，悲欢离合，都是象啊！"孟冬十郡良家子，血作陈陶泽中水。"（杜甫《悲陈陶》）杜甫写到陈陶泽的那一次战争：孟冬的季节，阴历的十月，十个郡县那最好的良家子弟都被征去当兵打仗了。"孟冬十郡"的"良家子"，在一场战争之中全部死去了。"血作陈陶泽中水"，这些年轻的美好的生命——十郡良家子弟的血，都流在陈陶泽中，变成一片血水。战争怎么可以轻率地发动，有多少年轻的生命死去。"孟冬十郡良家子，血作陈陶泽中水"，这里没有自然界的物象，但就是人事界的事象，同样使你感动。

中国传统所说的这个"象"，这个形象，兼指自然界的物象和人事界的事象，《易经》上就有记载。《易经》上就说："夫易者，象也。"你看"易"八卦本身就是一种符号的形象，有连的横，有断的横，即以其六十四卦的每一卦的卦辞及爻辞而言，它所叙写的都是以各种事物的形象为主的，所以"易"根本就是象。如果把这些形象加以归类的话，我们大致可以将之区分为三大类：其一是取象于自然界的物象；其二是取象于人世间之事象；其三则是取象于假想中之喻象。

比如说《易经》上有一篇易卦的爻辞，《易经》的"中孚"是个卦名，《中孚》的九二的爻辞。大家可能都知道《易经》的几个符号，一个连起来的横"—"代表阳，一个断开的横"– –"代表阴，如果把它们排列组合，就代表八八六十四个卦。这些卦中的每一条线，或阳或阴，叫作爻。从底下向上推算，就是初爻、二爻、三爻、四爻、五爻，然后是上爻。《中孚》的九二的爻辞是什么呢？如果是断开的，这个是阴性的，我们管它叫作六；如果是连起来的，这个是阳性的，我们管它叫作九。如果它第一个即初爻是断开的，我们管它叫作初六。如果初爻是阳性的，我们就叫它初九，初九上面的二爻，如果是阳性的，就是九二。《中孚》的九二上说："鸣鹤在阴，其子和之。"鹤鸟在树荫山谷中鸣叫而有同类应和着它的叫声。虽然"鸣鹤"之声是属于听觉的感受，但也属于自然界的物象。再如《蒙》卦中初六的爻辞，说"利用刑人，用说桎梏"，这个"说"字，在这里读成"tuō"，字同"脱"。占到了这个卦以后，被囚禁的犯了刑法的罪人会被解除桎梏，"说"是解除。《周易正义》就曾经指明说："此经'刑人''说人'"为"二事象"。这是人事界的事象，所以，《易经》里边的象可以是自然界的，也可以是人事的。那么《乾》卦的九五说"飞龙在天"，这个龙既不是自然界所有，也非人事界所有，是假想中的一个喻象，一个神话中的动物。所以《易经》上面都是讲象，"易"就是象，"易者，象也"，是宇宙之中的各种的象。它可以是自然界的具体的一个物象，可以是人世间的种种的事象，还可以是现实中不存在的想象之中的形象。

　　所以在你写作的时候，你是怎么样开头的，怎么样带领别人进入你的感动之中的，你可以用一个形象作比方，说是"春心莫共花争发，一寸相思一寸灰"，"欲见回肠，断尽金炉小篆香"，"庄生晓梦迷蝴蝶，望帝春心托杜鹃。沧海月明珠有泪，蓝田日暖玉生烟"（李商隐《锦瑟》）。你可以取象于各种形象，自然界的物象、人世界的事象或者假想的形象。有那么多的形象供你驱使。自然界的物象、人世间的事象、假想的形象，都可以供你驱使，而且，都与你的感情发生关系。我们前文所讲的中国的诗歌里面的形象与情意的关系，就是心与物的关系，表现在手法上就是"赋、比、兴"。

西方文艺理论中关于形象的几个名词

西方的文艺理论非常注意形象（Image），所以"Image"是非常重要的，你看西方的所有文论、诗论，往往长篇大论地来讨论这个"Image"。西方所说的形象，我试着也给它做了一个归纳，有几种情况。一个是明喻（Simile）。什么叫作明喻呢？就是你把比喻明白地说出来，像李白的《长相思》："美人如花隔云端。"他说，那个美人像花一样美丽，他把那个"如"字就说出来了。

西方还讲一个隐喻（Metaphor）。比如像杜牧之的《赠别》，他说："娉娉袅袅十三余，豆蔻梢头二月初。春风十里扬州路，卷上珠帘总不如。"杜牧之向来是个比较浪漫的诗人，他说扬州路上有一个美丽的女孩子，只有十三岁多一点，好像那豆蔻梢头初放的花朵。这是"豆蔻梢头二月初"，他所比的是那个十三岁的美丽的女孩子。可是他说这个女子如同"豆蔻梢头二月初"的花朵吗？没有，他没有用这个"如同"的"如"字，没有说明，所以这个是隐喻，是"Metaphor"。

还有转喻（Metonymy）。转喻就是你用一个相关的名物，转过来，来比喻这个东西。陈子昂写过三十多首《感遇诗》，有一首说："黄屋非尧意。"什么是"黄屋"呢？"黄屋"就是皇帝所坐的车子，皇帝所坐的车子里边都是一种非常明亮的黄颜色。在封建时代，很多朝代只有帝王才能用这种颜色，普通的老百姓是不可以用这个颜色的。所以"黄屋"，代表皇帝。"黄屋非尧意"是说尧、舜并不是他们自己真的要做帝王的，他们做帝王是以天下为己任，所以"黄屋非尧意"就是转喻。

还有一个是象征（Symbol）。像陶渊明诗里喜欢说松树，什么"青松在东园，众草没其姿"（《饮酒二十首》之八），"芳菊开林耀，青松冠岩列"（《和郭主簿二首》之二）。在陶渊明的诗里，那青苍的松树，永远都代表着一种坚贞的品格。"因值孤生松，敛翮遥来归"（《饮酒二十首》之四），一只彷徨无定的飞鸟在高空中盘旋，这么疲倦却找不到一个栖止落脚的地方，最后它看到一棵松树，一棵孤独而又挺拔直立的松树，它觉得这是它应该落下来的所在，所以就"敛翮遥来归"。陶渊明的诗写得真是妙！真的是美好！你看那女萝、藤萝，总是爬在人家的树干上，或者爬在一个木头竿子上；陶渊明说"孤生松"，就是孤独的一棵松树，不假借任何的外力，不依傍任何的草木，自己站直的。说这只鸟飞来飞去，在多少林木中徘徊，哪一棵树，哪一株林木是值得它落下来的？它张开翅膀，这么疲倦，而当它找到这棵松树，"因值孤生松，敛翮遥来归"，它把翅膀一闭就落了下来。所以这松树在陶渊明诗里边代表着那种坚贞的品格。

前文我说的陶渊明那首"芳菊开林耀，青松冠岩列"的诗，是说在丛林之中，黄色的菊花开了。黄颜色这么明亮，在一片葱翠之中，老远的就看到那黄色的菊花了。"青松冠岩列"，那一排青苍的松树在山上这么挺拔地立着。陶渊明就赞美这样的菊花和松树，他说这样的菊花和松树是"怀此贞秀姿，卓为霜下杰"（《和郭主簿二首》之二）。"怀"字写得好，表明不是外表涂上去的颜色，是深藏在它们的内心之中的美。在秋风的凛冽之中，当外物凋零的时候，菊花开得是这样明艳，松树仍然是这样青苍。那真的是坚贞，是耐得住艰难、困苦、寒霜、雨雪的，而还这么美，所以是"贞秀姿"。"卓为霜下杰"，真是卓然挺出，而就是在严霜的摧残之中，才看到它的这种美好的姿态。这里松树是象征，是 Symbol。在陶渊明的诗里，松树是"怀此贞秀姿"的象征。

另外一种是"拟人"。拟人大家都比较熟悉，就是把它比作一个人，"Personification"。像晏幾道"红烛自怜无好计，夜寒空替人垂泪"（《蝶恋花》）。红烛没有感情怎么知道自怜？他把红烛看成人，"红烛自怜无好计"。说你们两个相爱的人就要离别了，那我一支蜡烛也帮不上你们的忙，也没有办法，所以"夜寒空替人垂泪"，就只有替你们流泪。这是把蜡烛拟人化了。

还有"举隅"（Synecdoche）。孔子说："举一隅不以三隅反，则不复也。"孔子教学生说：告诉你这是九十度的角，你就应该知道那三个也是九十度角。如果告诉你一个，你不能同时理解那三个，我就不再告诉你了。这是孔子教书的办法。"隅"是一个角。"举隅"呢，就是你不用举外物的物象的全部，你只举它的一部分，就概括了全体。像温庭筠的词，有一首《梦江南》，他说："梳洗罢，独倚望江楼。过尽千帆皆不是，斜晖脉脉水悠悠，肠断白蘋洲。"这里的"帆"只是船的一部分，他没有说"过尽千船皆不是"，为什么他不用"过尽千船"？因为"船"只是说明，说得很笨。可是"帆"呢？白帆，远远的一个影子，所以你看李太白《黄鹤楼送孟浩然之广陵》："故人西辞黄鹤楼，烟花三月下扬州。孤帆远影碧空尽，唯见长江天际流。"就是一个白色的船帆，在江上摇摇地行得那么远，你还能看到那个帆影。所以帆是那么明显的一个形象，它是船的一部分，就代表了船的整体了。这个是举隅。

还有"寓托"（Allegory）。像张九龄的《感遇诗》："兰叶春葳蕤，桂华秋皎洁。欣欣此生意，自尔为佳节。谁知林栖者，闻风坐相悦。"后边就是我们所引的那两句"草木有本心，何求美人折"。你看那兰草的叶子，春天长得这么茂盛；桂花的花朵，秋天开得这么明亮。"兰叶"是兰花的叶子；"葳蕤"是茂盛的样子。"桂华秋皎洁"，多么有光彩。"欣欣此生意"，一片欣欣向荣的一个生命成长的喜悦。"自尔为佳节"，"自"就是自己，"尔"，就是彼此。它们自己彼此各有各的美好的季节，春天兰叶的葳蕤，秋天桂花的皎洁，都表现了欣欣的美好的生命。"谁知林栖者，闻风坐相悦。"哪里想到这山林之中有一个隐居的人，"闻风"，一阵香风过去，不管是兰花的香，还是桂花的香，那"林栖者"对此生出一种爱悦之心。他觉得兰花这么美，桂花这么美，而且想把兰花折下来，或者想把桂花折下来。所以，张九龄说"草木有本心"，兰花的茂盛、桂花的光彩，这是草木本身的生命啊！中国古人还有一句俗话说"兰生空谷"，兰花就是生在一个寂寞的、一个人影子都没有的山谷之中，它"不为无人而不芳"，它不会因为没有人赞美和不欣赏它，它就不芳香了。因为那芳香是兰花的本质。杜甫说："葵藿倾太阳，物性固莫夺。"（《自京赴奉先县咏怀五百字》）如同向日葵倾向太阳，它生来就是如此，不是外力能够改变的。所以兰花的芬芳、桂花的皎洁，它们的自然芬芳美好，是它们生命的本质。"何求美人折？"不是为了让人来攀折才芬芳的！这里所取的兰叶、桂花的自然芬芳，象征了一种美好的意志、品格和操守。所以，整首诗是一个寓托，一个"Allegory"。

西方文论还有一个比较复杂的，是 T. S. Eliot 提出来的"Objective Correlative"（外应物象）。"Objective"是客观的、外在的，"Correlative"是相关的。"Objective Correlative"我把它翻译成外应物象。我不知道"Objective Correlative"有没有现成的翻译。李商隐有一首诗《锦瑟》："锦瑟无端五十弦，一弦一柱思华年。庄生晓梦迷蝴蝶，望帝春心托杜鹃。沧海月明珠有泪，蓝田日暖玉生烟。此情可待成追忆，只是当时已惘然。"李商隐这首诗前面六句那是"Image"，都是各种不同的形象，是一大串的形象，表现了一串的情意。像这种不明言情意，而全借外面的物象表达，就是"Objective Correlative"。

现在我们做一个结论，我们既然在讲西方的文学理论的时候，用了这么多的中国的诗歌来做例证，可见西方复杂的文学理论，它所说的各种的物象"Image"，也就是形象跟情意的关系，在我们中国的诗歌里面都是有的。可是这八种情意与形象的关系，如果用我们的赋、比、兴说一说，都是赋、比、兴的"比"。都是你内心先有一个情意，然后才安排的物象。不管是明喻、是隐喻、是转喻、是象征、是拟人、是举隅、是寓托、是 "Objective Correlative"，都是说你先有一个情意，然后找一个形象去表现，所有的形象与情意的关系，都是"比"的关系。而中国所说的"兴"的这种关系，没有一个相对的词来表达。我在西方认识许多朋友，有法国的朋友，有英国、美国的朋友，我都问他们，我说你们各国的文字里面，有没有相当于我们中国的"兴"的这样一个词？他们都说没有。那是不是说外国就没有由外物感发所引起的这种作品呢？不是的。而他们没有这个词说明了什么？就是"兴"这种作用，在他们的诗歌创作中不是重要的一环，他们内心的形象与情意的关系，主要都是用理性的客体跟主体的这种安排和思索说出来的。而"兴"之妙，比如说我们刚刚说《诗经》中的《关雎》，说"关关雎鸠"这个鸟有伴侣的和乐和美好，所以引起我们人的感发。可是有时候这个兴，甚至你讲不出这个道理来。所以，朱熹曾经说：这个"兴"有的时候在诗里全无巴鼻，你找不到什么缘由。像《诗经》里边有一首《山有枢》："山有枢，隰有榆。子有衣裳，弗曳弗娄。子有车马，弗驰弗驱。宛其死矣，他人是愉。山有栲，隰有杻。子有廷内，弗洒弗扫。子有钟鼓，弗鼓弗考。宛其死矣，他人是保。"说山上有这样高的树，山下有那样高的树，你有衣服你不穿，你有车马不乘不骑，有一天你突然死了，就归人家所用了；山上有这样的树，山下有那样的树，你有庭堂你不扫，你有钟鼓你不敲，你有一天死了，那钟鼓就是别人的了。那山上有这棵树，山下有那棵树，与你穿衣服和你有钟鼓敲击不敲击，完全没有必然的关系，却是一种自然而然的感发。而且中国诗歌还有一点很妙的，就是吟诵。有时候还不是情意的相关，当然更不是西方的理性的安排，是声音的感动、呼应。所以，中国诗歌的节奏押韵是很重要的。所以，你作诗的时候是字从音出，字从韵出。不是完全用理性去思索安排，更不是查词典查韵书，一个字一个字地拼凑，而是伴随着你的节奏，伴随着你的声音，自然而然地就出来的，也自然而然地带着感发。

　　总之，中国古典诗歌是以兴发感动为其主要特质的。这种感发生命的来源，既可以得之于自然界的物象，也可以得之于人事界的事象，而形象与情意之间有种种不同的关系。另外，诗歌的兴发感动可以由作者传达给读者，而读者要想得到这种感动，还应该学习诗歌的读诵和吟诵。因为中国古典诗歌的生命，原是伴随着吟诵的传统而成长起来的，古典诗歌中兴发感动的特质，也是与吟诵的传统密切结合在一起的。吟诵已成为中国诗歌的一个重要的传统。这种传统，无论是在古代还是在今天，都有其不容忽视的重要意义。

二

*

结合中西诗论看几首中国旧诗中
形象与情意之关系

中西方关于形象与情意之关系的理论

　　我从1945年教书到现在，已经快四十年了，这中间大多数的岁月都是在国外度过。前年，加拿大给假一年，我回国教了一年的书。有的朋友劝我，说你年龄这样大了，不要老跑来跑去，应该静下来写点东西。我当然也很愿意能用较长的时间安静地整理一下以前的学习心得，可是只要是祖国有学校要我来讲，我还是愿意来讲的。因为中国古典诗歌中所保存、流传的，很多都是古代诗人的思想、感情和品格的精华，在祖国教书，只要一谈到古典诗词，大家都有一种感情上的共鸣。我认为中国古代诗歌中有一种兴发感动的生命，这生命是生生不已的，像长江、黄河一样不停息地传下来，一直感动我们千百年以后的人。我以为这才是中国古典诗歌中最宝贵、最可重视的价值和意义之所在。学习古典诗词，还不仅是学习一种学问知识而已，重要的是要使青年人的心灵复活起来，让他们以生动活泼的心灵来欣赏、体会中国古代诗歌中的一些伟大、美好的生命，这才是学习中国古代诗词的最重要的一点意义和价值。所以如何养成体认和衡量诗歌中这种兴发感动之生命的能力，实在该是评赏中国古典诗歌的一项重要基础。

英国有一位学者名叫理查兹（I. A. Richards），曾对学生做过一个测验，让他们区别好诗和坏诗。一般人对名诗人往往盲目崇拜，一见莎士比亚的名字就以为是好诗，一见李白、杜甫的名字就以为是好诗，但理查兹在测验时，隐去了作者的姓名，只留下了诗歌。结果有些人判断得很不正确，他们把好诗当作了坏诗，把坏诗当作了好诗。这种情形，不论在外国或中国，都是很普遍的。那么，究竟什么样的诗才叫好诗呢？怎样判断一首诗的好坏呢？这是一个很重要而又经常遇到的问题。要想回答这一问题，我们就该首先认清什么才是一首诗歌的重要质素。我们就先说中国诗歌，我以为中国诗歌中最重要的质素，就是那份兴发感动的力量。

《诗大序》说："情动于中而形于言。"就是说首先内心之中要有一种感发，情动于中，然后再用语言把它表达出来，这是诗歌孕育的开始。如果你看到自然界山青水碧、草绿花红的风景，而你只是记叙风景的外表，没有你自身内心的感动，你就不能写出好诗。清代著名词学评论家况周颐在《蕙风词话》中曾说过："吾观风雨，吾览江山，常觉风雨江山之外，别有动吾心者。"这才是诗歌孕育的开始。可是内心怎样才能有所感动呢？《礼记·乐记》说："人心之动，物使之然也。"人心受外界事物的感动，有两种因素，一种是大自然的因素，一种是人世间的因素。锺嵘《诗品序》云："气之动物，物之感人，故摇荡性情，形诸舞咏。"又说："若乃春风春鸟，秋月秋蝉，夏云暑雨，冬月祁寒，斯四候之感诸诗者也。"这一段所写的就是自然界之变化足以感动人心的种种因素。他接着又说："嘉会寄诗以亲，离群托诗以怨。至于楚臣去境，汉妾辞宫，或骨横朔野，魂逐飞蓬；或负戈外戍，杀气雄边；塞客衣单，孀闺泪尽；或士有解佩出朝，一去忘返；女有扬蛾入宠，再盼倾国：凡斯种种，感荡心灵，非陈诗何以展其义？非长歌何以骋其情？"这一段所写的则是人世间足以感动人心的种种因素。

先谈大自然给予人的感动，像杜甫《曲江》诗说："一片花飞减却春，风飘万点正愁人。"杜甫写得很好，具有诗人敏锐的心灵。他对春天有赏爱的感情，有完美的追求，他看到一片花飞，就感到春光不完整和破碎了，所以说"一片花飞减却春"。接着又说"风飘万点正愁人"，何况等到狂风把万点繁红都吹落，当然更使人忧伤。他是看到花飞花落就引起这样的感动。杜甫在《曲江》的另一首诗中还写有这样两句："穿花蛱蝶深深见，点水蜻蜓款款飞。"杜甫观察得仔细、深微，那藏于花丛深处的蝴蝶，他看到了，那蜻蜓点水的姿态，他也看到了。这是外在的、大自然的景物给他的感动，使他写下了这样的诗篇。

大自然的景物是大家所共见的，可你只是将外界的景物写下来，不见得是好诗，是要你同时将心中感动的情意也传达出来，才是好诗。现在我们要将两句诗与杜诗做一对比，这是仇兆鳌在注解杜甫《曲江二首》时引用的晚唐诗人写的"鱼跃练川抛玉尺，莺穿丝柳织金梭"。前文我曾提到那位英国教授所做的测验，如果我现在把这两句诗写给大家，然后再把一句也是写动物的诗——"群鸡正乱叫"，也写给大家，你说哪首是好诗，哪首是坏诗？我要告诉你们作者是谁，你们便会有一个偶像的崇拜，觉得名家写的就是好诗，但如果你不知道是谁写的呢？你看，"鱼跃练川抛玉尺，莺穿丝柳织金梭"，写得多么漂亮，而且对偶是多么工整，说有一条鱼跳出来横过像白绸一样的水面，这个形象就如同一根玉尺抛在白绸子上；又说黄莺穿过像丝线一样的柳条，黄莺是黄色的，飞来飞去，就像一枚金梭一样在许多条丝线中穿织。从这两句诗的形象描写及对偶的工整来说，好像是好诗；而"群鸡正乱叫"，大家一定说不好。但评价诗的好坏，是不以外表是否美丽为标准的。诗歌所要传达的是一种兴发感动的作用，要有一种兴发感动的生命才是好诗。而像上边的两句诗，很容易混淆我们的耳目，因为它外表很漂亮，就会使人误认为是好诗，然而在这两句诗中，没有任何感发的作用和内心的感动。内心有一种真正感发的活动，是作为诗人最基本、最重要的条件。只是用眼睛去看，没有用心去感受，尽管也学会了描写的技巧，写出了漂亮的句子，然而也不是好诗，因为它只有文字和技巧而缺乏诗歌应有的生命。"群鸡正乱叫"，是杜甫的句子，是他经历了安史之乱，经历了不知家人妻子生死存亡的长期隔绝和分离，回到自己家中写成的。它不美丽，但那里面有一种朴实真切的叙写，有一份亲切热烈深厚的感情。所以判断诗歌的好坏，不该只从外表的美丽和文字安排的技巧来判断，也不是一般人所说的只要有形象就是好诗。杜甫写的"穿花蛱蝶深深见，点水蜻蜓款款飞"和仇兆鳌所举的两句诗有什么不同呢？仇氏所举者，写的一个动物是鱼，另一个动物是莺；杜甫写的一个是蛱蝶，另一个是蜻蜓。写的都是他们所看到的大自然的美丽事物，表面看起来都很美，杜甫用了"深深""款款"的形容，晚唐那位诗人用了"抛玉尺""织金梭"的形容，而杜甫那两句是好诗，晚唐诗人那两句是坏诗。因为那两句写的只是眼睛所看到的一个形象，没有内心之中的感发的活动，杜甫的两句则有之。

　　好诗和坏诗的区别，除有无感发的生命这一项衡量的标准外，还有另一项，就是你有没有把这感发的生命传达出来，使读者也受到你的感动。我在台湾大学教书时，有"诗选及习作"一门课，学生都要练习写诗。我引用《易经·乾卦·文言》中的"修辞立其诚"，说真诚是作文也是做人最起码的条件和基本的要求，于是一位学生交来了这样的诗作，他写道："红叶枕边香。"我说我不大能接受。第一，红叶不香；第二，红叶长在外面，在山里，怎样会在枕边呢？但他说这是真实的，老师不是说要真诚吗？原来这红叶是他女朋友寄给他的，上边有香水的香味也说不定，他将红叶和信放在枕边，所以"红叶枕边香"。他说得非常有道理。但是作诗，第一是你要有真诚的感动，第二是你要将这种感动成功地传达出来，让别人也感受到这种感动，你才是成功的。诗歌具有生生不已的生命，你内心中有了感发的活动，这是一个生命的孕育、开始，把它写出来，使之成形，能使读者，甚至千百年后的读者都受到感动，这才完成了这种生生不已的生命。宇宙之中，只要是你内心真有一种感动，没有不能写成诗歌的，但需要很好地表现和传达。"红叶枕边香"是可以的，但你要用整首诗传达出这种感动。

　　南宋诗人陆游写过两首《菊枕》诗，是纪念他和他第一个妻子的感情的。陆游因母亲的逼迫和他的妻子离异了，但陆游一直不能忘记这段往事，所以老年的时候写了这两首诗。其中一首是这样写的："采得黄花作枕囊，曲屏深幌闷幽香。唤回四十三年梦，灯暗无人说断肠。"他说，记得当年他的妻子亲自采了菊花，把菊花的花瓣缝入枕囊，如今在曲折的屏风和深重的帷幕间还保存有菊花的幽香，每一闻到这香气就可以使他回忆四十三年前的往事；可是现在在昏暗的灯光下，向谁去诉说这使人断肠的感情呢？这样，他写的菊枕的香，就使人感动了。所以，诗不但要有一种感发的生命，而且要能传达出来，使读者也感受到你的感动，才算完成了诗的创作。

凡是好的诗歌都不应该把它任意割裂，使之破碎。一首诗歌，甚至一组诗歌，是一个完整的生命，要看整体的传达。所以杜甫的"群鸡正乱叫"，只摘下一句来，好像不是好诗。但你要看他《羌村》全部的三首诗：

羌村三首

其一

峥嵘赤云西，日脚下平地。
柴门鸟雀噪，归客千里至。
妻孥怪我在，惊定还拭泪。
世乱遭飘荡，生还偶然遂！
邻人满墙头，感叹亦歔欷。
夜阑更秉烛，相对如梦寐。

其二

晚岁迫偷生，还家少欢趣。

娇儿不离膝，畏我复却去。

忆昔好追凉，故绕池边树。

萧萧北风劲，抚事煎百虑。

赖知禾黍收，已觉糟床注。

如今足斟酌，且用慰迟暮。

其三

群鸡正乱叫，客至鸡斗争。

驱鸡上树木，始闻叩柴荆。

父老四五人，问我久远行。

手中各有携，倾榼浊复清。

苦辞酒味薄，黍地无人耕。

兵革既未息，儿童尽东征。

请为父老歌：艰难愧深情。

歌罢仰天叹，四座泪纵横。

它所表现的是经过战争离乱，经过与妻子儿女长期的分别后回家重逢时的情况。在这里"群鸡正乱叫"是好诗，因为它在整体中是产生了一种作用的。可见，一首诗就是一个完整的生命，每一个字、每一个句子都要在这完整的生命中有某一种作用才对，不是你选择几个漂亮的字就成了好诗，是要看你选择的字对于传达你的感动是否适当。不是要找美的字，而是要找适当的字。

杜甫在一些诗中用了许多丑字，他说"麻鞋见天子，衣袖露两肘"，又说"亲故伤老丑"，然而这是好诗，因为他所经历的是那样一种艰苦患难的生活，只有这些朴拙、丑陋的字才能适当地表现那种生活。所以，诗的好坏，第一要看有无感发的生命，第二要看能否适当地传达。中国最早的诗集——《诗经》是最喜欢用叠字的，"关关雎鸠"、"桃之夭夭"、"昔我往矣，杨柳依依。今我来思，雨雪霏霏"。它用的叠字是多美好的两个字，是所能找到的最恰当的两个字。"依依"把杨柳的形态写下来了，"关关"把鸟叫的之声写下来了，而且把内心看到这个形象，听到这个声音之后，那生动活泼的感受写下来了。杜甫写了"深深""款款"的叠字，他观察到了蛱蝶的穿花、蜻蜓的点水，它们的感情和姿态。他对于蛱蝶、蜻蜓为什么有这么亲切、喜爱的感情和这么仔细的观赏？这除诗人的锐感之外，还在于他在"深深""款款"的赏爱中表现了对春光短暂的悲慨。多么美好的东西，那穿花的蛱蝶深深见，那点水的蜻蜓款款飞，但它们都会消逝，春光是短暂的，生命也是短暂的，所以杜甫接下来就说，"传语风光共流转，暂时相赏莫相违"，有没有人替我传一句话给蛱蝶、蜻蜓，替我传话给外界的和风丽日，让那美好的春光陪伴我，让我们一起留恋、徘徊、欣赏，他说我知道春光是短暂的，是"暂时相赏"，正因为如此，就让我们珍惜这短暂的春天，希望那穿花的蛱蝶、点水的蜻蜓不要那么快、那么匆促地离开我。"传语风光共流转，暂时相赏莫相违"，这是杜甫的感情。

但是对于杜甫这个伟大的诗人，不能从一句诗欣赏他，不仅

"群鸡正乱叫"一句不行，就是我把"穿花蛱蝶深深见，点水蜻蜓款款飞"一直到"传语风光共流转，暂时相赏莫相违"都讲了，也不够欣赏杜甫。真正伟大的诗人，不只他的每首诗都传达的是他感发的生命，也不是只用笔墨文字来写诗的，他是用他整个生命、整个生活来写诗的。所以你真要了解"穿花蛱蝶深深见，点水蜻蜓款款飞"这两句诗的好处，不单要了解他对蛱蝶、蜻蜓的欣赏爱恋，不单是他所感受到的春光的短暂，而且还要体会到他对自己生命的短暂的无奈：以我这样的有生之年、这样的感情，能为国家做些什么？所以他说："酒债寻常行处有，人生七十古来稀。"他所哀悼的是否仅是人们常说的对人生无常的短暂的悲哀呢？不只如此，这其中还有对他那份"致君尧舜上"的理想不知何时能够实现的一种深切的悲哀。"情动于中而形于言"，是内心有一种真的感动，这种感发的生命是人们常会有的，然而它却有深浅、厚薄、大小、正邪等种种不同，每一种感情都是不一样的。晏幾道的词："落花人独立，微雨燕双飞。"这情景未尝不美丽，但将晏幾道的词与杜甫的诗一比较，就会发现，晏幾道的词确实非常清丽、美好，但他那感发的生命，却缺少杜甫的诗那份深厚、博大的力量。所以我们认为诗歌最基本的衡量标准，第一是感发生命的有无，以及是否得到了完美的传达；第二是所传达的这一感发生命的深浅、厚薄、大小、正邪。

　　前文我们讲了欣赏诗、创作诗要把感发的生命恰到好处地传达出来。那么怎么才能把这感发的生命传达得完美呢？《诗大序》说"情动于中而形于言"，至于如何传达，《诗大序》其实也讲了，这就是中国传统上所讲到的"赋、比、兴"三种写作的手法。引起人们内心感动的有两个因素，一个是大自然的景物，一个是人世间的事象。杜甫写的"穿花蛱蝶""点水蜻蜓"，那是自然界的现象，杜甫还写过其他的诗，像"三吏""三别"以及《悲陈陶》《悲青坂》之类的，那是人世间的现象。对这两种现象，有多种不同的表现方式。文学和艺术的创作，从来没有一个死板的教条，没有一个固定的模式，无论什么主题，都可以用不同的方式来表现，不同的作者有不同的传达和表现的习惯，而《诗大序》上归纳出来的"赋、比、兴"，是三种最基本的方式。"万殊"可以归于"一本"，"一本"也可以分作"万殊"，有那么多的不同。诗歌的写作从来不是千篇一律的，而是因人而异，因物而异，是万殊的，但这万殊又未尝不可以归纳成一个最根本、最基本的方式。很多人羡慕西方的文学理论如何如何，其实，我们中国文化，特别是诗歌理论源远流长，许多古圣先贤都以他们亲身的体验给我们留下了很多宝贵的话，只是因为时代久远了，也许是因为文言文和白话文的不同，于是我们就觉得生疏了，不可理解了，就忽略它、轻视它了。其实，只要你用新鲜的眼光去看，你就会知道他们的话里有许多宝贵的、真实的体验和心得。如果把自然界和人世间的现象合称为"物象"的话，那么《诗大序》提出的"赋、比、兴"三种作法，要说明的正是物象和人心结合起来的三种最基本、最简单的表现方式。

不过，我现在还不是要讲怎样作旧诗，而是要讲怎样评说、欣赏旧诗，讲中国古典诗歌与西方诗歌的主要区别何在。中国的旧诗人对于古典诗歌的音律很熟悉，写作起来都是脱口而出，便自然合乎声律，并不需要很多造作或安排的功夫。当然，像杜甫《自京赴奉先县咏怀五百字》《北征》以及韩愈的《南山》之类那样的长诗，就得有许多安排。可是，在近体的律诗、绝句中，则不需要很多安排，而更注重兴发感动的作用，不是一字一字安排拼凑起来的。当然，英文诗也讲音律轻重的交换和押韵，可是比较起来，他们有较多安排的余地，不像我们诗律的格式那样固定，不像我们的诗歌的"平平仄仄"对于内容有那样大的影响。

我以前写过一本关于杜甫《秋兴八首》的书，我在哈佛大学教书的时候，有两位朋友看了以后，就用西方的分析方法对《秋兴八首》加以分析，结果发现诗中有的双声，有的叠韵，有的句法颠倒错综，都非常细腻，很值得研究。他们的论文分析得非常仔细，可是妙就妙在这里，杜甫作这首诗时，却不一定做过这样细密的理性分析，那时他是在熟悉音律的基础上，本能地直觉到这样才是对的，这样才是恰当的。中国伟大的诗人对于文字的使用都有这种直觉。李后主的词："问君能有几多愁，恰似一江春水向东流。"那"恰似一江春水向东流"的音节，就和"恰似一江春水向东流"的形象结合得恰到好处。李后主的词还说："离恨恰如春草，更行更远还生。"那一波三折的音节与离人一步一行的旅况，和连接天涯的千里万里的芳草的生长，融成了一片。李后主绝不是一个有理性、有反省、有分析的诗人，然而只要是感受锐敏的诗人，他就会有这种本能的掌握音节的能力，他的诗歌便是内心中的兴发感动与音节相应合的自然涌现。这是中国诗歌的一个特色。

西方诗歌的传统和韵律跟我们不一样，它更重视内容与形式两方面如何安排的思考和技巧。当然，我们也并非不重视这些，但我们更重视声律和情意在感发中的自然结合。不过，东西方诗歌之间也有一个共同之处，那便是都重视形象的作用。中国诗歌理论对物与心、形象与情意的关系，只提出"赋、比、兴"三种最基本的不同形式，而西方却对形象与情意结合的方式有更仔细的说明。西方文学批评使用的术语对中国诗也是适用的，如"明喻""隐喻""转喻""象征""拟人""举隅""寓托""外应物象"等。西方近代文学批评中所使用的五花八门的新名词，在千百年前，我们的先人却已经早有作品实践过了。可是反过来讲，我们所有的，他们却并不全有。即如上述八种西方批评术语，用我们"赋、比、兴"中的一种就概括了，那就是"比"。这八种术语都是先有情意，然后安排如何以形象表现的技巧和方法。而西方的诗歌理论中却根本就没有相当于我们的"兴"的这个字，倒不是说他们没有"兴"这种写作方法，在西方，一些诗人也通过描写大自然的景物来表达感情，但他们却没有相当于"兴"的批评术语。这可以说明他们的诗歌理论更重视安排的技巧，而中国的诗论则更重视兴发感动的生命。而且西方诗论比较重视从"一本"所化出的"万殊"，而中国诗论则似乎更重视"万殊"所由来的"一本"。这可以说是中西方诗论的传统在本质方面的一点差别。

了解了以上的分别，并不是主张闭关自守，只是不可盲目地对西方的事物追随崇拜，而是要学习别人的长处，让我们也能将千百年的宝贵传统用现代的语言和理论更好、更完整地传达和表现出来，这正是我们现在需要做的工作。

我们在前面曾讲到中国诗论中的"赋、比、兴"之说，在"比"和"兴"的作品中形象是重要的，但在"赋"的作品中叙述的口吻、章法结构也是重要的。西方的评论术语中，虽没有相当于"赋"的译文（他们所谓"Narration"多是指散文中一种叙写的方法，与"赋"并不相同），但西方诗歌理论也注意章法结构的重要。西方批评术语中的"Structure"也就是结构的意思，它的范畴包括形式上的安排以及意念和形象在篇中进行的层次等，可见诗歌中的形象与叙写的层次、结构章法等，在中西方的诗论中都是重要的。不过，《诗经》的所谓"赋、比、兴"，与一般写诗时注重"形象"的所谓"比兴"的手法，或注重"叙写结构"的所谓"赋"的手法是并不完全相同的，《诗经》所注重的是一首诗的开端，也就是最初写诗的感发是怎样开始的，而不是泛指一篇诗歌在篇中曾经使用了怎样的表达方式。

　　举例来看，《诗经》中有一篇标题叫《硕人》的诗，开端是这样写的："硕人其颀，衣锦褧衣。齐侯之子，卫侯之妻，东宫之妹，邢侯之姨，谭公维私。"它直接叙述了卫国庄姜夫人的身份，而未借用鸟兽虫鱼这样一些外物的形象来做比喻。它后来在描写这个女子的美貌时尽管用了许多"如"字，像什么"手如柔荑，肤如凝脂"等，用了许多"比"的方法，但在《诗经》中，这首诗并不算"比"的作品，而被算作"赋"的作品。所以《诗经》中所谓的"赋、比、兴"是重在一篇的开始，而不是说在一首诗的中间用了什么"赋、比、兴"的手法，这是很奇妙的一点。后人不大分别这一点，常讲的"比兴"，就不一定指一篇的开始，而常是泛指一篇中的某处的表现手法，和《诗经》的原意不甚相合。

《诗大序》说"情动于中而形于言"，《礼记·乐记》说"人心之动，物使之然也"。心之开始的动念由何而来，正是《诗经》中所谓"赋、比、兴"所重视者。后人将"赋、比、兴"三字用得广泛化了，在一篇的中间用了这三种方法也都称为"赋、比、兴"。这与《毛诗》提出的此三种称述的原意是并不完全相合的。不过，"赋、比、兴"之称，既可在篇中泛用，我们便也可以举出一些在篇中使用此三种表达方法的例证。如秦观写过两句小词："欲见回肠，断尽金炉小篆香。"（《减字木兰花》）小篆香是盘成篆字形状的香。他说，你要看到我的回肠，它就像断尽的金炉小篆香。在这一句中，"香"给人的直觉是芬芳美好的，"篆"给人的直觉是盘旋曲折的，"小"是纤细幽微的，"炉"是温暖热烈的，"金"是珍贵美好的。他说，我如此千回百转的、热烈的衷肠中的感情是断尽了。这种传达和表现是很成功的。秦少游用的便是"比"的手法。为此，有人认为诗歌的创作要注重"比兴"，也就是借用形象来传达情意，这样，仿佛"赋"就不重要了。其实，这并非完全正确。"比""兴"当然是可以借用物的形象，使读者有更真切的感受；但真正使一首诗能传达出感发力量的，并不仅只是形象而已，像前面讲的仇兆鳌所举的晚唐诗人的"鱼跃练川抛玉尺，莺穿丝柳织金梭"，虽有美丽的形象，但却不是好诗，因为它没有感发的作用。至于怎样才能传达感发的作用，则除形象之外，还有一个因素，就是叙写的句法和章法。中国古人作诗常说"句中有眼"，眼睛是灵魂的窗户，有眼则可以传达出情思。也就是说你的形象安排的层次，你把形象组织起来的适当的动词、形容词、句法、章法的结构，都可以产生一种效果，即一种直觉的感动。使人感动的是诗中的形象是怎样结合及表现出来的，而不是空泛的形象的堆砌。形象是重要的，叙写的口吻也是重要的。"赋"没有形象，感发从何而来？就只能来自叙写的口吻以及句法、章法。杜甫《醉时歌》："诸公衮衮登台省，广文先生官独冷。甲第纷纷厌粱肉，广文先生饭不足。先生有道出羲皇，先生有才过屈宋。德尊一代常坎坷，名垂万古知何用。"这首诗是赋体，它的感人的力量都在于叙写的口吻与篇章的结构之中。归纳起来说，诗歌生命的孕育是"物使之然也"，有了这生命的孕育之后，表达的方式可以用兴（由物及心），可以用比（由心及物），也可以用赋。赋这种写作方式，它的心与物的关系当是即物即心，即心即物，无须借草木鸟兽来比喻，而是直接叙述事物就代表了心中的感动，二者结合在一起时，没有由心过渡到物、由物过渡到心的桥梁，同样可以传达感发的力量。

目前，世界上都重视比较文学的研究，有人用西方的文学理论来评论中国诗歌，这是有益的，可以使我们有更丰富、更细腻的理论分析。但我以为西方诗论和中国的文学作品，有相合之处，也有相异之点。中国的诗歌与诗论，一向都是以"言志抒情"为主的。诗人主观的情意一直是诗歌中的重要内容，而衡量和评赏一首诗歌的好坏，也常常和"知人论世"密切结合。有人以为这种评诗的标准似乎是一种重点的错置，因为诗歌自有其艺术的成就与价值。至于内容情意之高下则与艺术成就之高下原是两种不同的标准。但值得注意的却是，中国传统的诗人，他们诗歌的艺术风格，与他们情意中所表现的作者人格，都往往结合在一起，有密切关系。陶渊明之不同于谢灵运，李太白之不同于杜子美，都是要结合作者的性情人格，才能对其艺术成就与风格做出正确的判断。这是中国的诗歌和诗论与西方之诗歌和诗论的第一点不同之处。

至于第二点差别，则我个人认为就古典诗歌而言，中国旧诗一向都有一定的平仄韵律的格式，而且注重吟诵，这是要使诗的声律，在声音口吻之间，能与自己的感发合而为一。一般说来，中国古典诗的格律既然是一定的，吟诵的调子，也都是大同小异。因此有些年轻人对古典诗歌的传统不大了解，便常不免会觉得中国诗的吟诵过于单调，好像缺少个别的变化，如果由一个人吟诵，听起来便似乎吟这首七律与吟那首七律的音调差不多，吟这首五律也和吟那首五律差不多，殊不知这正是中国诗的特色。中国诗的创作，就是在这种熟悉的音调中，与外界事物接触时，自然引发出来的一种感发的生命。这与西方诗歌是不大相同的。西方诗歌虽然也有声律韵字，但却是每个人的每篇作品，都可以有不同的安排，朗诵时也各有不同的读法。这是造成西方诗写作时偏重安排，中国诗写作时偏重感发的主要原因所在。不过中国诗的声律虽然有固定的形式，用字和句法也有习惯的传统，但却并不是千人一面没有差别。真正伟大的诗人便是要在这种相似的传统中，创造出自己不同的风格，传达出个人独特的情意。而好的评赏人也就善于从这种相似而又不同的作品中，分辨出其间精微细致的差别。

这种整体的品质上的感觉，西方也有一个差不多相当的批评术语，那就是"Texture"。在西方，这个术语可以指含有关于诗歌品质的许多质素，用英文来说，如"Metaphor、Meter、Imagery、Rhyme、Tone Color"等都在其内。先说"Metaphor"，这个字在使用时有广义与狭义之不同，当它与"Simile"并举时，是取其狭义的意思，只指"明喻"，与"隐喻"相对。如果只说"Metaphor"的时候，那它就是广义的，可以代表所有以上我们提到过的那些借用形象来喻说情意的种种情形了。除这种带有比喻性质的形象以外，还有一般的不带比喻性的形象，也就是英文术语的"Imagery"。另外还有它的音节、韵律，也就是英文所谓的"Meter"。还有另外一个英文术语"Tone Color"，本来"Tone"是一种调子，"Color"是一种颜色，但它所说的既不是一种调子，也不是一种色彩的颜色，而是指一篇作品表现时的情调、语调。我们可以仍然用杜甫的诗做例证，因为他博大精深，他的诗中例证确实丰富。你看他的《收京》，写得多么庄严，多么典雅，用了许多典故；而他的另一首《遭田父泥饮美严中丞》，写了一个乡下老头，就不用典故，而那口气就和乡下老头一样。他的诗，严肃的可严肃，俚俗的可俚俗，幽默的可幽默。他有各种不同的内容配合各种不同的语调和情调，这就是西方所谓的"Tone Color"。

另外还有所谓"Rhyme"，就是押韵。用的韵不同，给人的感受便不同，韵字是纤细幽微的，与韵字是高亢响亮的，传达的感情便不同。在一首诗中，每个字都是重要的，都有一种作用，都要传达出内心兴发感动的生命，所以它们都是决定一首诗好坏的重要因素。"Texture"如果译为汉文就是"质地"。质就是本质，像一块材料，有毛、棉、丝、麻、化纤种种原料的不同，还有编织法的不同，所以人们用手去抚摸接触的感觉就不同，眼睛看上去的感觉也不同，这些就都属于质地的范畴。每首诗传达出的兴发感动的作用不同，读者的感受也不一样，这与质地的不同有很密切的关系。

像这些西方的理论和术语都是我们可以拿来为我们所用的，因为这是中西方文学所共同的质素。但是，也有些西方批评理论对中国古典诗歌是并不完全适用的，就像西方诗论中的"作者原意谬论"（Intentional Fallacy）的观点就是我们所不能接受的。这一观点认为，讲一篇作品，只能就作品的本身讲内容，而不要追寻这一作品的作者原意，追寻原意就是谬误。这种情形与我们不完全相同。西方的诗歌包括史诗和戏剧，所以他们提出"作者原意谬论"这一观点，因为作品所表现的，本来就不一定是作者自己的感受和情意，而且作者的感情和品格，与诗歌的好坏也并没有必然的关系，所以他们的主张是就他们的诗歌传统而言，本是不错的。而我们读陶渊明、李白、杜甫、李商隐的诗，就绝无法把作者与作品分开。孟子说过："颂其诗，读其书，不知其人可乎？是以论其世也。"（《孟子·万章下》）因为这些中国诗人的诗歌不仅以抒情言志为主，而且他们的诗，也就是他们的思想感情、人格品质的流露。屈原的汨罗江自沉，他的"信而见疑，忠而被谤"的悲哀，杜甫的"致君尧舜上"的理想，他到老年即使落到"亲朋无一字，老病有孤舟"的情况，还写下了"戎马关山北，凭轩涕泗流"（《登岳阳楼》）的关心国家的诗句。中国诗人与外国诗人之所以不同，是中国诗人不但以他们的思想感情、品格志意、胸襟怀抱来写他们的诗篇，而且还以他们的生活和生命来完成和实践他们的诗篇。屈原、陶渊明、杜甫、李商隐诗歌的风格不同，就在于他们感情、襟抱、性情的不同。中国许多伟大诗人的作品之风格都与他们的品格一致。正因为如此，如果盲从西方"作者原意谬论"的观点，认为凡从历史背景、作家生平、思想感情、品德来了解一首诗是错误的、不可行的，这样的批评论点则是我们所不能接受的。

还有另一点我们不能盲目接受的，就是东西方诗歌中的形象有很多的不同，他们所引起的情意和联想也都不相同。像松树，在我们的传统中一贯体现坚贞的品格，孔子说"岁寒，然后知松柏之后凋也"，所以陶渊明说它"卓然见高枝"。在台湾，有些从西方留学回来的人，喜欢用西方的方法来分析中国旧诗，由于他们对传统太隔膜了，所以他们便以为西方诗歌中某一形象是象征什么，在中国诗歌中便也象征什么，这就不尽然了。即如西方诗歌中的蜡烛和杜鹃所象征的那些男女之间的多种感情，在中国诗中就是根本没有的。所以我们对西方诗歌的理论虽可以参考，但却绝不能盲从地全部接受。

另外西方还有一种"诗歌可以多义"的理论。英国的William Empson有一本书，说诗歌中可以有"多义"，朱自清先生将这本书的名字译为《多义七式》。"多义"这点是值得参考的（请注意，我不是说完全拒绝，也不是说完全接受）。中国有一种传统，喜欢把诗意明白说出，说一不二，说此不彼，实际大可不必这般固执。因为诗歌本来重视兴发感动的作用，写一首诗，或读一首诗，作者与读者都可以有多种感动、多种联想，得到多方面的启发和暗示，无须指定一种。我以为"多义"的观点可以参考，就在于它提出诗歌有多种解释的可能，诗歌是可以多义的。

上述的西方诸理论，《新批评》（*The New Criticism*，作者 J. C. Ransom）一书曾做过介绍，这本书概括了二十世纪二十至三十年代西方的新文论。以上是对东西方诗论所做的很简单的介绍。

从陶渊明诗看形象与情意之关系

现在我们应用上述的理论来分析欣赏几首诗歌。先讲陶渊明的《饮酒》之四、之五和《咏贫士》之一。现将原诗抄录如下：

饮酒之四

栖栖失群鸟，日暮犹独飞。徘徊无定止，夜夜声转悲。厉响思清远，去来何依依。因值孤生松，敛翮遥来归。劲风无荣木，此荫独不衰。托身已得所，千载不相违。

饮酒之五

结庐在人境，而无车马喧。问君何能尔，心远地自偏。采菊东篱下，悠然见南山。山气日夕佳，飞鸟相与还。此中有真意，欲辩已忘言。

咏贫士之一

万族各有托，孤云独无依。暧暧空中灭，何时见余晖？朝霞开宿雾，众鸟相与飞。迟迟出林翮，未夕复来归。量力守故辙，岂不寒与饥？知音苟不存，已矣何所悲。

宋朝诗人陈师道曾评论陶渊明说："渊明不为诗，自写其胸中之妙尔。"（《后山集·后山诗话》）渊明写出的明明是诗，怎么又叫不为诗呢？因为一般人作诗时常有要写诗的意念，于是他就想雕琢、修饰、逞才、使气、好强、争胜，甚至于像杜甫、白居易这样的大诗人有时都不免有这种意念。然而陶渊明却没有逞才使气、好强争胜的意念。我们已经说过，诗歌原始的动力是心中兴发感动的力量，最好的传达方法不是写得多美、写得多艰深，或写得多通俗，而是说这种传达的方法要恰到好处地表现出内心那兴发感动的生命的活动。就这一点而言，陶渊明是中国诗人中很了不起的一位。他感发的生命是平铺直叙地进行的，他就平铺直叙地传达，并不怕别人讥笑其质朴；当他的意念是层层转折变化的，他就层层转折变化地表现，也并不顾及别人是不是理解。前人还评论陶渊明，说他的诗中从来没有单纯的景语（见王夫之《古诗评选》评陶渊明《杂诗》"日暮天无云"一首）。陶渊明的诗之所以好，就在于他所写的大自然的景物，都是他自己感发的生命，像他的诗："山涤余霭，宇暖微霄。有风自南，翼彼新苗。"（《时运》）表面上看来，陶渊明所写的原不过只是眼前所见的景物而已，但事实上在这几句简单的描述中，却充满了他对大自然的爱悦。他写的是景物，但景物之中都融合了他看到景物之后所引起的那种兴发感动的生命。

陶渊明不仅是看到景物后能写出这样富于感兴的诗篇，他的大多数其他诗篇不管是写云，还是写鸟，都是很奇妙的，虽是大自然中有的，但又不是大自然中具体的什么鸟。他写的"栖栖失群鸟"，是燕子？是麻雀？是老鹰？他都没有说明。就是一只鸟，就是他意念中的鸟，这是陶渊明写诗时常表现出的一种特色。他所写的物象是与他的心灵意念结合在一起的，大自然的形象如是实有的，也是结合他自己的感发的。有的时候这个意念并不是大自然中实有的形象，而只是他自己意念的具象化，是把他自己心中的意念用一个外在的形象表现出来。既然我们说陶渊明"栖栖失群鸟"这首诗是他意念的具象化，那么，我们就要了解诗人所要传达表现的他自己的意念是什么。而且，伟大的诗人是以生命来写诗的，所以他一生所写的诗都可以互相陪衬，互相映照，互相启示，只有那不以生命而以文字写诗的小诗人才会雕章琢句地写出几句诗来，就自以为了不起了。读陶渊明、李白、杜甫、李商隐的诗，都需要将其毕生之作品融会贯通，才能对这些诗篇有更正确、更深刻的认识。

陶渊明的意念究竟是什么呢？要介绍陶渊明是件很困难的事情，陶渊明实际上是一个很复杂的人物。陶渊明的一生，是经过了很多矛盾的挣扎以后终于达到了一个任真自得的境界的。宋代的黄庭坚把陶渊明比作诸葛亮，说他："凄其望诸葛，抗脏犹汉相。"（《宿旧彭泽怀陶令》）辛弃疾也说："看渊明，风流酷似，卧龙诸葛。"（《贺新郎》）清人龚自珍把陶同时比作诸葛亮和屈原，说："陶潜酷似卧龙豪，万古浔阳松菊高。莫信诗人竟平淡，二分梁甫一分骚。"（《己亥杂诗》）他以为，陶渊明也曾有过像屈原、诸葛亮一样积极用世的意志和理想，但他也抱着这种意志和理想辞官归隐了。他坚贞不动摇，不为当时官场所腐化，没有和那些腐败的官僚同流合污，保全了自己天性的一份纯净和清白，像松之耐寒不凋，像菊之迎霜独放，有着一种美好的品质。历代史书都将陶渊明编入《隐逸传》中，可是陶渊明的隐逸不像某些人那种单纯的隐逸，他的心中有"二分梁甫一分骚"。什么叫"二分梁甫"？《梁甫吟》本是一首乐府诗歌，有人说这首乐府诗是写人生命之无常的挽歌，但也有欲仕不得志的含义。李太白有一首诗就叫《梁甫吟》，他写道："长啸梁甫吟，何时见阳春。君不见朝歌屠叟辞棘津，八十西来钓渭滨。宁羞白发照清水，逢时壮气思经纶。"这就是"二分梁甫"。就如同李白有一份用世的才能和志意，在未被任用之前就有这样一种感情，龚自珍认为陶渊明应该也有过这样的志意和理想。陶渊明有过吗？他的诗中有这样的句子："少年罕人事，游好在六经。行行向不惑，淹留遂无成。"（《饮酒》之十六）他少年时很少接触社会，在没有认识官僚阶层的腐朽堕落之前，也曾有过理想。他的理想就在儒家六经之中，是主张士人要有治国平天下的理想和志意的。陶渊明在另一首《饮酒》（之二十）诗中说到过孔子："汲汲鲁中叟，弥缝使其淳。"说那孔子匆忙地奔走于各个诸侯国，想要得到一位君主的任用，给他以实践其政治抱负的机会，以弥补那社会的破绽，使风俗再归真淳。陶渊明在另一首《荣木》诗中，又曾说过"先师遗训，余岂云坠"的话，可见他原来对孔子是非常景仰的。然而，这种理想和志意，陶渊明在晋末动荡的战乱中是无法实现的，他无法同流合污，只能是辞官归隐，到田园躬耕，所以他说"行行向不惑，淹留遂无成"。人到"不惑"之年，应该找到自己的立足点，走出自己的道路，不应再彷徨徘徊，随波逐流，要有一种不惑的认识和选择了，然而"我"却蹉跎而过，那少年的志意和理想竟一点没有实现。从"淹留遂无成"一句可以看出，他过去是希望有所成就的。

　　陶渊明还写过这样的诗："少时壮且厉，抚剑独行游。谁言行游近，张掖至幽州。"（《拟古》之八）可见陶渊明不仅有儒家的志意，好像还颇有一种侠气，他还写有《咏荆轲》一诗，所以龚自珍说"陶潜诗喜说荆轲，想见停云发浩歌"（《己亥杂诗》），但他并没有完成仗剑壮游的志愿。我们不能将陶渊明"少时壮且厉"一诗看成是写实的，在晋宋之间，张掖与幽州都是五胡十六国政权的辖区，陶渊明是不能真去那些地方的。陶渊明这首诗所叙写的事情完全是事象，而这首诗中的事象又完全是一种寓托，只不过表现他少年时那种刚强壮烈的志意和精神。他接着描写的行游，完全是形象的比喻，表现一种微妙的旨趣，是他自己心思志意的流转，是他少年时一种精神的体现。他说他自己"饥食首阳薇，渴饮易水流"。"饥食首阳薇"，代表了他个性本质上对那种清白纯洁的完美的追求；"渴饮易水流"，又表现了他对那种不畏强暴、舍生忘死精神的仰慕。陶渊明既说"游好在六经"，又说"少时壮且厉"，"饥食首阳薇，渴饮易水流"，他所用的形象的确是恰当完美的。你不要看他没写那么雕章琢句的漂亮文字，但他的诗中所传达的情思意念是那么丰富复杂。而他生活的那个黑暗的社会，却只给他留下了"不见相知人，惟见古时丘"的悲哀。这"古时丘"便是那"路边两高坟，伯牙与庄周"，这两句写得真是沉痛，表现世上没有知音之可悲，也就是他自己少年时之志意无人理解也未能实现的悲哀。所以我们说陶渊明不是完全平淡的、逍遥的隐士，他有用世的志意和理想以及侠义的精神，还有"二分梁甫一分骚"的悲哀和感慨。不仅黄庭坚、辛弃疾和龚自珍是这样认为的，鲁迅先生也说陶渊明不是完全静穆的，所以说陶渊明是经过一番矛盾和一段挣扎的。

那么，当没有人能理解你，你的才能、理想也无法实现，那该何以自处呢？诗人，特别是伟大的诗人是以生命来实践和完成他的诗歌的。最能体现出诗人品德、操守、感情的是他在生活中遇到失意、艰难、痛苦、挫折的时候，他用什么态度对待它，他怎样处理，做何反应？这是人生的重大考验，也对诗人完成什么样的风格有重大影响。像陶渊明、李白、杜甫、李商隐、苏轼在诗歌创作上之所以会形成各种不同的风格，就在于他们对待艰难、痛苦、挫折、失意、不幸和忧伤的态度不同。屈原无法处理自己的悲哀和痛苦，最终自沉而死了。欧阳修在挫折中是用排遣的办法、玩赏的办法。他贬官滁州时，写下了《醉翁亭记》，用对大自然美好景物的欣赏把忧愁、悲哀、痛苦推远了。人世间有那么多的不幸，但可用大自然的美好景物安慰自己。至于苏东坡则是一个非常达观的人，他超然物外，他说："莫听穿林打叶声，何妨吟啸且徐行。"又说："料峭春风吹酒醒，微冷，山头斜照却相迎。回首向来萧瑟处，归去，也无风雨也无晴。"（《定风波》）这就是苏东坡了不起的地方。虽在风雨摧打中，他仍能如此超逸潇洒。有的人只知道潇洒了，就变得不分黑白，不关痛痒，不辨是非，麻木不仁了；而苏东坡的可贵之处就在于他不仅在苦难之中有达观的精神，而且只要回朝，依然忠直不阿，对新、旧党都是如此，因为在他看来，新、旧党都有不对的地方。他的旷达在于能超脱，而他的坚定又在于有自己的持守。陶渊明则是站在苦难之中，既不排遣，也不超脱，而是将这苦难化除，这是一种很了不起的力量。他虽然经历了矛盾、徘徊，他虽然说在世界上没有知音了解他，"但恨邻靡二仲，室无莱妇，抱兹苦心，良独罔罔"（《与子俨等疏》），没有像羊仲、求仲这样的朋友，而且家里连妻子也不理解，但他却能自得其乐，所以他说："量力守故辙，岂不寒与饥？知音苟不存，已矣何所悲。"（《咏贫士》）又说："俯仰终宇宙，不乐复何如。"（《读山海经》）又说："贫富常交战，道胜无戚颜。"（《咏贫士》）陶渊明虽然在身体上忍受了很多痛苦，但在精神上是自由的、独立的、自主的，保全了一份清白。在对陶渊明的思想做了以上简单的介绍后，便可对上面提到的那几首诗寻求答案了。

从形象上看，第一首诗所标举的是一只鸟的形象，"鸟"是陶渊明所爱用的形象之一，但它的含意却不尽相同。《归园田居》诗中有"羁鸟恋旧林"的句子，"羁鸟"象喻了他做官后事与愿违的苦闷生活。《始作镇军参军经曲阿》诗中有"望云惭高鸟"句，"高鸟"象喻了他向往高远自由生活的心境。《归鸟》诗中还有"翼翼归鸟"的句子，"归鸟"又象喻了他失望厌倦于仕途之后终于决心归隐的心情。无论是羁鸟、归鸟，还是高鸟或失群鸟，他都用一"鸟"字，这正是渊明运用形象的一个特点，他所用的是他概念中的鸟，是综合了鸟的各种性格以后产生的，是现实中可能有的物象，却并不确指是哪一只。我们讲的"栖栖失群鸟"这首诗，是写他内心经过矛盾挣扎而找到自得之所的一首诗，其间充满了诗人经过矛盾挣扎后带有哲思理念的感受，而这一切正是通过这只鸟的形象来传达的。

"栖栖"是形容这只失群鸟内心极不安的样子，《论语》中有"丘何为是栖栖者与"的话，诗中用这两个字自然会使人联想到当年孔子四处寻求、奔波，有所期待、有所作为的情形。这就把这只鸟也人格化、理想化了。它象喻了当众鸟急于稻粮虫蚁的竞逐时，这只不屑于争逐的鸟正在为了寻觅理想而不安的心情。所以它的"失群"是必然的下场。陶渊明的一生是在矛盾中挣扎过来的，他做出辞官归隐、躬耕谋生的选择不仅事关重大，同时付出了相当的代价，他在《归去来兮辞》中说："质性自然，非矫厉所得；饥冻虽切，违己交病。"在《与子俨等疏》中说："性刚才拙，与物多忤。自量为己，必贻俗患。僶俛辞世，使汝等幼而饥寒。"为了保持那一份自然的天性，他付出了全家饥寒的代价。很多人不能理解他，所以在《与子俨等疏》中又说："但恨邻靡二仲，室无莱妇，抱兹苦心，良独罔罔。"不但没有友人相知，甚至连家人妻子也不能谅解，其内心之孤寂可以想见了。中国传统读书人有一种"士当以天下为己任"的理想，有"治国平天下"的抱负。"达则兼济天下，穷则独善其身"是他们的信条。但在那个黑暗的、专权的社会里，官场的贪赃枉法、虚伪欺诈、暴虐无道毁掉了多少正直的读书人！唐代李商隐考中进士后曾写道："却羡卞和双刖足，一生无复没阶趋。"宁愿让双脚被砍掉，也不愿逆来顺受，任人驱使。可见处在那个社会里，做官对于有理想、有抱负的人来说，是最痛苦不过的事了。这也正是陶渊明之所以归隐的原因。

人生的意义和价值在于要完成比求生更高的追求和满足，但穿衣吃饭则是这一切的基础。陶渊明未尝不懂得这一道理，他曾说过："人生归有道，衣食固其端。孰是都不营，而以求自安。"在封建时代读书人的出路只有两条：一条是做官，再就是依附于豪门之下做门客。陶渊明了不起的地方就在于他择取了一条不欺人也不自欺的生活道路：亲自下田躬耕。在那样的时代，做这样的选择，其间要经过多少痛苦的矛盾挣扎啊！所以诗中说"日暮犹独飞"，人的一生不能都处在选择之中，夜幕降临了，时间不多了，不要再犹豫了，快去投宿吧！"犹"，表明一天都处于孤独的选择中。"声转悲"的"转"字包含着多少漫长的经历与变化，极言其追求中的艰难困苦。"厉响思清远，去来何依依"，言为心声，动物亦然，从鸟的不凡的厉响中，可见其怀思之清远高尚，这不正是陶渊明自己吗！"依依"者，是满怀归附依依之愿，欲寻一可靠的寄身之所，联系下文看，对孤生松的依赖之情，也代表了能忍耐严寒的侵袭，即孤独凄凉和冷落的打击。"敛翮遥来归"的形象多么美好，它给人以高远苍茫之感觉，鲜明生动地区别于燕雀之辈。既然找到了投宿之地，就"千载不相违"，这表现了陶渊明抉择时态度的坚定和果断。因此他得以在自己的理想和心灵中找到了一块安身立命的清白之地。《饮酒》诗中说："结庐在人境，而无车马喧。问君何能尔，心远地自偏。"陶渊明这人真是太了不起了。当挫折、患难不期然而至时，人们的态度是各不相同的。晚唐词人冯正中抱的是"日日花前常病酒，不辞镜里朱颜瘦"（《鹊踏枝》）的执着态度；北宋词人欧阳修是"直须看尽洛城花，始共春风容易别"（《玉楼春》）

的遣玩意兴；苏轼是"回首向来萧瑟处，归去，也无风雨也无晴"的旷达怀抱。然而，执着不能解脱和排遣苦难，遣玩的意兴也只能将苦难推而远之，旷达超然的苏东坡也未能完全从苦难中超脱出来；真正在苦难中而不离开苦难，又能完全以自力求得一处安身立命之地的，唯有陶渊明一人而已。

接下来我们看《饮酒》诗之五"结庐在人境"，这首诗是他二十首《饮酒》诗中最有名的一首，但它的好处究竟何在呢？我们现在就来看看。

陶渊明诗的特色是：用最简单的词汇来表达最深微繁杂的情思。元遗山在他《论诗绝句三十首》中，就用了这样的一首诗来形容渊明，他说："一语天然万古新，豪华落尽见真淳。南窗白日羲皇上，未害渊明是晋人。"这首绝句可说是写得不错的，因为它前面两句把陶渊明诗的风格掌握住了；后面两句把他的人格掌握住了。陶渊明诗的特色就是每一字、每一句都很自然，没有雕琢，没有修饰，没有造作。我曾经就渊明、杜甫、李白、义山等人做过一个比较，我认为从不同的角度、不同的尺寸来看，他们各有伟大之处，例如站在集大成的角度上，我们当然首推杜甫，但就各人所拥有的全部"质地"而言，陶渊明可说是质地最为真淳，而表现最为简净的一个诗人。因为李白、杜甫他们写诗的时候，尚且不免于用力着迹，而且我们也可以把他的用力着迹看出来，"语不惊人死不休"，其用心着力可以想见了。诗人常不免于雕琢、修饰，而只有渊明能跳出修饰造作，而见其真淳简净，以他本来的质地和世人相见。所以元遗山说他一语天然而能万古常新。不但是元遗山这样赞美他，就是以豪放著称的南宋词人辛稼轩也曾称赞渊明："千载后，百篇存，更无一字不清真。"（《鹧鸪天》）辛弃疾是一代英雄豪杰，而他对陶渊明如此推崇，万古之下的我们读起来，也仍可以亲切地体会陶渊明诗中那种真淳深远的情思。辛稼轩又说："老来曾识渊明，梦中一见参差是。"（《水龙吟》）稼轩在老年时候不但认识他、欣赏他，甚至在梦中还与他相见。他又说："须信此翁未死，到如今凛然生气。"这就是因为到现在我们读他的作品时，仍然能感觉到凛然有他活泼的一份生命感情在那里。

第二句"豪华落尽见真淳"，诗文上的修饰是不好的，因为那是虚伪的。陶渊明是以他本色质地与世人相见，可是他的本色是非常丰富的，也是非常繁复的，所以元遗山说豪华落尽，他已经把那些丰富的、繁复的豪华完全摆脱，以最单纯的一面与世人相见。进一步说，他还不只把那些繁复完全摆脱掉，更把所有的繁复汇合起来，变成一个单纯的东西，这是陶渊明的又一点特色。正如在三棱镜的折射下，太阳光是七色的，但当它直接照射下来时，我只看到它的日光是淡黄近白的一色而已。

陶渊明的诗表现得很单纯、简净，但他本身并不是一个简单的人。在我们的日常朋友中，有些人确实是很天真，但他实在简单，带些幼稚；但有些人真是表现得很真诚，很纯净，但并不是简单，也不是幼稚，他具有很繁复的东西，而能够把它们融合起来，以真诚的态度和世人相见，这是很可贵的。在诗人的作品里，也是如此。陶渊明的思想同时受有儒、道、佛的影响，但他的特色则正是能够吸收所有的哲学的精华，而不被任何一家所拘限，可以容纳各家的优点而没有一份拘束狭隘的缺点。

陶渊明也免不了中国读书人所通有的用世之意，这是受孔子思想所影响的。在儒家的理想中，读书的目的是用世，是要把他所知道的"道"，在政治上、在社会上实践出来；读书人多少都会受这种儒家思想影响的。此外，他还有一般才人志士常有的一种不使自己生命落空的心情，这也是受儒家的影响。陶渊明有一首《荣木》诗就是感叹年华之消逝、生命之短暂的，他曾说："先师遗训，予岂云坠。四十无闻，斯不足畏。"在他的五言诗中也说过"少时壮且厉"的话，所以渊明应该是有过一番用世之意的，而且他也具有一份仁者的爱心，因为他在诗中对大自然的一切都表现了一份仁厚的爱意，对宇宙的一切——天真的、纯净的、美好的生命，都有一份很本能的仁者之爱意。他不像部分的隐者，为保存一己的纯真而对世人漠不关心。从他后来所写的《归去来兮辞》中，我们也可以知道他在从出仕到退隐之间，也曾经有过很多挣扎、矛盾和痛苦，最后才毅然选择了退隐之路，这是渊明另外的一种智慧。很多人置身痛苦与矛盾挣扎之中，找不到立脚点，但陶渊明除有仁者之爱心外，同时也是个智者，他从矛盾挣扎的歧途中找到了自己的立足点，这是一种属于智者的选择，但他为这份选择也付出了他的代价。从外表上看，从生活上看，他的立足点是躬耕田园的"荒宅十余亩，草屋八九间"；但从精神上看，他所选择的立足点却是任真，也就是完全任乎他自己本性上最美好的一点，最晶莹的一点，也是他做人的原则，而他能固守住这个原则是要付出固穷的代价的。

陶渊明的诗是最简单的，他说的话没有很漂亮的辞藻、语汇，没有争奇斗胜，也没有与别人竞争比较的心意，这是他的又一点可贵。

"南窗白日羲皇上，未害渊明是晋人。"这是说他做人的态度。他在给儿子写的一封信中说，北窗高卧，南风吹来，就自以为是羲皇上人了（《与子俨等疏》）。陶渊明生活在东晋到刘宋之间，这是一个战乱的、没有法度、没有道德、没有安全、充满罪恶污秽的时代，但陶渊明却能在这样的时代中，找到属于自己的一片干净土地，而成就了他晶莹的人格，这是很可贵的一点。

我之所以介绍陶渊明的人格，是因为如果不知道这些，就根本不可能体味出这首《饮酒》诗的好处何在。

现在说到《饮酒》诗的本文了。陶渊明这首诗开头四句的用字、造句、层次、转折和句法，都很接近散文。中国诗中，时代愈早，句子的结构和章法的联系愈接近散文，例如第一句与第二句之间，用了一个"而"字做转折助词，也可以见到文字、句法上的古拙朴直；南北朝以后，诗就逐渐注重对偶声律之美，而陶渊明的句法却是朴素的。他的句法虽简净，但诗的内容却是繁复的，这是他从生活中体会出来的哲理。渊明"结庐在人境"，生活在人群之中，而未迷失自己，也不为人所左右，因而门前也没有车马喧扰，这是写实的。在"结庐在人境"的两句中，除写实之外，还有象征意味，他不但说门前没有车马，而且心中也没有车马，所以下句就说："问君何能尔，心远地自偏。"有些人可能是身不在车马喧哗之中，而心在车马喧哗之中，陶渊明却不是，所以如果不是像别人一样追求高官厚爵的话，当然心也偏远了，而且门前也一定没有车马喧扰了。前面四句是说他的一份心境及对人生的一份体验，以这种心境做背景，秋高气爽，到东篱采菊，这是悠闲的动作，是一种"晨兴理荒秽，带月荷锄归"的忙碌之后的一种悠闲，这是很可贵的。"悠然见南山"这句之好实在是好在"悠然"两字，很奇妙的，以稼轩那样的英雄豪杰之士，锋芒棱露的人，居然能体味如此圆融简净的陶渊明，而且体味那样深而又一语中的，他说："悠然政须两字，长笑退之诗。"他又说："自古此山元有，何事当时才见，此意有谁知。"(《水调歌头·赋傅岩叟悠然阁》)陶渊明在这种悠然的心境之中，他看到"山气日夕佳，飞鸟相与还"，这是他在痛苦中所得到的一份欣喜，飞鸟在它忙碌生活过后的日落西山时，找到了栖息所在，找到了可以投宿、可以把自己安顿下来的地方，这是世界上最可欣喜的一件事。这些句子可以说是写实的，也可以说是象征，是陶渊明自己所体会到的一种人生境界，所以说："此中有真意，欲辩已忘言。"为什么千古南山到现在才看到真意呢？因为他有"结庐在人境，而无车马喧。问君何能尔，心远地自偏"的心境，有"采菊东篱下，悠然见南山"的环境，在"山气日夕佳，飞鸟相与还"的倦于人生旅途时找到了栖息托身所在，在这样美好的情景之下，他就说"此中有真意"，有人生最淳真的一份道理在，这是陶渊明经过了多少悲哀、痛苦、挣扎之后所达到的一种境界，所以说"欲辩已忘言"，因为这本来就不可以用言语来说明。

下面，再看《咏贫士》之一，这首诗是层层转折的。"万族各有托，孤云独无依。"他说，宇宙之中的一切物类都有一个托身之所，花植于土，鱼游于水，人立于地，只有天上那一片孤云没有凭依。古今写孤独写得最好的，我以为就是陶渊明的这两句诗。有的人写孤独，就只是身体上的，说我一个人就孤独了。你看唐朝诗人贾岛的"独行潭底影"，他说我一个人走，照着我的就只有潭底的影子。这种孤独是很浅薄的。陶渊明所写的孤独是写他内心很深刻的体验，这孤云还不只是孤独而已，他接着说"暧暧空中灭，何时见余晖"，他说那片孤云暧暧地从空中消失了，什么时候可以再看到这片云留下的影子呢？花落了尚留下树枝，叶子凋零了还会发芽，春天去了还会再来，可那云彩消失了，就什么也没有了。这一句写短暂无常之感慨。所以有人说陶渊明消极悲观，应该批评。但天下有许多事情是很难说的，陶诗中确实曾反映了对人生无常的悲哀感慨，即如他在《归园田居》中说"人生似幻化，终当归空无"。但这样就是消极了吗？你要知道陶渊明《归园田居》诗很妙，第一首说"少无适俗韵，性本爱丘山。误落尘网中，一去三十年。羁鸟恋旧林，池鱼思故渊"，讲他归隐田园。第三首说他"晨兴理荒秽，带月荷锄归"，讲到躬耕的艰苦。那他为什么最后要说"人生似幻化，终当归空无"呢？为什么在《归园田居》诗中又表现出这样的感情呢？你要知道正是那"人生似幻化，终当归空无"的认识支持了他归田园的选择，因为追求富贵利禄是不长久的，有的人真正深刻认识到人生的这一面，才会有那积极的操守的另一面，有人说过这样的话："用无生的觉悟做有生的事业。"正是因为能将许多世俗得失都放下了，所以才有大智大勇来做你决定的事业。所以他有消极的作用，也有积极的作用，要截然地划分清楚是很困难的。这首诗开始虽似乎消极，但实际上最后是归结于积极的。他接着写道：

"朝霞开宿雾，众鸟相与飞。迟迟出林翮，未夕复来归。"当早晨的霞光冲破昨晚的云雾，很多的鸟结队而出，飞出去寻找食物。在这里陶渊明是用这些鸟来比喻那些追求仕宦利禄的人。可是有一只鸟比别的鸟都飞出得晚而飞回得早，天未黑就回来了，这是自喻说他自己很快就辞官归隐了。

下面从鸟写到人。"量力守固辙"，"量"是度量的意思，人要认识自己，认识自己的能力，明白该做什么，不该做什么，能做什么，不能做什么，这就是"量力"。"故辙"是"我"原来的道路，"你们"都找到这样那样的追求利禄之途，"我"却仍然坚持沿着"我"过去选定的道路走下去。然而走这条路"岂不寒与饥"？陶渊明毕竟做了这样的选择。人们都不理解这种选择，"知音苟不存，已矣何所悲"，但至少"我"了解"我"自己，知道"我"选择的是什么。

这首诗有三层转折的形象，但中间从未断掉过，从云到鸟虽是转折，但他写鸟时却用了"朝霞"和"宿雾"等字样，便与前面的"云"可以呼应，因此读者便感到从"云"到"鸟"的形象之转变，不是很突兀的。至于从"鸟"到"人"的转折，从"迟迟出林翮，未夕复来归"到"量力守固辙"，则是在意念上的承接，形象虽改变，而情意却是一致的。陶渊明选择的形象本是他心思意念的具象化，而陶诗结构的组织是纯任他意念的自然流转进行的，这是陶渊明的特色。

从杜甫诗看形象与情意之关系

　　下面我们要讲杜甫。杜甫是一位感性与知性兼长并美的诗人，他于物象既有强烈的感发，对结构也有极细密的安排。与陶渊明不同，杜甫则不免于有心为诗的意念，他在诗中就曾说过"语不惊人死不休"的话，只不过杜甫对形象的使用和结构的安排却也并不是只重知性的技巧，而是同时也有极深厚博大的感性投注和联想。

　　杜甫生于唐代由盛转衰的乱离之年，说他是现实主义诗人，是说他诗中反映最多的是当时的社会现实，这在同时期诗人中是无人能与之相比的。杜甫在诗歌的表现形式上与生于晋宋衰乱之中的陶渊明有很大差异，这是由于各自的性格、襟抱不同所决定的。陶渊明的性格是内向的，是向内的探索，向内的寻求，写自己心灵意念的流转，如其《拟古》《杂诗》《读山海经》等组诗，好像没直接写动乱的社会现实，但诗中那份深挚的悲怆和感动，正来自战乱衰变之中，是从现实中得到理性反省的结果。他内向的性格表现为独善其身，保持住了一个真淳的自我，但他没有勇气来拯救受难的人民，这一点也不容为他隐瞒。而杜甫性格是外向的，他的胸襟、怀抱是博大而开阔的。他与众不同的最杰出之处，是那"以天下为己任"的自然天性。在"亲朋无一字，老病有孤舟"的情况下所关注的还是"戎马关山北，凭轩涕泗流"，是"孤舟一系故园心"。杜甫一生亲见自己国都长安的几次沦陷。有的人爱国是因为祖国繁荣富强才爱，而有的人却在祖国灾难深重时倍加关注祖国的命运和前途，杜甫正是后者。杜甫的感情博大而深挚，无论他写什么物象，都把满腔的挚情诚意投注进去。这在他早年的诗中就表现出来了，如《房兵曹胡马》诗中的："胡马大宛名，锋棱瘦骨成。竹批双耳峻，风入四蹄轻。所向无空阔，真堪托死生。骁腾有如此，万里可横行。"他的诗很少只写物象不带自己的色彩，如这诗前四句写马的生相与众不同，接下去的四句写马的精神品格，实际上正是写出了自己的精神品格。可见在运用形象上，他与陶渊明的"以心托物"不同的是"以情注物"，即是从现实中选取一个确有的物象，将自己的情意全都投注进去。在表现形式上，陶渊明是以"真淳"取胜，而杜甫是以"刚强"取胜，是精神上的刚强，是接受之能力和负荷之能力的刚强，是在苦难面前不闭眼、不低头、不逃避的刚强。

此外，杜甫还是一个集大成的诗人，这主要指他的多才多艺。有的诗人律诗写不好，但绝句很妙；有的绝句不佳，但排律出色，这都不够大成，只有杜甫才算得上是工于各体的全才和"大成"。"大成"的容量与外向的性格使他的诗在修辞上形成了一个显著特色：不避拙。到底什么叫修辞？我觉得能找到最适当的词传达最真诚的情意就是最好的修辞。《秋雨叹》之一中的"雨中百草秋烂死"开篇就令人震惊；又如他写逃难的诗有"麻鞋见天子，衣袖露两肘"的句子；《义鹘行》写一只苍鹘为一只被蛇吃掉幼雏的老鹰报仇而打死蛇的传说，诗中有"修鳞脱远枝，巨颡坼老拳。高空得蹭蹬，短草辞蜿蜒。折尾能一掉，饱肠皆已穿"等句子，多么血淋淋、赤裸裸的字句，这是杜甫的特色。

《秋雨叹》共三首，带着杜甫很深沉的慨叹，写于天宝十三载的夏秋之间。那年夏秋之间，淫雨不止，农田禾稼受到很大损害，而当时的宰相杨国忠却隐瞒灾情，不予上报，国家衰乱之相已经可以预见。杜甫既伤秋雨之灾，也慨叹国家的奸佞用事，贤良见斥，所以写了这三首《秋雨叹》。我们现在只看第一首：

> 雨中百草秋烂死，阶下决明颜色鲜。着叶满枝翠羽盖，开花无数黄金钱。凉风萧萧吹汝急，恐汝后时难独立。堂上书生空白头，临风三嗅馨香泣。

从第一句"雨中百草秋烂死"，杜甫就表现了与陶渊明不同的风格，"秋烂死"三个字，写得多么强劲有力。杜甫面对外在世界时不避丑拙，不避悲惨，所以他才能在唐代诗人中，反映更多悲惨的天宝乱离的情事。《诗经》曾有句云"秋日凄凄，百卉俱腓"，《离骚》中也说过"哀众芳之芜秽"，只这一句，杜甫便既写出了淫雨中现实的景象，也表现了对当时国事的很深的悲慨。接着写"阶下决明颜色鲜"，则是以"决明"之"颜色鲜"来与前面的"秋烂死"的"百草"相对比，将之视为一种坚强不屈的象喻，于是下面接着就对这"颜色鲜"的"决明"加以赞美，说"着叶满枝翠羽盖，开花无数黄金钱"。这两句跟他的"种竹交加翠，栽桃烂漫红"（《春日江村五首》之三）写得一样精神饱满，而他的强大的力量，全从这两句的句法结构与对偶之形式中表现了出来。"着叶满枝"实际上是"满枝着叶"，这一颠倒的句子在杜诗中实在还算不得很特殊的，杜甫更值得我们注意的是《秋兴八首》中的"香稻啄余鹦鹉粒，碧梧栖老凤凰枝"。从外表看这两句诗好像不通，香稻没有嘴怎么啄，碧梧没有足怎么栖，明明应该倒上去，将"鹦鹉"和"香稻"、"碧梧"和"凤凰"对换，成为"鹦鹉啄余香稻粒，凤凰栖老碧梧枝"，这不就通了吗？杜甫为什么要用颠倒的句法？是在玩弄花样吗？有的人为了玩弄花样就把字句颠倒，那不是写诗的正当方法。诗的句法是可以颠倒的，但不能为玩弄花样而颠倒，要为表达自己兴发感动的生命的需要然后才可以颠倒，唯有这样颠倒才是一种适当的表现方法。为什么这样说呢？像杜甫这两句诗，假如把它换过来，说是"鹦鹉啄余香稻粒，凤凰栖老碧梧枝"，就只代表了两件很写实的事情，是说鹦鹉吃不完那香稻粒，凤凰栖落在碧绿的梧桐枝上。然而杜甫要写的本不是鹦鹉和凤凰，何况凤凰本来就并非实有。杜甫要突出写的是香稻和碧梧，所以他把香稻和碧梧放在前面，写香稻的丰富是鹦鹉都吃不完的。不仅如此，杜甫真正要写的是开元当年的盛世，杜甫曾有诗句说："忆昔开元全盛日，小邑犹存万家室。稻米流脂粟米白，公私仓廪俱丰实。"(《忆昔》)"香稻"一句所要表现的便是杜甫对这样的盛世的怀念。至于"碧梧"一句，所要写的也是对当日美好生活的回忆，原来由长安的昆吾亭御宿苑至渼陂沿途都种有梧桐树，写碧梧的美丽，有可以吸引凤凰终生栖息而不离开的碧绿的树枝，而不是真有凤凰栖在树上。在此，只能用这种倒装的句法才能真正把感发的情意表现出来。

这首诗本是古体，但"着叶满枝翠羽盖，开花无数黄金钱"两句却是对句，写得很有力量。"雨中百草秋烂死"，唯有决明在风雨中没有凋零，而且还"着叶满枝翠羽盖，开花无数黄金钱"，这是多么可贵的不向风雨屈服的精神。然而环境是这样恶劣，杜甫不禁为之担心："凉风萧萧吹汝急，恐汝后时难独立。"诗人要传达感发的生命，与用词造句的每一个字都是有关系的。现在写的不过是一株阶下的决明而已，他仍然称呼得那样亲切。"凉风萧萧吹汝急，恐汝后时难独立"，"汝"就是决明，杜甫说凉风这么猛急地吹着你，我担心你在风雨中也难以长久地挺立。雨中百草都烂死了，你难道站得住脚吗？我们如果把陶渊明与杜甫对物与心的关系作一简单的归纳，在由物及心、由心及物和即物即心的关系中，我以为陶渊明是以心托物的，杜甫是以情注物的。陶渊明以心托物，是一份心思意念的流转，不只是单纯的感情，还有思想的反省，而却完全以物象来表现。他写的根本就是他的心思意念，他写的鸟是概念的鸟，是他心思意念的具象化；而杜甫则是以情注物，他的感情是向外投注的，他真的是感情深厚博大，不仅是对人，就是对草木也投注了全部的感情，所以他写的决明是清清楚楚的。"阶下决明"，就在他住的房前的台阶之下。

更妙的是下面一句转折："堂上书生空白头，临风三嗅馨香泣。"这是全诗最活泼、最富于感发力量之所在，它由前面所写的阶下决明一转为堂上书生。杜甫的感情是博大深厚的，而他的理性又非常细腻、明智、周全，所以他一方面有深厚的感情的投注，另一方面又有非常周到、仔细的理性安排。他说"堂上书生空白头"时，那"堂上"便遥遥与前面的"阶下"相对，而阶下百草秋烂死后仍挺立的决明则和他那堂上白头的书生相应，在人和物之间，有一种呼应和照顾，杜甫可以放开笔去写，而回头过来一拉就拉回来了。陶渊明是不用技巧的，那是最高的境界，是他心思意念的自然流转；杜甫是有安排技巧的，是有功力的，所以他的诗对后世影响最大，他感性和理性结合得很好。那"堂上书生"和"阶下决明"遥遥相应，这里面有理性的安排和呼应，同时又有感性的感发和联想。你是阶下的决明，我"恐汝后时难独立"，唯恐你与百草一样腐烂，然而我一个堂上的书生能对你有何帮助，我能使你不随百草秋烂死吗？我能帮你永远战胜萧萧寒风的吹袭吗？我这堂上的书生是空白头，我当年"致君尧舜上"的理想，"穷年忧黎元"的感情，我少年的志意都落空了。我现在眼看着国家社会的这些情况，能做什么呢？可我是爱护你的、关心你的，我不愿意看到你这棵好的决明跟百草一起腐烂，我希望你能"独立"，所以我"临风三嗅馨香泣"，当一阵风吹来，我逆风闻到你的香气，潸然泪下，我不知道你的馨香能保持多久，我又不能对你尽什么力量，真是悲慨至深。

杜甫所写的形象，都是现实实有的形象。他真的关心外界的事物，每一事物都给他留下深刻的印象。他对每一个事物都投注了深厚的感情，所以这些形象就都人格化起来了，就都有比外在形象更深一层的意义了。只有"决明"一例还不算，他的《秋兴八首》在形象与结构方面都有更细致精微的表现。一般说来，一首诗的结构和形象，都只以一首诗的个体为单位，但《秋兴》却是以八首诗作为一个整体，我们从这八首诗的安排次第中，既可以更清楚地看到杜甫在章法结构方面安排和组织的功力，也可以看到他在形象与情意之间的强大的感发生命的活力。

《秋兴》是杜甫晚年羁旅漂泊到四川时的作品，当时他身在四川夔州，心向国都长安。诗中或以夔州为主遥念长安，或以长安为主而映带夔州，八首诗浑然一体，是杜甫连章之作中最完整、变化最多的一组诗。他的感性与理性兼长并美的特色突出地体现在这组诗里。组诗其一从夔州秋景引起诗人对故园长安的怀念，是感发的开始。其二是写诗人于异乡夜晚"每依北斗望京华"的思乡之情，是感发的继续。其三从夔州朝景起，承上章"月映芦荻"而以"五陵衣马"结，启下章之"长安弈棋"，由首章"故园心"到此章"心事违"，情愈转愈悲，正式转入对长安的忧叹，承上启下，结构上感情层次的进行有很明显的理性安排：从日暮写到北斗和月亮的出现。以夔州的朝晖引起对百年世事、长安战乱的叹忧，从时间顺序到感情变化在一步步向前推进，对夔州的叙述渐渐减少，对长安的怀念慢慢加剧，以后四句概写杜甫对长安的怀念之情。其五的"蓬莱宫"是当年被玄宗召见之地；其六的"曲江头"是玄宗与贵妃的游宴之地；其七的"昆明池"是汉武帝训练水军之地，这三首都以地名开篇。到了第八首的"昆吾御宿自逶迤，紫阁峰阴入渼陂"，开端两句，诗人竟一口气列出四个地名，酣畅淋漓，一发而不可止地倾吐着对长安的向往怀念之情。自其四的"鱼龙寂寞秋江冷，故国平居有所思"就看出杜甫此时已满心满怀都是故国长安了。其五中他虽已是"一卧沧江惊岁晚"了，还想着"几回青琐点朝班"。其六中"瞿塘峡口曲江头，万里风烟接素秋"，从瞿塘峡口到故国曲江，有什么可以相通呢？只有诗人的怀念之情随着素秋的风烟飘向故园长安。其七诗人由夔州的秋天想到了长安的秋天，借昆明池之秋景寄寓对国事盛衰之感慨。其八中的"昆吾亭""御宿""紫阁峰""渼陂"，都是作者在长安时常去的地方，这样于两句中融入四个地名的写法有着余韵悠然、情思无限的美感。这里所思的，虽以渼陂为主，然情意却不为渼陂所限。诗人还在"佳人拾翠春相问"句着一"春"字，这就使此诗的感兴不仅不为其所思之地所限，也不为其所思之秋时所限了，足以见出"兴"之深远辽阔。

下面我们看杜甫的《秋兴八首》之七：

> 昆明池水汉时功，武帝旌旗在眼中。织女机丝虚夜月，石鲸鳞甲动秋风。波漂菰米沉云黑，露冷莲房坠粉红。关塞极天唯鸟道，江湖满地一渔翁。

此首开篇的"昆明池"是当年汉武帝为拓疆训练水师而凿，金圣叹说："诗人之眼上观千年，下观千年。"这首诗中不仅有怀古，也有慨今，诗里杜甫在夔州，由曲江想到昆明池，由昆明池又想到汉武之功，由武功之盛又想到当今国势衰颓……抚今追昔，不胜感慨。接下去的"织女"句，从理性上说"织女""石鲸"都是现实中实有之物，传说长安昆明池水边有织女像，水中有石鲸雕刻。池畔织女徒以织为名，却并非真正的鸣机夜织，不过空立于明月之中，所以用一"虚"字表示其落空无成、徒负夜月。"石鲸"虽为石刻之像，然而风雨之中，于池水汹涌起伏之际，竟具有鳍尾皆动之意，所以用一"动"字写其在秋风波浪中的动荡不安之状。此两句除实写之外，给人以一种落空无成、动荡不安的感觉。细细品味，不仅昆明池之景被生动地说出，更有无限伤时念乱之情绪，于政之无望，时之不靖，种种感慨，全借此意象传出。写实而超乎现实，这是杜甫律诗之一大成就。

"波漂"两句写昆明池秋日景象：秋季菰米结实，池水荒凉，无人采摘，一任其凋零漂荡于池中，形成团团黑影如云状；凋谢的片片莲花飘坠萎褪于水中。这不仅是对今日昆明池衰败景象的慨叹，更是对国家兴亡、盛衰的慨叹，正像《杜诗镜铨》所言："就昆明池边所有清秋节物，极写苍凉之景，以致其怀念故国旧君之感。"

最后一联中的"关塞"泛指秦蜀之间的高城险塞，"鸟道"指山路之险峻难以通过，"江湖"我以为是兼指杜甫此时寓居之地与将往之地而言，"渔翁"则是杜甫的自谓。这句是从前面所回忆的长安回到今日羁身之地夔州的一个引渡，将诗人的思绪拉回到现实的羁旅漂泊孤寂无所底止的沉哀，作了全篇的结束。

总之，杜甫这一首诗表面所写的都是现实中的景物、情事，而其中则充注着诗人内心中一份饱满、浓厚的感慨忧叹之情意，这正是杜诗"以情注物"的体现。

在章法上，全诗以"池"与水来贯通。前二句先叙当年汉武开凿之功，自第三句跌入今日之衰败荒凉的池中、池畔景象；至第五句的"鸟道"一直转回到此时在夔州的漂泊生活，用了"渔翁"自况，这里的"江湖"与"渔翁"仍然没有脱离水的范围，暗中应"巫峡"。由此可见杜甫在章法上不管怎样承转变化，始终不忘以理性为安排呼应的特色。

总之，杜甫的感情既是深厚博大的，也是向外投注的。无论是有生或无生的外在的物象，无论是阶下的一株决明，或是其他什么（如《秋兴八首》之七中的"昆明池的织女"与"鲸鱼的石像"），凡是经杜甫写入诗中，他便都对之投注了自己的深厚情感，充满了感动兴发的力量，因而使原本无情的物象，也蒙上了一层有情的色彩，产生了一种象喻的作用。

从李商隐诗看形象与情意之关系

下面我们要讲另外一个唐代的诗人李商隐。李商隐受到过杜甫的影响，他的许多诗表现的对现实疾苦与对朝廷政治的关怀，以及其所采用的五言长古的体裁和叙写的方式，都与杜甫有相似之处。而杜甫在律诗中所经常表现的修辞之凝练浓缩的特点，也曾经给予李商隐很大的影响。然而李商隐却不是一个只知承袭的诗人而已，他更可贵的成就，还在于他自己更有一种独特的风格和拓展。我们要看的是李商隐的《锦瑟》：

> 锦瑟无端五十弦，一弦一柱思华年。庄生晓梦迷蝴蝶，望帝春心托杜鹃。沧海月明珠有泪，蓝田日暖玉生烟。此情可待成追忆，只是当时已惘然。

我们首先仍从心物相感的结合及表现来看：杜甫从阶下的被风雨摧

伤的决明而引发出来堂上空白头的书生的感动，可以说是与《诗经》中所谓"兴"的感动最接近的一种感动。决明本为眼前实有之物，其感发的过程是由外物触发了诗人内心的感动，于是诗人遂将自己的感情完全投注于外物之上，而其所咏之"物"也就成为诗人自己的象喻。至于陶潜诗中心与物相感发的过程，则是先有心中的意念，然后将之假托于概念中的某一种物象来表现。这种感动既然不是由外物所引发，所以陶潜诗中所写的"鸟"，也就并不是现实中所实有的任何一只鸟，而只是诗人概念中所有的"鸟"之共相而已。至于李商隐诗中所写的蝴蝶和杜鹃，虽然也是现实中所可能实有的生物，可是就整个意象而言，则庄生梦魂所化的蝴蝶和望帝春心所化的杜鹃，它们所喻示的却已经染满了典故中寓言和神话的联想，而绝不仅是现实中生物的现象而已了。至于沧海月明中有泪的珠，和蓝田日暖中生烟的玉，分开来看虽然每一个名物也都是现实中所可能实有的物，可是就其结合成的整个意象而言，则此种意象却完全属于诗人自己想象中的创造而绝非实有。这种意象就诗歌创作的发展而言，当然是更为精微复杂的一种表现技巧，而其所象喻的当然也应该是更为精微复杂的一种情意。如果对陶潜、杜甫和李商隐三个人在这三首诗中所表现的情意做个比较，陶诗中所表现的该是一个不肯同流合污的诗人，人生之途中从彷徨迷惘到最后决志的选择过程；杜诗中所表现的是一个像美丽的决明一样资质美好的才志之士，在风雨摧伤的恶劣环境中，对于生命落空的恐惧和悲慨。这两首诗所表现的，可以说是较容易被人了解和唤起共鸣的两种现实生活中的情意。可是李商隐诗中所表现的，则是更为深微幽隐、难以具言的一种情意。那么他所要表现的情意究竟是什么呢？要想对此有所了解，我们就不得不对李商隐的生平略有认识。

李商隐生于宪宗元和年间，卒于宣宗大中年间，在他四十八年的生命中，经历了宪、穆、敬、文、武、宣六宗之世。当时的唐代内则有宦官之弄权，外则有藩镇之跋扈，更加以朝廷的党争，帝王之废立，尽出于中官；大臣之黜陟，多半由于恩怨。李义山就是生活在这样一个不幸的时代背景之中。而他的身世更是幼而孤寒，十岁丧父，十二岁就以"佣书贩舂"，替人抄书和替人舂米的劳苦工作负起了养家的责任。所以他自少年时代便刻苦自励于读书，当然盼望能有一个仕进的机会。而且除去家贫的因素使他急于求仕进以外，我们从他的诗歌来看，更可以知道他原来也是一个关心国事的有志之士，所以在他的编年诗集中，我们便可以看到他早期所写的假托咏史而讽刺时政的一些作品。只是他科第不利，两次应考皆未登第，直到文宗开成二年他二十六岁才因令狐楚和令狐绹父子的推誉，考中了进士。而在当年冬天他就写了《行次西郊作一百韵》这首著名的长诗。在诗中首先写出了他所见"高田长槲枥，下田长荆榛。农具弃道旁，饥牛死空墩。依依过村落，十室无一存"的荒凉景象。然后接着写出当时政纲的紊乱，直接指明了"疮痍几十载，不敢抉其根"的病入膏肓的积弊。而且同情饥民之为盗者："尔来又三岁，甘泽不及春。盗贼亭午起，问谁多穷民。"更在篇末陈述了自己的愿望："我愿为此事，君前剖心肝。叩额出鲜血，滂沱污紫宸。九重黯已隔，涕泗空沾唇。"表现出极为热挚的想要救民匡国的一腔激情。也就在他写了这一首长诗的次年，他又去参加了宏词科的考试。据他自己后来给朋友的信说，当时他已经为吏部所取中，可是当吏部把姓名上之中书时，却因为"中书长者"言"此人不堪"，遂将名字抹去，因而落选。从此以后他便陷入党争的恩怨之中，一直未曾得到过伸展志意的机会。以李商隐与牛（僧孺）李（德裕）二党的关系而言，牛党的令狐父子是赏拔他的恩主，而李党的王茂元则是他自己的岳父，其中的恩怨当然有着许多难言之隐。因此李商隐不免终身抑郁，把一切忧时忧国之心，自伤身世之慨，难以直言者，都寓托于幽微隐晦之诗篇。

这首《锦瑟》诗是李商隐最著名的一首难解的诗篇。历来说诗者早就有过"一篇《锦瑟》解人难"和"可恨无人作郑笺"的慨叹。有些笺注者也曾对此诗做过不少猜测，例如冯浩的《笺注》就曾经以为"此诗为悼亡之作"，谓"沧海月明"一句是赞美他妻子的明眸，"蓝田日暖"一句是赞美他妻子的容色；又如张采田的《会笺》则以为此诗"乃自伤之作"，谓"沧海"一句是慨叹李德裕之被贬而死，"蓝田"一句是说令狐绹做了宰相云云。像这一类的解说，最大的毛病就是把诗中的寓意解说得过于拘狭，完全忘记了诗歌中心与物相感发的作用，而只把诗歌中的意象当作谜语来猜测。这种说法不仅容易造成牵强比附的误解，而且对诗歌中意象的感发力量更是一种拘限和斫丧。所以我们现在想把这种局限的解说暂时丢开，只从诗中意象所给予读者的感动和联想，来看一看李商隐在心灵的感发中所表现的是怎样的一种心态。

在这首诗开端的"锦瑟无端五十弦，一弦一柱思华年"两句中，只有"思华年"三个字是直接叙写的口吻，而其他则都是意象的喻示。"锦瑟"之意象所提示给读者的不仅是一种精美的乐器，同时还提示了与"锦瑟"有关的一则故实。据《汉书·郊祀志》记载："泰帝使素女鼓五十弦瑟，悲，帝禁不止，故破其瑟为二十五弦。"在此二句中，"锦"字可以见"瑟"之珍贵精美；"五十弦"则可以见此瑟之弦数较之其他乐器为独多。繁多的弦所传达和表现的当然是更为繁复精微的情意，而这种情意又特别悲哀，甚至使传说中的泰帝到了不能忍受的地步。而诗人在"五十弦"上更用了"无端"二字以表示"锦瑟"之过人的精美和深悲，原来都是"莫之为而为"的一种"无端"的命定的悲剧。如果从"思华年"三字的叙述来看，则"锦瑟"当然就正是"思华年"之诗人的自喻。在诗人的回忆中，对每一件往事的追思当然便都成为对"锦瑟"上每一根弦柱的拨动。这两句可以说是全首诗的总起，下面的四句两联当然便是追思中的情事了。

我们先看"庄生晓梦迷蝴蝶，望帝春心托杜鹃"一联。"庄生"句当然用的是庄子梦为蝴蝶的典故。不过李商隐所用的却不是《庄子·齐物论》中哲理的原意，而只是借用这一则典故的意象来喻示一种情思的境界而已。"梦"而为蝴蝶，当然可以想见梦境的美丽和情思飞动的翩跹；又用一"迷"字，则表示了在蝶梦中的耽溺和痴迷。只可惜梦境虽美，却是临破晓前的梦，故又用一"晓"字表示了梦境的短暂难留。因之这一句所给人的感受，不是对美梦的欣喜，而是对美梦难留的悲哀。至于"望帝"一句，李商隐所用当然是神话中蜀望帝之魂魄化为杜鹃鸟的典故，而"春心"所指的自该是一种相思怀念的心意。把"春心"托于"杜鹃",所喻示的当然是魂魄化为异物以后而相思依然不已的长恨。

再看"沧海月明"一联。根据"月满则珠圆"的传说,"沧海"句所写的当然该是月满珠圆的情景,可是李商隐却说是"珠有泪",遂使晶莹的明珠都变成了晶莹的泪点。至于"蓝田"一句,则指的是陕西的蓝田山,原以产美玉而著名。每当日光晴暖,虽可以想象山峦蕴玉之美,然而却又如此渺远迷离及难以获致和掌握。把"蓝田"和"沧海"一句合看,则诗人一方面既以"月明"和"日暖"做了明显的对比;另一方面则又以"珠有泪"的凄哀和"玉生烟"的迷惘,表示了一切美好事物之难得圆满与难以获致。是则无论在苍凉的广海或暖霭的山峦,无论为月明之夜或晴日之昼,其凄哀怅惘之情固有长存不变者在矣。

至于最后两句的"此情可待成追忆,只是当时已惘然",则遥遥与开端两句的"思华年"相呼应。其意盖谓不是等到今天我在追思华年时,才感到以前的"蝶梦"无常,"春心"难已,以及"珠有泪"和"玉生烟"的凄哀迷惘,而是在当时我亲身经历着这种种情境时,早就已经感到"惘然"深悲了。像李商隐这首诗中的情意,我们实在可以说正是他平生抑郁不偶、挫伤失意的整个感情心态的具体呈现,原不必为之做拘狭指实的解说。因之我们所做的便只是从诗中的意象来想象其情思与意象相感发、相投注时,所可能唤起的感动和联想而已。

除上面所举的李商隐诗中最为著名,也最具有代表性的这首《锦瑟》诗以外,李商隐还有一篇《燕台》诗,一共分为四章,都是七言古诗，分别以春、夏、秋、冬为小标题，而形成了一组诗。我们来看其中的第一首《春》：

> 风光冉冉东西陌，几日娇魂寻不得。蜜房羽客类芳心，冶
> 叶倡条遍相识。暖蔼辉迟桃树西，高鬟立共桃鬟齐。雄龙雌凤
> 杳何许，絮乱丝繁天亦迷。醉起微阳若初曙，映帘梦断闻残
> 语。愁将铁网罥珊瑚，海阔天翻迷处所。衣带无情有宽窄，春
> 烟自碧秋霜白。研丹擘石天不知，愿得天牢锁冤魄。夹罗委
> 箧单绡起，香肌冷衬琤琤珮。今日东风自不胜，化作幽光入
> 西海。

这可以说是较之《锦瑟》更为难懂的一首诗，我们只从意象与结构两个重点来略做简单的说明，并将之与陶渊明及杜甫诗中的意象与结构之特色来做比较。

先从意象而言，如果以李商隐这一类最富于他自己独特风格的作品来和陶渊明及杜甫的诗做比较，我们就会发现，杜甫是比较写实的，他诗中的形象大多是现实中果然确有的物象；陶渊明则是比较概念化的，他的诗中的形象往往是概念化了的物象，而并非某一可以确指的具体的物象；而李商隐则是比较幻想性的，他的诗中的形象往往既非真实的现实确有之物象，也并非概念中的现实可有之物象，而是他自己想象中的现实中本来没有的幻象。至于就形象与情意相结合之关系来谈，则杜甫诗之特色可以说是"以情注物"，陶渊明诗的特色则可以说是"以心托物"。至于李商隐诗的特色，

则可以说是"缘情造物",他的诗中的形象似乎已经脱离了一般理性的约束,而完全成为他自己的一种感情的创造和组合。不过,这种由感性所组成的非现实所有的一系列的幻象,虽难于以理性做明白的解说,但却具有极强大的感发的力量,使读者可以明确感受到。这正是李商隐诗之所以虽然以晦涩难解著称,却仍然得到许多读者之赏爱的主要缘故。

再就结构方面来看,则如我们在前文所言,陶渊明诗的特色是纯任其心思意念的自然流转而进行的;杜甫诗的特色则是既有感性的引发和联想,也有理性的安排和呼应;至于李商隐诗的特色则是以理性为提纲来组织一些非理性的形象,即以前面我们所举引的《锦瑟》来看:首二句的"锦瑟无端五十弦,一弦一柱思华年",可以说是这首诗的总起,而末二句的"此情可待成追忆,只是当时已惘然",则可以说是这首诗的总结,至于中间四句的"庄生晓梦""望帝春心""沧海月明""蓝田日暖"则是四组并列的难以理念解说的形象,其以理性为提纲来组织非理性之形象的特色,固是显然可见的。至于《燕台四首》一组诗虽然因为篇幅较长,其结构组织不似《锦瑟》一诗之易于指说,但却也仍然是有相当的脉络和线索可以寻求的。这首诗从"风光冉冉东西陌,几日娇魂寻不得"写起,"风光冉冉"一句表现了春光之冉冉而来,"几日娇魂"一句表现了诗人被春光打动了以后所引发的一种追寻向往之情,这两句自然是这首诗的总起。其下"蜜房羽客类芳心,冶叶倡条遍相识"则是以"蜜房羽客"作为"蜂"的别称,以蜜蜂寻芳比拟追寻之心意,而"冶叶倡条"一句则像其寻芳之周遍恳挚之情。其下"暖蔼辉迟桃树西，高鬟立共桃鬟齐"，则写其在追寻中之恍如有见，仿佛在暖霭中有高鬟之女子立于桃树之西；而"雄龙雌凤杳何许，絮乱丝繁天亦迷"二句，则写真正美好之遇合终不可得，而只有满怀迷惘之情与春日之丝絮同其迷乱。再下面的"醉起微阳若初曙，映帘梦断闻残语"，则写沉醉中之将幻作真、莫知昏晓的迷惘；而下面的"衣带无情有宽窄，春烟自碧秋霜白"，则写有情之人之憔悴消瘦及无情之物之凄清寒冷。再下面的"研丹擘石天不知，愿得天牢锁冤魄"，则写悲苦之研磨擘裂与冤怨之长久不解；然后在下面的"夹罗委箧单绡起，香肌冷衬琤琤珮"，则写在时节变易之中的人的切肤之感受。至最后二句"今日东风自不胜，化作幽光入西海"，则是全诗之总结，写春之长逝，东风无力，百计难留，终乃化为一片幽光而入于西海。

这首诗中间的一大段所写的意象虽然缤纷闪烁，变幻神奇，但就章法而言，则其开端与结尾之际，却也仍是俨然有理性之提挈为之纲领的，而且还不仅就章法而言是如此，即使仅就每句之句法而言也是如此的。即如其"高鬟立共桃鬟齐"一句，就"桃鬟"之形象而言，则桃既无毛发，安得有鬟？则是"桃鬟"一词原为非理性之意象，"但'什么'立，共'什么'齐"？其句法则实在是理性的结构。李商隐诗的特色，就正在于他能在理性与非理性之间做一种极其微妙的结合，其非理性之形象既能以其神奇精美之品质予读者以直觉的感动，而其理性之结构则能使其缤纷繁复之意象不致流入于荒诞堆砌，而仍具有说服之力量。至于李商隐的《燕台》四首诗，其主旨究竟要写些什么？我以为李商隐的这一类诗，虽然难于做确切的指说，但其主旨所在也还是隐然可以测知的，结合他一生仕宦不得意，只落得终身栖迟于幕府的命运来看，《燕台》四诗很可能隐含有一世失意的辛酸，而这种辛酸又难以做直接的抒写，遂不得不将其衷心之深悲积怨之情尽化为凄美迷离之象来做一种委曲深隐的传达。他的感情是真切深挚的，所以尽管诗中所使用的都是缘情而造的幻象，却仍然能够给予读者一种极为强烈的感动，而且能够引起读者极为丰富的联想。总之，像这种诗本来就并不适于限定某一含义来以理性做明白的指说，但就感性而言，则确实具有诗歌中所当具备的最重要的兴发感动的质素，所以仍是成功的好诗。

　　总结归纳以上三位诗人，我觉得陶渊明所使用的意象，取材多出于现实中可有之物；杜甫所使用的意象，取材多出于现实中实有之物；而李商隐所使用的意象，取材多出于现实中无有之物。当然这只是就他们的一两首有代表性的作品所造成的一般印象而言，如果有意寻求例外的诗证，陶渊明《读山海经》中的"丹木""青鸟"岂不也是出于现实中无有之物者？而义山《暮秋独游曲江》之"荷叶"与《夕阳楼》中之"孤鸿"岂不也是出于现实中实有之物者？我们所举的几首诗是特别代表他们不同风格的特色的作品，这是由于这三位诗人所表现的为人与为诗的态度不同决定的。

　　陶渊明是一位平实质朴之中见深微高远的人，其为诗与为人一向以平实质朴为主，不喜炫奇立异。另外他又是视精神胜过物质的人，他诗中活动着的常常是事物的概念而非实体，诗中表现的事物也往往只是遗貌取神的抒写。所以陶渊明诗中没有一句是刻露的写景咏物之作，他所写的孤云、飞鸟、松树、菊花都是他以精神体认之后的概念，绝非实有之个体。前面说过，他诗中意象与情意的关系是"以心托物"，是把满怀激情托之于他所选择的事物概念之中来表现。陶渊明心灵活动的领域极其精微高远，为人之态度却极其平实质朴。这正是他之所以不取象于实有之个体，仅取之于可有事物之概念的缘故。

杜甫则不然，他最大的特色在于极其关心留意现实，以最大的勇气面对现实，以天才叙写现实。他所选写的事物，多为现实中实有之物，这原是不足为怪的事，只是杜甫同时又是一位感情最深厚、最丰满、最热挚的诗人，他常常把自己强烈的感情投注于他所写的一切事物之上，使之因诗人的感情与人格的投注而呈现出意象化的意味，所以我说他诗中形象与情意的关系是"以情注物"，是因了感情的注入才使事物意象化的。这种从实物中取材的特点，是由于他的诗本来就是以写实为主的缘故。

李商隐是一位形象化、意象化的大师。陶、杜诗中的意象无论如何丰美，对作者来说，仍不过是自然而然的流露。我们从李商隐诗中却可以明显地感到作者对于意象的有意制造和安排。有时他所表现的，就是一片错综繁复的缤纷意象，与陶、杜叙述之际尚有理念可寻，意象仅为心灵或感情自然流露的情形完全不同。这是因为他的先天资质禀赋与后天遭际经历加之隐约幽微的表现方法造成的，唯有那些非现实的，又带有恍惚迷离色彩的事物，才能表达出他那份独特的幽隐之情，所以我说李商隐诗中形象与情意的关系是"缘情造物"。

章法上，此三位诗人也各有不同：陶渊明以"任真"为宗，表现于或层次之平叙，或心念之流转、跳接；杜甫是感性、理性兼济，纵使出于感性的联想发为突然之转接，也依然不忘理性上作先后之呼应；而李商隐则往往以一些意象的错综并举为主，有时在首尾发展之际略微作理性之提挈。

句法上，陶诗多用古诗平顺直叙的句法；杜诗有时只掌握感性重点，在句法上表现为颠倒或浓缩；义山诗是以理性之句法来组合一些非理性的词汇。杜甫诗句有时只要平顺地伸延或倒转就可明白易懂，而李诗无论文法怎样合理，也依然不可具解。若说杜诗是文法上的难懂，则李诗就是本质上的难懂了，他的诗在本质上只能以感性去体认，不能以理性去说明。

从以上的分析我们不仅可以见到三家风格的不同，似乎还看到了某些属于文学表现方式上的历史演进迹象，更主要的是领略了中国古典诗歌中心与物，即情意与形象之间相互关联、相互感发的几种不同的类型与过程。由这些诗例我们也可以清楚地看到，西方诗论中关于形象、结构、质地和色调的理论，对于评析和欣赏中国古典诗歌是具有可以参考的价值的，但他们的"作者原意谬论"之说，对于像中国古典诗歌中这种作者之人格与作品之风格合一的成就，则是并不适用的。

（缪元朗整理）

三

*

从形象与情意之关系看三首小诗

理工科专业的学生也应该有文学素养

　　我很早就有这样一个想法，学科学的人，应该也学学文学。因为从古今中外的历史上都可以得到证明：最好的天才，富有创造性的科学家，像牛顿、瓦特，他们都既有很锐敏的直觉感受，也具有很丰富的联想能力。在中国历史上，东汉的张衡，他曾经创制了浑天仪和地动仪，是关于天文学和预测地震这两种很重要的科学上的创造发明；而同时，他在文学上也留下了不朽的、伟大的成就。他在东汉时代，是五言诗创作非常好的作者之一。他的《同声歌》在早期的五言诗的作品之中，是很值得注意的一首诗。他不仅在五言诗的创作方面很有成就，而且对七言诗的创立也有很大影响。从他有名的《四愁诗》，"我所思兮在泰山，欲往从之梁父艰。侧身东望涕沾翰"，我们可以看到，他是把《楚辞》里有"兮"字的体式，跟没有"兮"字的七言的句子结合起来了。他是从《楚辞》的有"兮"字的七言形式过渡到没有"兮"字的单纯的七言诗的一个重要作者。不但如此，张衡还写有那长篇伟制的《两京赋》，以及短小的抒情赋，可以说没有一种体裁是他写不好的。他是同时在科学上、文学上都有成就的一个人。我认为这是非常值得注意的一点。

还不只是从中国和外国古代的科学家及艺术家可以得到这样的证明。我在台湾教过很多年书，历代文选、诗选、词选、曲选，还有各种诗人的专书，我除教这些课以外，我还教过一门课——大学国文。台湾那时的高考也是举行全台湾的联合招生考试，按成绩来录取的。那时候台湾大学在台湾是最好的学校之一，大家总是把第一个志愿填上台湾大学。台湾大学，无论是文科、理科、工科、商科……所有的科系，大一一定要必修国文。学生的程度不整齐，有的高，有的低，要是把程度不一的学生放在一个课堂来教，老师就很伤脑筋。讲快了，程度低的同学跟不上；讲慢了，程度高的同学感到很无聊。所以，他们把各学科学生的大一国文、英文，按照入学考试的成绩来分班。他们把国文成绩最好的一班让我来教。而我发现了什么？我发现那些国文最好的学生，大部分不是文学院的学生，而是理学院的学生。因为我同时也教中文系的课程，所以二者一相比较，我就发现许多颇有文学天才的学生都去读理学院了。因为他们觉得学中文没有什么实用价值，虽然对文学也感兴趣，但是当他们填报大学志愿的时候，他们都填报了理学院的志愿。从那个时候起，我就有一个很强烈的感受，我认为他们学理科是好的，他们可以做出更大、更多的科学方面的贡献，但是我同时也遗憾他们有那么好的文学天才，竟跟文学疏远了、脱节了，白白地浪费了。我认为这是天下最可惜的一件事。所以，我是从一二十年以前，就有了这个念头，我觉得理学院的同学们，他们学理科，这是好的，是应该鼓励的，可是同时，他们如果有文学的兴趣，我们也应该帮助他们发展这方面的兴趣，使他们成为文理兼长的、富有创造性的人。这样的人，我相信：文学，他们可以有成就，而理学也可以从文学直觉的锐敏的感受和丰富的联想中获得启发，能够有更好的科学上的创造和发明。

我学习的是古典文学，而我这几十年沉浸在古典文学之中，我研读、写作、教书，我就发现，中华民族的精神、品格最美好的一面，是保存在我们的古典文学之中的。屈原、陶渊明、李白、杜甫、苏东坡、辛稼轩……那些古代的诗人们，他们的作品里边，所蕴含的那一份丰富的、美好的、崇高的品质，他们的理想、品格、志愿、感情、修养，我觉得那是非常宝贵的，我觉得应该让我们的年轻人在这美好的文学里边，汲取到我们中华民族最宝贵的一份文化上的营养。我们应该把我们所知道的传给我们下一辈的人，这是我们的责任。我虽然是散木，但是我"难忘诗骚李杜魂"，我没有办法忘记他们这些人的品格、感情，因为我真是被他们感动了。我的一个亲戚写信来开我的玩笑，他说："我们大家都不理解，你这么大年岁了，还东奔西跑。"（我1945年毕业，明年就毕业四十年了，毕业四十年了，也就是教书教了四十年。我从来没有休息过，连暑假我还不休息，从外国跑回国教书）他们说："我们不理解这个做人的态度……你这是苦行僧，还加了传教士。"我说："是的，如果说我传的是诗教，而且是广义的诗教，要把中国诗歌里边这一份崇高、美好的思想、感情、品格、修养传下来，那我真的是有这样的理想，我也真是有这样的意愿和感情的。"

评判诗歌好坏的标准

我以为在批评、欣赏、学习中国古典诗歌这方面，最重要的一个问题，也是大家常常讨论、常常伤脑筋的一个问题，就是你究竟怎样衡量、判断哪一首诗是好诗，哪一首诗是坏诗？这不仅在中国，在西方也是很成问题的一件事情。你要给学生一首诗，告诉他作者是莎士比亚，他就盲目崇拜，认为是莎士比亚的作品就一定都好。如果你不告诉他作者是谁，你就给他几首诗，他就很难判断，那究竟是好诗还是坏诗。也许有一些人，他自己有一点点直觉感受，他说我喜欢这个，我不喜欢那个。可是你为什么喜欢，为什么不喜欢，你能说出那个缘故来吗？而且你所说的那个缘故，果然就是衡量一首诗歌好坏的正确标准吗？

中国古人说的"情动于中而形于言"，说到一首诗歌的好坏，先要看那作诗的人，是不是内心真正有一种感动，有要说的话，是不是有他自己真正的思想、感情、意念，还是没话找话，在那里说一些虚伪、夸张的谎话。就是说，是不是果然"情动于中"，这是判断一首诗歌的最重要的标准。既然要"情动于中"然后"形于言"，这"情动于中"是诗歌孕育出来的一个重要的质素。那么什么东西才使你"情动于中"呢？晋朝的陆机有一篇《文赋》说过：

"悲落叶于劲秋，喜柔条于芳春。"在那强劲的、寒冷的秋风之中凋零的落叶，人们看了，就有一种萧瑟的、凄凉的、悲伤的感觉。"喜柔条于芳春"是说，当芬芳、美好的春天，我们看见草木那些柔条发芽长叶了，我们就有一种欣喜，这是大自然给我们的一种感动。后来更有名的一本关于诗歌批评的书——锺嵘的《诗品》，它前面有一篇序，第一段开始就说："气之动物，物之感人，故摇荡性情，形诸舞咏。""气之动物"是外边的冷暖、寒暑，中国所说的"阴阳"二气，它感动了外物，所以有花开，所以有叶落。所谓"物之感人"，是说花开叶落的"物"的现象，就感动了人的内心。"摇荡性情"，所以就使你的内心有一种摇荡的感动。"形诸舞咏"，所以才表现在你的歌舞、吟咏的诗歌之中。所以，人心之动，是物使之然也，也就是说，"情动于中"的一个因素是外在的大自然的物象。而如果说外在的、没有感情的、没有思想的草木的荣枯，都能感动你的话，那么跟你同样的人类的悲欢离合，难道不感动你吗？像孔子说的"鸟兽不可与同群，吾非斯人之徒与而谁与"？所以，杜甫在诗中才写下来"穷年忧黎元，叹息肠内热"，才写下来"三吏""三别"。像这些人世间很多人生的事情当然就更使你感动，不只是你自己个人的生离死别感动你，你看到别人的生离死别也同样地感动你，而诗人是有锐敏的感受能力和丰富的想象能力的，于是就不只是你自己的生活遭遇感动你，也不只是你看到别人的生活感动你，不只是你今天看到的当代人的生活感动你，古人及千百年前发生的事件也一样地感动你。所以，中国才有咏史的诗，"万古长留楚客悲"，"楚客"——屈原的悲哀为什么万古之下还感动了后代的人呢？所以，诗人就是要有一种中国古人所说的"民胞物与"之心，是"民吾同胞，物吾与也"。

对事物我都以同情的心对它，更不用说与我同类的人类，我当然就更会有同情和关怀了。当然，最好的、最能感动人的诗篇是诗人从自己的喜怒哀乐，从自身的体验所写出来的。可是我前文说过，好的诗人有锐敏的感受能力，有丰富的联想能力，是"民吾同胞，物吾与也"。不只是草木，不只是现在的人事，我所没看见过的、没经历过的人事，都可以感动我，这才真正是一个有博大的感情、襟抱的诗人。所以，古人才会写出来很多美好的诗歌。白居易写了《长恨歌》，他是唐明皇吗？他不是。他是杨贵妃吗？他也不是。他说："在天愿作比翼鸟，在地愿为连理枝。天长地久有时尽，此恨绵绵无绝期。"他虽不是唐明皇或杨贵妃，但他能够想象唐明皇跟杨贵妃的生离死别的感情。

《玉阶怨》题解

我们本章所讲的这三首小诗，题目都是《玉阶怨》。所谓"玉阶怨"者，是一种怨情，什么样的怨情？中国古人喜欢写女子闺中的怨情。中国封建时代的女子，在社会上没有独立自主的地位，就更没有独立自主的生活能力的，她的一生一世，就完全依靠在别人的身上。所以，中国古人说女子要"在家从父，出嫁从夫，夫死从子"，因为她没有独立的生活，她永远是等待的、被动的。她可以被选择，也可以被抛弃。所以，中国古代的闺中女子，才会充满了这样一份哀怨的感情。另外，诗人也可以单纯地、设身处地站在一个同情的地位来写女子的怨情。因为，古代的大多数诗人都是男子，女子很少有受教育的机会，她有再好的文学天才也被埋没了。所以，就有一些男子写了很多代言体，替女子说话，写女子的怨情，有些是写得很好、很动人的。除此以外，在古代社会里，以"三纲五常"为道德标准，夫为妻纲。一个男子在家庭里边是大丈夫、男子汉，他是独立自主的，他的妻子是归属于他的；还有君为臣纲，可当男子站在君臣这一纲的时候，他就也是被选择的了，他就也是可以被随便抛弃的了。所以当他们写代言体的闺怨诗的时候，有一种可能是单纯地只是写女子的怨情；另外也还有一个可能，即写女子怨情的同时也寄托了他自己的怨情。这是中国有许多男子之喜欢写闺怨诗的缘故。我们要讲的这三首诗，就是所谓的闺怨诗。

"玉阶"是很珍贵、很美好的玉石做的台阶，像大理石、汉白玉，所以叫"玉阶"。"玉阶"是闺中的，她的园庭之内的台阶。这里我们还要说，中国古人写诗所用的这些名词，你不用很死板地去解释。说"玉"，它就是真正的玉吗？是什么玉？是绿玉还是白玉？不一定这样说。当中国古代的诗人，他用了这样珍贵、美好的字面的时候，他不只是写现实的、一个玉石的台阶而已。那珍贵、美好的形象是一种陪衬，是人物的陪衬，是感情的陪衬。在我们国内有一位前辈学者，书法大家——沈尹默先生，他曾经写过这样的两句诗，他说："珠楼十二玉为房，幽静难成时世妆。"他说的是有珍珠装饰的楼，是"珠楼"，而"珠楼"里边的每一个房间，都是玉做的。"十二"者是极言其多，这么丰富、这么珍贵、这么美好。你说沈尹默先生他有过珠楼吗？他有过玉房吗？他没有。他这首诗所写的形象代表一种珍贵、美好的品格。一个人要知道珍重、爱惜自己，要把自己的品格、思想看成是可宝贵的。他说，在这样一个"珠楼""玉房"之中的一个美丽的女子，她这样幽静，这样美丽，她不喜欢，不愿意，所以她"难成"，她不容易装束成那时世的、摩登的模样。有些人是喜欢跟风的，自己没有主张，没有见解，人云亦云，不管好的坏的都跟。他说有一个女子她不是这样，她的美好是在于她自己的品质的美好。所以"珠楼"、"玉房"都是一种象喻。那珠玉的台阶是一种珍贵、美好的象征。

我们本章所要讲的《玉阶怨》，第一首是虞炎的，第二首是谢朓的，第三首是李白的。为什么会有同样的题目呢？中国古代本来有一种乐府诗，是因为汉朝有这种乐府的官署，这个官署里边有掌音乐的乐府的官，把歌谣配上音乐，可以歌唱，可以成为流行的歌曲。简单地说，这《玉阶怨》是乐府的诗题。这首诗是五个字一句的，有四个句子的小诗，我们普通说是五言绝句。五言绝句包括三种不同风格的作品。我们一般所念的五言绝句，是律体的绝句，是"平平平仄仄，仄仄仄平平"或"仄仄平平仄，平平仄仄平"。"红豆生南国，春来发几枝。愿君多采撷，此物最相思。"它平平仄仄是按照律诗格律的，这是所谓律绝。还有所谓古体的绝句，也是五个字一句，也是四句，但是不用律诗的平仄，像柳宗元的"千山鸟飞绝，万径人踪灭。孤舟蓑笠翁，独钓寒江雪"。除了律体的绝句、古体的绝句，另外就是我们今天所要讲的乐府诗题的绝句。

虞炎的《玉阶怨》："紫藤拂花树，黄鸟度青枝。思君一叹息，苦泪应言垂。"谢朓的《玉阶怨》："夕殿下珠帘，流萤飞复息。长夜缝罗衣，思君此何极。"李白的《玉阶怨》："玉阶生白露，夜久侵罗袜。却下水精帘，玲珑望秋月。"大家看这三首小诗，哪一首是好诗，哪一首是坏诗呢？现在我们就要把它们分辨一下。一般说起来，大家在课堂上，总是挑好诗讲。因为中国有那么长的文学史，好的诗我们都讲不完，谁讲坏诗呢？可是，我们为了给大家一个批评衡量的标准，就要把坏诗、好诗都看一看。

虞炎之《玉阶怨》

现在我们先来看虞炎的这一首诗。他说："紫藤拂花树，黄鸟度青枝。"写得不是很美丽吗？很多人误以为，文学上的诗歌创作，只要用一些美丽的辞藻，有一些美丽的形象，就是好诗了，说"诗歌是重视形象的"。其实不全然如此，有形象的诗不一定都是好诗，没有形象的诗也不一定都是坏诗。"紫藤""花树""黄鸟""青枝"，都是大自然中美丽的事物，都是美丽的形象。然而我以为，这两句不是好诗。为什么不是好诗？我就要给它作一个分析、说明。其实说它不是好诗，还不是从我开始。前文我们介绍的中国历史上最早的一本专门的诗歌批评的著作——锺嵘的《诗品》，在它前面的序文里边，就有这样一句："学谢朓，劣得'黄鸟度青枝'。"他说，谢朓的诗是当时写得好的，有些人看到谢朓的诗写得好，他们就想学习。"劣"是坏的意思。他学谢朓，但是他写得不好，他只写出"黄鸟度青枝"的句子来。可见很早就有人说它不是好诗，也可以见得学别人的时候，不要盲目去学。他用了"黄鸟""青枝"，我也用"黄鸟""青枝"。他一用就是好诗，我用了就是坏诗，为什么呢？因为把"黄鸟""青枝"结合起来的方式不一样。诗歌不只是一个单纯的形象就产生作用的，整个一首诗是一个生命，是一个感动、生发的生命，是在成长的，它的每一个部门都要组织结合起来，才能够判断它是好诗，还是坏诗。

"紫藤"和"花树"何以不是好诗呢？这其间有很精细的分别。"紫藤"，紫色的藤萝花，是一种花树里边的专类名词，指明了花树里边的哪一种？是藤萝。什么颜色？是紫色。可是"花树"呢？花树是泛称。紫藤算不算花树呢？算啊！所以，他把一个专指的名称与一个泛称的名称两个结合在一起，这在诗歌里边，就没有产生一个目的性的作用。因为它错综杂乱，它没有一个固定的引导你去感动的方向。"紫藤""花树"可不可以写？当然可以写了。"黄鸟""青枝"可不可以写？也当然可以写了。杜甫曾经写过这样两句诗，他说："桃花细逐杨花落，黄鸟时兼白鸟飞。"这里边也有花，也有鸟，也有黄，也有白。这两句诗是好诗，因为他结合得好。怎么结合得好？先说这两种同是专指的花，一个是"桃花"，一个是"杨花"。"细逐"，动词用得好。"逐"是说"随"，在杨花漫天飞舞的时候，那桃花的花瓣，比较细小的，比较轻盈的，经春风一吹，也像雪片一样飘洒下来了，所以桃花随着杨花飘落了。你看杨花，那一片一片的杨絮；桃花，那一片一片的细小的花瓣。一片杨花，一片桃花，而且是慢慢地从空中飘来，所以说"细逐"。那么"黄鸟时兼白鸟飞"呢？"黄鸟"是黄莺，"白鸟"是白色的鹭鸶鸟。他写的是长安曲江的风景，这是他在曲江边上写的诗。"时"是偶然，偶然有一只黄莺飞过了，偶然有一只白鹭鸶飞过了，偶然两只鸟同时飞过了。"细逐""时兼"这两个描述的词写得好。"黄鸟"和"白鸟"是同类的，"桃花"跟"杨花"是同类的。他所写的是什么呢？他要传达的是一种寂寞、无聊赖的心情。在曲江的江边上，长久地坐在那里的那一份感觉。你如果不是很寂寞，你一群人说说笑笑，你会注意到"桃花细逐杨花落"吗？你不会注意到。是寂寞孤独地坐在那里，而且是很久，所以看见"桃花细逐杨花落，黄鸟时兼白鸟飞"。他要写的只是孤独，只是寂寞，只是长久地坐在曲江的江边上吗？不是的。杜甫要写的是什么？是他那"致君尧舜上，再使风俗淳"的理想。当他做左拾遗时，看到国家政治需要改革，屡次上奏疏给朝廷，而没有人听信他的话，没有人理会他的那些谏疏、奏章。所以他才写了这样寂寞的诗，所以他才会"朝回日日典春衣，每向江头尽醉归"（《曲江》），才会坐在曲江江边上，写"桃花细逐杨花落，黄鸟时兼白鸟飞"。

李商隐也写大自然的景物。李商隐写什么呢？很多人一讲到李商隐，就讲到他的《无题》诗，以为他写了很多爱情的诗歌。其实不然，李商隐是非常关心国家政治的一个人，是非常有用世的志意，有理想、有抱负的诗人。当他不得志的时候，写到春天的景物，他说："花须柳眼各无赖，紫蝶黄蜂俱有情。"你看他写得多么好，也是形象，有花、有柳。"花"用了一个胡须的"须"字，那是花中间的花蕊，我们说"花须"。杨柳是青色的，我们中国这个青色的范围很广泛，蓝、绿、黑都是青。那柳叶的样子像人的眼睛一样，而我们常常说人的眼睛是"青眼"，本来是指黑色的；可是青，也可以说是绿的，所以也常常说是柳眼。"花"跟"柳"是两种不同的植物，一个胡须的须字是人体上的一部分，一个眼睛的眼是人体上的一部分，他马上把这两个形象很密切地结合在一起了，而且就使读者感觉到它们和我们和诗人，有这么一份亲切的、互相感发的关系。我们说"悲落叶于劲秋，喜柔条于芳春"，是"气之动物，物之感人"，那"花须""柳眼"都跟我们一样，是"民吾同胞，物吾与也"。而当诗人不得意的时候，寂寞无聊赖的时候，他看到的"花须柳眼"也"各无赖"。虞炎不是用了"黄鸟""青枝"吗？你看李商隐也用颜色，"紫蝶黄蜂俱有情"。"蝶"是一个种类的昆虫，"蜂"是一个种类的昆虫，可是要知道，蝶跟蜂有相似之处，它们都是采择花粉的，而采择花粉是一种多情的象征，所以词牌子里边还有《蝶恋花》呢，不是吗？所以他说"紫蝶黄蜂俱有情"，你看那"紫蝶黄蜂"在这花丛之间往来飞舞，都是这样动情。在这样多情的世界，诗人李商隐所过的却是这样失意、落拓的生活。同样用形象，你看李商隐用得多么好。

可是"紫藤"与"花树"有何相干？不错，虞炎这句中间也有一个动词"拂"字，他说"紫藤拂花树"，这不是把它们结合在一起了吗？可是这个动词用得好不好，是有很重要的关系的，你要掌握一个最恰当的动词。法国的小说家福楼拜曾经给莫泊桑写信，跟他说过所谓"一语说"，就是你要找到你所要传达你的思想感情的最恰当的那一句话，不是最美丽的那一句话，是最能够真诚地表达你的思想感情的那一句话，适合于那个物性的那一句话。"拂"字好不好？"拂"本意是一个好字，是飘拂的意思。而能够飘拂的一定是能够垂下来，很长的。中国很多诗人，用"拂"字，都写得很好，像李后主有一首小诗，他说："风情渐老见春羞，到处芳魂感旧游。多谢长条似相识，强垂烟穗拂人头。"（《柳枝》）他说，我现在的年岁慢慢地老大了，我再没有那样健康的身体了，也再没有少年时候的那种趣味、那种感情了。所以看到春天，我都觉得"羞"，没有相当的身体、感情去配合那万紫千红的春天了。可是在我经过的地方，看到花红柳绿，它们的芳魂，那种芬芳美好的精神，那种情态，是"感旧游"，就使我感动了，让我怀念起旧日游赏的往事。他说"多谢长条似相识"，这个时候还有谁认识我呢？还有谁同情我这样的感情呢？只有那长长的柳条，它好像认识我。"强垂烟穗拂人头"，它就垂下来，它那烟雾迷蒙之中的，已经快要开柳花、带着烟穗的长长的柳条，它飘拂在我的头上。这个"拂"字用得多么好，多么多情，而配合那个长条，配合他对于旧游的感伤和怀念，是多么好的一个字。可是这"紫藤"跟"花树"怎么个"拂"法呢？一般人对藤的印象就是缠绕，这藤总是一直向上爬，缠得紧紧的，这是藤的一个特征。我在台湾的时候，有一首流行歌曲，它里边有这么两句，说"藤生树死缠到死，藤死树生死也缠"，所以那藤跟树的关系是死缠。可是现在他说"紫藤拂花树"，这个"紫藤"与"花树"，一个专名词，一个泛称的名词，中间加个"拂"

字，这两个形象，它们没有给读者很明确的、很鲜明的一个感发的作用和目的，它们没有带领你去感发什么东西。

他又说"黄鸟度青枝"，"度"本来是度过的意思。这个字本来也是一个很好的字，就跟"拂"是一个很好的字一样，你用得好，它就是最好的一个字。周邦彦有一首词，其中说"风樯遥度天际"（《西河·金陵怀古》）。"樯"是船上的船帆。他说，你看那涨满了风的帆樯，远远地在天边度过去了。因为船在天边，很远很远的，所以这个"度"，你可以看到它慢慢、慢慢地在那里移动。"风樯遥度天际"，这个写得很好。可是"黄鸟"怎么"度青枝"呢？"青枝"是绿的树枝，"黄鸟"是黄莺，黄莺是从这个树枝飞到那个树枝，那不是"度"。这个"度"字描述得不恰当，好像黄莺在那里慢慢踱步。你看见过一只黄莺鸟在树枝上散步一样地走吗？而且黄莺鸟在树上散步，又代表了什么，给了你什么样的感发呢？所以他用这个动词是不恰当的。

就因为他前面两句给我们的形象和描述是不恰当的，不能够引起我们读者一种感发的感动，所以当他后边说"思君一叹息，苦泪应言垂"时，我们也没有感动。他说，在这春天的一个花园里边，一个女子怀念她所爱的人，当她"思君一叹息"的时候，她痛苦的眼泪就配合着她叹息的声音流下来了。他虽然写了"叹息"，写了"苦泪"，写了"思君"，这都是很明白地说明感动的字样，可我们都不感动。因为他没有带领我们进入他感发的感动之中去。他前面的形象，没有给我们这样的感动，所以这一首诗，不是好诗。

谢朓之《玉阶怨》

　　现在我们看第二首诗："夕殿下珠帘，流萤飞复息。长夜缝罗衣，思君此何极。"这是谢朓的《玉阶怨》。这首诗就比较好了。怎么好呢？我说，诗，一定要形成一种感发的力量。他说"夕殿下珠帘"，这个写得好。前文我说过，"玉阶"是珍贵、美好的，而这个珍贵美好的形象就是对一个珍贵美好的人物的陪衬。需要陪衬的是诗歌中的主角，那个人物的美好，而且不只是陪衬人物外表的美好，还衬托出这个人的感情和整个的品质的美好。所以"珠帘"就写得很珍贵、很美好，跟题目的"玉阶"是配合的。既然"玉阶"是这么珍贵、美好的，所以想必应该有一个很珍贵、很美好、很高贵的背景的情况。他把这个背景的环境说成"殿"，是宫殿之中。古代写女子的怨情，有"闺怨"——一般女子闺中的怨情，还有"宫怨"——就是在宫中的女子的怨情。"三千宠爱在一身"，那两千九百九十九就必定有怨啦。你看，他这里边的字就用得很好，第一个"夕"字，是黄昏的时候。古人说的"有约不来过夜半"。如果有约会，他早就应该来了，已经到了黄昏——"夕"了，这个人还没有来，所以她的"珠帘"就"下"了。这个形容词的"夕"和动词的"下"都用得好，因为它们产生了一种要传达他的感情意念的正确的作用。他要写这个女子的孤独寂寞的怨情，所以他用这个"夕"，是黄昏。这"黄昏"就引起了后边所有的长夜漫漫的寂寞孤独。它有一个方向带领你。再看这个"下"字也用得好：因为把帘打开了是表示你有希望，你希望有人来；而帘子垂下来是说天已经晚了，你的希望已经断绝了。所以他第一句就写得好，他就隐约地已经开始带领你向这寂寞孤独的怨情前进了。

"流萤飞复息"，他说，在这样寂寞的环境之中，她就看到，外面的院子里边有流萤，就是萤火虫，一亮一灭地在那里飞动。你看他动词和形容词都用得好。"流"是动，飞动，一点一点地动，他后边加了一个"飞复息"，只有萤火虫可以这样说。普通的鸟你可以说它"飞复止"，"飞复停"，它飞了，它又停了。可是这个"息"，就不只是它在飞。你怎么知道它在飞的？黑夜之中你没有看见这个萤火虫，你是从它一闪一闪，一亮一灭的尾巴的火光那里看见的，它一亮而飞了，一灭又停了，所以说"流萤飞复息"。"流萤飞复息"与你何干？五代时候南唐的冯延巳（冯正中）写过一首小词，头两句说："风乍起，吹皱一池春水。"（《谒金门》）南唐中主就问他："'吹皱一池春水'干卿何事？"你要知道，诗人有一种很细微的、很锐敏的感觉，引动了你的感情的，是外面的一些动态。日本有一个诗人，叫作松尾芭蕉，写过一个很有名的俳句，就是日本的短歌，翻译成汉语是说："青蛙跳入古池中，扑通一声。"青蛙跳入古池中与你何干？就是说当万籁俱寂的时候，忽然间有一个声音，或者忽然有一个光亮，是它使你的心一动。王维有一首五言绝句，他说："飒飒秋雨中，浅浅石溜泻。跳波自相溅，白鹭惊复下。"（《栾家濑》）他写阴雨迷蒙的天气，在雨声飒飒之中，一只白色的鹭鸶鸟，飞起来转了一圈，又落下去了。那白鹭鸶鸟的飞起来又落下去与你何干？这就是大自然的某一个动态引起诗人心中的一种感动。

对谢朓的这首诗来说，就是在萤火虫一亮一灭的那种飞闪的萤光之中，衬托出那夜的漫长、夜的黑暗、夜的寂寞。所以，每一个光亮的闪动，就都带着她思君的怨情了。可是，他写的还不只如此，是"长夜"还"缝罗衣"呢。她所思念的人还没有来，她没有去休息，没有去睡觉，她还在继续地缝她的衣服。"罗"是一种最精细的材料。在漫长的夜中，她不断地缝。而缝衣服，是最富女性化的一个动作，那针线的绵长、那细腻的动作，都代表了女子的绵长和细腻的感情。不但男女之间的感情可以用它来写，中国唐代诗人孟郊还写过很有名的一首诗："慈母手中线，游子身上衣。临行密密缝，意恐迟迟归。"（《游子吟》）写母亲的感情。当她缝衣服的时候，那一针一线都是她的感情。总而言之，缝衣服的这个动作，是最有女性感觉的一种动作，是最温柔、最绵长、最细腻的。所以"长夜缝罗衣"，都是她长夜的相思和怀念。

因为他前面三句写得好，所以他就带领我们进到一种感动之中，然后他第四句说："思君此何极。"这个"此"字，把前面三句都归纳在一起了，都结合融汇在一起了。"此"字在"夕殿下珠帘"一句，是指这样的时间；在"流萤飞复息"一句，是指眼中所见的这样的景物；在"长夜缝罗衣"一句，是指女子自己这样的动作，在这三种情形之中，你想我对你的怀念有多么深刻。"何极"，是哪里有什么终止呢，也就是无限之意。他之所以写得好，是因为他前三句结合起来归纳到思君的感情。而他前面所叙写的情景是有感发的力量的，是把我们带到感情之中的，所以这首诗就已比刚才那首诗好了。

一首好诗和一首坏诗的分别是非常细微的，是有很多的层次的，有博大高深的，有浅薄狭隘的。你的感情，你的内容，你的表现，传达的每一个字的作用、质量，都是重要的。

李白之《玉阶怨》

现在我们再看一看李白的一首《玉阶怨》。他说："玉阶生白露，夜久侵罗袜。却下水精帘，玲珑望秋月。"我不是说从形象和情意的关系来看吗？我们前文讲了两个诗人的诗，像什么"紫藤拂花树"啦，"黄鸟度青枝"啦，这个形象跟情意根本没有结合在一起，所以不好；而谢朓的诗，"夕殿""珠帘""流萤"，这都结合在一起了，所以好。那么李白呢？你看他用的是什么？他的《玉阶怨》开始说的就是"玉阶"，下边是说"生白露"。先说这两个形象。前文我们所举的谢朓的那一首诗，"夕殿下珠帘"，那"珠帘"不是珍贵、美好的吗？是的。我们也说，珍贵美好的事物可以代表人物的思想感情和她品格的美好。

要想学习诗的欣赏，你一定要比较才能判断诗的好坏。你不比较怎么知道呢？如果你比较，就知道谢朓那一首诗的"珠帘"，还是比较写实的，"夕殿""珠帘"是写现实的，一个真正的环境的美好，是一个美丽殿中的一个美丽的珠帘。你说李白写的玉阶，难道不是现实中真的玉阶吗？当然，他所写的很可能也是现实的、真实的玉石的台阶，可是还不止于此。在李白运用这形象的结合的时候（我们所要注意的，所用以分别诗歌高下优劣的就在这种结合的地方），他使那个现实的玉阶产生了一种象征的效果、象喻的作用。那么，怎么知道它产生了象喻的作用了呢？我们是可以证明的。那玉石的台阶不是汉白玉的吗？所以是洁白的，而石头给人的感觉又大多是寒冷的，"白露"给人的感受和联想也是洁白、寒冷的。就因为这两种相似的品质这样一结合，就把那个品质强调了。而这个品质一强调，就强调到象喻的层次，不只是一个现实的台阶而已了，何况他下边还有"却下水精帘"，还有"玲珑望秋月"呢。他的"玉阶"，他的"白露"，他的"水精帘"，他的"玲珑""秋月"，那洁白的、寒冷的、光莹皎洁的，是他整个这一首诗这么多形象的一个共同的品质。

李白写这首诗的时候，他是先想了一想："噢，这四种都是品质相近的，我把它们堆在一起去吧。"是这样吗？一个真正伟大的、有才赋的诗人，他不需要这样笨拙地一点一点去想，他是带着一种本然的直觉，他就觉得这样说出来就是好的。这种感受的能力，不只是对外边的花开花落有感受的能力，还有对于文字的感受能力，就是这个字和那个字在感觉上有什么不一样。所以，他把两个形象一结合就把这首诗提高到一个象喻的层次了，这在李白不见得是有意，可是却产生了这样的效果，所以"玉阶""白露"的形象就好。他说"玉阶生白露"，这"生"字是多么好。你看"紫藤拂花树"的"拂"字就不恰当。"黄鸟度青枝"的"度"字就这么笨。如果说"玉阶有白露"，好像是差不多，相似而实不同。"有"就是存在于那里，可是"生"呢？"生"是这个白露的露水越来越多了，越来越浓了，越来越寒冷了，夜越来越深，时间越来越久了，她的思君的怨情也越来越深刻了。这个"生"字，有白露寒冷的增加，也有时间长久的消逝，所以说"玉阶生白露"。

凡是好诗，它是一个整体，它整个的生命是联合起来的，所以接下来就是"夜久侵罗袜"。李白的第一句"玉阶生白露"的"生"字，就跟他第二句的"夜久"有密切的关系。那"生"就正代表"夜久"，也就是时间的消逝。如果你在屋子里边，根本不注意外边，你怎么知道"玉阶生白露"呢？是因为这个有怨情的女子根本就没进到房间里边去，她自己就站在那玉阶之上，所以接下来就是"夜久侵罗袜"。这个"夜久"是和那个"生"字的时间结合起来的，这个"侵罗袜"是和整个"生白露"的"白露"结合在一起的。什么"侵"她的罗袜？是白露的露水。"侵"是透进去，是露水浸透了她的罗袜。如果她只出去一下子，一秒钟，一分钟，露水是湿不透的。是她站在玉阶之上，站了那么长久的时间，感觉到时间的消逝与黑夜的来临，而一直到露水打湿了她的罗袜。这不只是打湿在表面，是透在罗袜的里面，让她肌肤上真正地感受到寒冷。像这样的感受，他所写的不是身体上的寒冷吗？不是罗袜内脚的寒冷吗？但是，不只是如此，是从身体的寒冷一直到心灵的寒冷。五代时候词人冯延巳，他曾经写过这样的两句小词："波摇梅蕊当心白，风入罗衣贴体寒。"（《抛球乐》）他说，他站在一座小桥的桥边，看到水波摇动，那梅花的倒影映照在水中。我以为"梅蕊"就是梅花的花影，而并不是梅花的花蕊。他的这个"当心白"的"心"字，是跟这个"波"字联系在一起的，是梅花的影子在水中心的摇动。因为我们是用人的心来说那水波的波心的，所以当我们说到水波的波心的时候，就返回来可以想到我们的人心。那一团光影的摇动，已经不只是摇动在水波之中，也摇动在我的内心之中，是"波摇梅蕊"的影子使我心中荡漾。接下去，"风入罗衣贴体寒"。他说，我站在小桥上，风就吹到我这样薄的罗衣之中，使我"贴体寒"，是我的身体这么贴切地感到这一份寒冷。而这一份寒冷写得这么真切，已经不只是身体的寒冷了，而是他心灵上的寒冷。再看李白的《玉阶怨》。他说："玉阶生白露，夜久侵罗袜。"在那种寂寞寒冷之侵袭中所暗含的怨情已经写得很好了。

如果是按照虞炎、谢朓的做法，后边就该写思君了。可是李白没有写，他下两句反而更扬起来，说："却下水精帘，玲珑望秋月。"你要一比较这三首诗中所写的女子，就会看到诗人在诗里边所写的女子是不一样的。《古诗十九首》写的"盈盈楼上女，皎皎当窗牖"，那是一种女子，她"娥娥红粉妆，纤纤出素手"。她打扮得很漂亮站在楼口，在那里表现她的美丽。可是《古诗十九首》还写了另外一个女子，"西北有高楼，上与浮云齐"；"上有弦歌声，音响一何悲"！那个女子就始终没有出现。同样是好，但她们的品格和感情是不一样的。谢朓所写的《玉阶怨》中的那个女子写得很好、很多情。"夕殿下珠帘，流萤飞复息。长夜缝罗衣"，你看多么缠绵、多么细腻、多么温柔的女性。这个女子她去"缝罗衣"，而李白所写的这个女子则没有缝罗衣，这是又一种类型的女子了。她的罗袜都打湿了，那就去睡觉好了，可是这个女子不但没有睡觉，她还要垂下那水精的帘子。"水精帘"是什么样的帘呢？是玲珑的、剔透的、光明的、皎洁的。她要垂下来这水精的帘子做什么？她要透过这水精的帘，去仰望天上那一轮光明、皎洁的秋月，是"玲珑望秋月"。这个"秋月"是和"玉阶""白露"结合在一起的，是寒冷的、肃杀的、寂寞的，是秋天的月亮。苏东坡说，有一次他跟妻子说话，是在春天的一个晚上。他妻子说，春天夜晚的月亮和秋天夜晚的月亮，给人的感觉是不同的。春天的月亮，看起来是比较温柔的，是花好月圆；而秋天的月亮，给人的感觉是比较凄凉的。苏东坡就对他妻子说，你说的真是诗人的话啊。那秋天的夜月和春天的夜月给人的感觉确实是不同的。秋天空气比较清爽，尤其在北方，一到秋天你就看到天特别高，特别晴朗，月亮就显得特别高，特别亮，有一种高寒之感。

而什么是玲珑呢？中国古人是喜欢玉器的，玉是配合中国古代礼法的，有很多的讲究。有玉环，就是一个圈圈；有玉璧，是整个的一片圆；有玉玦，是玉璧缺了一半的。而玲珑也是一块玉，是中间刻穿的，雕刻得玲珑剔透的，那真是精巧，而且是透明的，月亮里边含有一片光影，那真是像一块玉雕的玲珑一样。这个女子，当她的罗袜已经被白露打湿了，她为什么不回去睡觉？她为什么反而垂下来水精帘要望那天上玲珑的秋月呢？这个时候，李白的这首诗，已经从写实进入一种象喻的境界，已经把这个女子思君的怨情从现实更提高了一步。她自己的怨情，她所怀念的那一个对象的品质，是那样高洁、那样光明、那样美好。他本来是要写"玉阶"的怨情，思君的怨情。他的"怨情"没有说"思君一叹息，苦泪应言垂"，没有说"长夜缝罗衣，思君此何极"，而是"却下水精帘，玲珑望秋月"。而"玲珑望秋月"中，都是他的"怨情"，而这一份怨情之中，已经不只是思君的怨情了，还有一种对崇高的、光明的、皎洁的、美好的品质的追寻和向往。他把他的诗已经提升到了更高的一个层次。

所以，我们要批评、欣赏诗歌的好坏，是可以从它的传达、表现，它的用字、造句，它的形象，它的整个的章法、结构来判断，来感受、体会的。

（杨彬整理）

四
*

《古诗十九首》的多义性

《古诗十九首》意蕴丰富的原因

《古诗十九首》最早见于《昭明文选》。《昭明文选》是梁昭明太子所选的一本诗文的选集，他把这十九首诗选在一起，由于没有作者的名字，就称为"古诗"。

我每次读《古诗十九首》这一组诗，就想起一个故事来，这个故事也是诗人的故事。大家都知道晚唐的时候，有一个很有名的诗人，就是李商隐。李商隐曾经写过一组诗，题目叫作《燕台》，一共有四首，这四首诗是非常玄妙的一组诗，其中都有一非常美丽的形象，可是都没有直接说明。关于这《燕台四首》，就有一个故事。说是有一次李商隐的一个堂兄弟李让山在洛阳，那里有一个女孩子，人们称她为"洛中里娘"，就是住在洛中的这条街巷里边的一个女孩子，她的名字叫作"柳枝"。柳枝很聪明，很会唱歌，也懂得音乐，李商隐说她能"作天海风涛之曲，幽忆怨断之音"。可是她从来都不在意梳妆打扮。有一天李让山就在路边的一棵树下吟诵李商隐的《燕台四首》，柳枝听到以后，就被这四首诗打动了，她马上就问了两句话，说："谁人有此？谁人为是？"问得非常妙。我补足她的话，是："谁人有此情？谁人作是诗？"世界上有什么人有如此要眇幽微的、如此美丽的情思？可是你光有美丽的情思还不行啊！你"情动于中"，你的情虽然在你的内心动了，但还不是诗，你要用语言把它写下来才是诗。所以"谁人有此情？"这是第一个难得，而更难得的是，是什么人不但有这样的感情，而且能把这样的感情写成如此美丽的诗篇？这是一个故事。我自己每当读《古诗十九首》的时候，我就有跟柳枝一样的一种感觉，就是："谁人有此情？谁人作是诗？"这一组诗确实是好，真的是奇妙，让我有一种感动。

我们本章要讲的内容，是《古诗十九首》意蕴的丰富，它的多义的可能性。而它的意蕴之所以丰富，之所以有多种的可能性，一个最重要的原因就是我们不知道谁是作者，因而可以产生多方面的联想。比如杜甫的诗《闻官军收河南河北》，我们知道杜甫的生卒年，知道杜甫一生所经历的种种历史背景，知道唐朝官军收复河南河北是在哪一年的什么时候，这些我们都知道。可是《古诗十九首》呢，我们不知道谁是作者，也不知道十九首是一个人的作品，还是很多个不同作者的作品？如果是不同作者的作品，那这些作者是同一时代的，还是不同时代的？所以后人就有很多不同的说法，有很多不同的猜测。西方文学批评有所谓"历史主义"的文学批评，他们要考证作者的生平、诗歌的本事，我们中国的文学批评也经过了这么一个阶段。因为《古诗十九首》没有作者，所以以前也有人尝试指说这十九首诗的作者。有过什么样的尝试呢？一个就是南北朝梁代的文学家徐陵，他编过一本书叫作《玉台新咏》，当中选了题名为西汉时代枚乘所作的九首五言诗，这九首诗中有八首见于《古诗十九首》，也就是说，按照徐陵的意思，《古诗十九首》里边至少有八首诗是西汉枚乘的作品。哪八首呢？就是《行行重行行》《青青河畔草》《西北有高楼》《涉江采芙蓉》《庭中有奇树》《迢迢牵牛星》《东城高且长》，还有《明月何皎皎》，徐陵认为这八首诗是枚乘的作品，这是一种说法。

南北朝齐梁之间的锺嵘写了一本《诗品》，这是中国最早的关于诗歌评论的一本书。《诗品》上说："古诗，其体源出于《国风》。陆机所拟十四首，文温以丽，意悲而远，惊心动魄，可谓几乎一字千金。"锺嵘说我们所谓的"古诗"，"其体源出于《国风》"，这是锺嵘《诗品》评诗的一个系统，他常常溯源作品，说这个作者主要是受了那些古代作品的影响。他说这些"古诗"，是受了《诗经》里《国风》的影响。因为这十九首诗充满了兴发感动的作用，或者用"赋"的方法，或者用"比"的方法，或者用"兴"的方法，不管用哪一种方法，它们都充满了兴发感动的作用。陆机是西晋太康时期一个有名的文学家，所谓"三张、二陆、两潘、一左"，其中一个就是陆机，他是用押韵的骈赋写文学批评的一个了不起的作家。中国古代很多人开始学诗的时候先拟作，学习一家，大多是先从模拟开始的，所以陆机曾经写过模拟古诗的作品。他写了十四首模拟古诗的作品，而这十四首诗，其中有十一首是我们在《昭明文选》中能够看到的《古诗十九首》中的作品。比如说我们要讲的第一首诗《行行重行行》，陆机模拟作的时候，他的题目就是《拟行行重行行》；如果陆机模拟了《西北有高楼》这一首诗，他就说《拟西北有高楼》。所以我们清楚地知道，这十四首古诗不是陆机本人的作品，陆机只是模拟了这些古诗。

《诗品》上说《古诗十九首》"文温以丽，意悲而远"，说得真是好。我们中国古代讲究"诗教"，说"温柔敦厚，《诗》教也"，说是诗歌有一种教化的作用。古人讲爱情也是如此，等一下我们正式讲的时候你就会发现，古人写的真是"温柔敦厚"。可是只是"温"还不够，温温吞吞的，你打他一拳，他也不出个声音。那虽然是温柔敦厚，就没有意思了，是不是？所以钟嵘说这十九首诗"文温以丽，意悲而远"，不但是温柔敦厚，而且写得这样要眇幽微，真是精致，真是美丽：它写的那个情意是如此之悲哀，而且还写得有如此的远韵。我们说有些文学或者艺术作品有一种"远韵"，它所写的感情和故事有一种悠远绵长的韵味，就像《论语》上说的"子在齐闻《韶》，三月不知肉味"，《列子》上也说韩娥的歌声"余音绕梁欐，三日不绝"。你把一篇诗读完了，句子、文字结束了，可是它的余韵还在，所以它不是一个现实的写在那里的文字，而是文字以外的那种长远的意味和情韵。"文温以丽，意悲而远，惊心动魄"，这是说你一看到它，你的心灵、你的精神就感到一种震撼，真的是被它打动了。这就是为什么每次读《古诗十九首》，我就会发出跟"洛中里娘"柳枝同样的感慨："谁人有此？谁人为是？"怎么天地之间竟然有人有如此要眇幽微的感情？有如此精美的、富于情韵的文字？那真是"惊心动魄"。他说"可谓几乎一字千金"，没有一个字是不好的，每一个字都值千金。

中国古人论诗讲究"诗眼"，诗句里要有一个"诗眼"，那就是"画龙点睛"。相传南北朝梁代张僧繇画了一条龙，只要给它点上眼睛，龙就破壁飞去，所以使一句诗活起来、能够破壁飞去的就是这个"诗眼"。但是你要知道，唐宋以后的诗人才讲究这个"诗眼"，《古诗十九首》的妙处，是它没有一个"诗眼"，它是整体的好。辛弃疾赞美陶渊明的诗，说"千载下，百篇存，更无一字不清真"（《鹧鸪天》），没有一个字不是如此清醇、如此真挚的。所以说到钟嵘赞美《古诗十九首》"可谓几乎一字千金"，就是说几乎每一字都价值千金，我们应该把它正式地证明一下，《古诗十九首》真的是每字千金。

钟嵘还说了，除陆机所模拟的十四首之外，还有《去者日以疏》等四十五首古诗，而《去者日以疏》也是《古诗十九首》中的一首，只是陆机没有模拟这一首诗。所以那就是说，至少在钟嵘的那个时代，他能看到的所谓"古诗"，至少是有五十九首之多的，其中《昭明文选》所选的十九首诗当然是最有代表性的、最好的作品。钟嵘还说，另外那些诗，"虽多哀怨，颇为总杂"，它们所写的感情也是非常哀感幽怨的，但是内容非常杂乱。"旧疑是建安中曹、王所制。"有人怀疑那是建安年间曹、王这些人所作的，"曹"就是曹氏父子，"王"就是以王粲、陈琳为领袖的"建安七子"。"人代冥灭，而清音独远，悲夫！""人"就是作者，"代"就是作者的时代，这些都消逝了。可是虽然这些作者时代离我们那么遥远，我们已经不能确切知道《古诗十九首》究竟是谁的作品，但是它那种感发的生命，那种清新、美妙的诗歌的韵致，还能够流传得这么久远！这么好的作品，我们竟然不知道作者跟时代，真是遗憾啊！所以我每次读《古诗十九首》，我就说："谁人有此？谁人为是？"

另一方面，我们也应该庆幸，诗歌的生命是长久的，它所传达的兴发感动的作用，好像是一个生生不已的生命，使人在千百年后也仍然为它感动。那天有人到我这儿访谈，问我为什么这么喜欢诗歌。我跟他说，我平生经过这么多的忧患以后，我才认识到"小我"——我们个体的生命是短暂的、渺小的，我们每一个人都要过去，可是诗歌的生命是长久的，是绵延不绝的。所以杜甫说"摇落深知宋玉悲"，虽相隔千载我仍能够体会到宋玉的悲哀。辛弃疾也写过一首词，说："老来曾识渊明，梦中一见参差是。"（《水龙吟》）他说我现在年岁大了，真的对陶渊明有那么亲切的、那么深刻的一种体认，一种感受。这《古诗十九首》，尽管"人代冥灭"，我们不知道作者，可是它直到今天依然能感动我们。

跟锺嵘时代相近的还有另外一个文学批评家，就是刘勰。刘勰的《文心雕龙》有《明诗》篇，是专门评论诗的。他说"古诗佳丽，或称枚叔"，说这些古诗写得这么好，有人认为是枚叔的作品。枚叔就是枚乘，是西汉景帝（前156—前141在位）时候的人。又说："其《孤竹》一篇，则傅毅之辞。"傅毅是东汉明帝、章帝时候（58—88在位）的人，已经是纪元后了，前后相差了有二百年上下。这些都是后人的猜测，我的《迦陵论诗丛稿》里有一篇文章，就是《谈〈古诗十九首〉之时代问题》，大家可以参考。我认为这些说法是不可靠的，而且更不可能既有枚乘的作品又有傅毅的作品。我们不用说古人的那几百年如何，就以我们的新诗来说，从胡适之先生提倡的白话诗，到后来台湾的现代诗，到后来大陆的朦胧诗，就是这么短短的数十年间，我们新诗的风格和内容有多少次的转变？就以唐诗来说，初、盛、中、晚不同时期的作品也各有不同的风格。若说二百年间的作品风格如此相近，这在文学史上是不可能的一件事情。锺嵘的《诗品序》上就说了，"王扬枚马之徒，词赋竞爽而吟咏靡闻"，王是王褒，扬是扬雄，枚是枚乘，马是司马相如，都是西汉写赋的作者。他说，王、扬、枚、马这些作者，他们都是"词赋竞爽"，"竞爽"就是媲美、争胜的意思，说他们都是辞赋写得好，都是以辞赋著称，可是他们所写的诗歌（"吟咏"）我们没有听说过，所以《古诗十九首》不可能是西汉枚乘等人所作。我个人以为，《古诗十九首》这一组诗，是东汉的傅毅以后，建安的曹、王以前的作品。为什么呢？我们从诗歌的演进风格来推测。

现存中国古代最早的诗歌当然是《诗经》。《诗经》里的句子，短到两个字的，长到九个字的，参差错落，不过大体上是四个字一句。这四个字一句不是外在加上去的一个法则，而是我们的语言、我们的发音生理自然形成的一种现象。汉字是单音独体的，我们中国人说"花"，一个声音，很单调；英文说"Flowers"，就有很多的音节。所以中国的诗很注意它的"Rhythm"，即它的音节。在汉语这种单音独体的语言之中，要形成一个音节，一个字当然不成，所以是两个字两个字才有优点。"关关—雎鸠，在河—之洲。窈窕—淑女，君子—好逑。"这样它才有一个节奏，你念诵起来，吟唱起来才有一个顿挫。所以这就是我们中国最早形成的一个自然而然的音律和节奏。可是你如果总是两个字两个字，那就太没有变化、太单调了，所以后来就有五言的出现。五言诗的出现有种种的原因，一方面就是因为两个字两个字的节奏太单调了，还有就是在西汉武帝的时候，成立了一个管音乐的官署，就是"乐府"，来采集民间的歌谣，而很多民间歌谣有五个字一句的。而且此时少数民族的胡乐作为"新声"也传进来了，所以这些乐府诗就结合了外来的一些音乐的节奏。五个字一句的停顿就比四言诗多了些变化，它可以是二、三的停顿，也可以是二、二、一的停顿，例如"国破—山河—在，城春—草木—深。感时—花溅泪，恨别—鸟惊心"（杜甫《春望》），有一个停顿的变化。

五言诗刚刚出现的时候，像班固的《咏史》诗，由于对这种新的体式运用得还不纯熟，所以"质木无文"，就是写得非常死板，没有文采。曹丕写过《典论·论文》，说："傅毅之于班固，伯仲之间耳，而固小之。"说傅毅跟班固两个人的文学成就不相上下，可是班固还看不起傅毅。如果说傅毅写了十九首里边这么好的五言诗，班固敢小看他吗？而曹丕难道不知道傅毅写了这么好的五言诗吗？所以我们可以推知，这十九首里边并没有傅毅的作品，而是傅毅以后的作品。为什么又说是曹、王以前呢？你要是熟读中国的文学史你就会发现，到了建安时代，像曹植、王粲的作品，他们都非常注意文字的修饰，注重华丽的修辞技巧。可是《古诗十九首》是非常本色、真纯的，钟嵘说它"文温以丽，意悲而远"，它的文字这么温柔敦厚，虽然很美，但是没有夸张，是不依雕琢、修饰的美。所以我说《古诗十九首》是曹、王以前还没有这样重视修辞技巧的时代的作品。我考证《古诗十九首》的时代是傅毅以后，曹、王以前。

那么《古诗十九首》所写的内容是什么呢？沈德潜的《古诗源》上就说："十九首大率逐臣弃妻朋友阔绝死生新故之感。""大率"就是大半、大概是。西方的文学理论有时讲什么"基型"，一个"Archetype"，我所讲的不是。我只是说，它所写的是人类、人生的一种基本感情，是人人共有之情。"逐臣弃妻"，在古代，皇帝老子一下子不高兴，就把这个臣子贬走了；再如古代的很多男子，像《琵琶记》里的蔡伯喈，跟一个富贵人家的女子结了婚，就把结发妻子抛弃了，这就是"逐臣弃妻"。还有"朋友阔绝"，你和你的朋友离别了；"死生新故"，我们任何一个人，哪一个没有经过生离？哪一个没有经过死别？世界上没有一个人没有经历过生离和死别，因为宇宙人世之间注定了有生就一定有死，有聚就一定有散，我们每一个人都逃不过去。这些是我们人类共有的、基本的感情，所以《古诗十九首》所写的，就是"逐臣弃妻朋友阔绝死生新故之感"。所以我说《古诗十九首》所写的是人类基本的、共同的感情，我们都有这个感情。

我们常常遇到"死生新故之感"，我们都有作诗的感动，可是因为没有作诗的训练，我们都没有写出诗来。人家《古诗十九首》就把我们人类共有的感情不但是写出来了，而且"或寓言，或显言"，有时候不直接说出来，而是假借一个外物，假借一个形象，用"寓托"写出来，可是有的时候"显言"，就直接说出来了，所以"或寓言，或显言，反覆低回，抑扬不尽"。说过去又说回来，有时候说到绝望，有时候又扬起了希望。"反覆低回，抑扬不尽，使读者悲感无端，油然善入"，所以就使读者自然而然地被它感动了。"油然"，不是勉强的，梁启超说小说感动人，有"薰、浸、刺、提"各种不同的情况，有的像拿针扎你一下，你当然就感到了，可是《古诗十九首》不是。它是"油然"，这么容易就把你带进去了。"此《国风》之遗也"，这是温柔敦厚的《国风》所流传下来的作风。

清代学者陈祚明写过《采菽堂古诗选》(可参看隋树森编的《〈古诗十九首〉集释》)，当中对这种感情有更好的发挥。他说"十九首所以为千古至文者"，十九首之所以是千古以来最了不起的文学，"以能言人同有之情也"，因为它写的是我们人类共同的感情。人类同有之情是什么？陈祚明把它分为两种，第一种是什么呢？"人情莫不思得志，而得志者有几？"每个人都有很多的理想、很多的期待、很多的盼望，但是有哪一个人的理想、期待、盼望完完全全都满足了呢？"虽处富贵，慊慊犹有不足，况贫贱乎？"常言说"人心不足蛇吞象"，一个人就算有了富贵，他内心之中仍然有空虚、有缺憾，何况是生活在贫贱之中呢？按照叔本华的《意志与表象的世界》所说的，人类的欲望是永远没有满足之日的，所以"志不可得"是人类同有之情。还不仅"志不可得"，"而年命如流"，每一个人的理想跟愿望都不能够完全实现，而我们的年华、我们的生命却像流水一样逝去，"自是人生长恨水长东"(李煜《乌夜啼》)，"东逝水，无复向西流"(《梦江南》，曹雪芹《红楼梦》)。2003年的今天是2月18号，这一天早晨的11点20分从此消逝，宇宙之间再也没有了，我说话的时候它就过去了。陈子昂的《感遇》诗说："迟迟白日晚，袅袅秋风生。岁华尽摇落，芳意竟何成？"有一天岁华摇落了，到人生迟暮的时候，就像屈原说的，"惟草木之零落兮，恐美人之迟暮"。

"志不可得，而年命如流"，这是第一种人类共有的感情，所以"谁不感慨"？第二种人类共有的感情是什么呢？他说"人情于所爱，莫不欲终身相守"，人们总想与所爱的人终身相守，"然谁不有别离"？可是哪一个人没有经历过生离或者死别？"以我之怀思，猜彼之见弃，亦其常也"，因为我们经历过这样死生的离别，再想到《古诗十九首》所写的那个"逐臣弃妻"，也是我们人类通常共有的感慨，"夫终身相守者不知有愁，亦复不知其乐。乍一别离，则此愁难已"。连佛经上都讲人类一个相当大的痛苦，除生老病死之外，就是"爱别离苦"，你跟亲爱的人别离是一种痛苦。不只男女之间的"爱别离"是一种苦，这种"爱别离"的苦更可以推远一层，陈祚明就把它推远一步，他说"人情于所爱，莫不欲终身相守……乍一别离，则此愁难已"，然后就说了，"逐臣弃妻与朋友阔绝，皆同此旨"，所以写别离的感情，你就可以把它推广到"逐臣弃妻与朋友阔绝"。

我们在讲词的时候，说五代的小词都是写美女，都是写爱情，可是张惠言说写男女的爱情、离别，写得最好的时候，就可以传达出那些贤人志士"幽约怨悱"的感情，所以他说："极命风谣里巷男女哀乐，以道贤人君子幽约怨悱不能自言之情。"（《词选序》）因为他们有一个共性，有这么多相通之处，这是使《古诗十九首》丰富起来的另外一个更大的原因。"故十九首唯此二意而低回反覆"，陈祚明说《古诗十九首》有两个主要的内容，一个是"志不可得，而年命如流"的悲哀，一个是与所爱的人离别的悲哀。我们这里就讲两首诗，一首诗就是代表"志不可得，而年命如流"；另外一首诗呢，就是代表男女离别的痛苦。"人人读之皆若伤我心者，此诗所以为性情之物。而同有之情，人人各具，则人人本自有诗也。但人有情而不能言，即能言而言不能尽，故特推十九首以为至极。"你为什么要写诗？每一个人只要你生来有感情，你就有一种本能的"情动于中"的感情，只是我们普通人说不出来，而《古诗十九首》写的是我们人类共有的感情，而且写得这么好。这十九首真是了不起的一组诗，《诗经》《楚辞》以后，中国优秀的诗歌就算《古诗十九首》了。

《古诗十九首》有多重的意蕴，我们这里就是要讲它意蕴的丰富。作者是造成《古诗十九首》的多义性的第一个原因，因为无从比附、确定作者，这使它的意思反而丰富起来。

我们说韦庄的词有直接的感动的力量，"四月十七，正是去年今日，别君时"（《女冠子》），"记得那年花下，深夜，初识谢娘时"（《荷叶杯》），它是用直接的、很深挚的感情感动人。它有人物，有时间，有地点，所以你知道得很清楚，可是正因为你知道得很清楚，这个内容也就有了限制。冯延巳的词也有直接的感动，可是它没有人物、时间、地点的指称，没有这么明说。他说："谁道闲情抛掷久？每到春来，惆怅还依旧。"（《鹊踏枝》）"闲情"是什么情？惆怅是为什么惆怅？是因为"四月十七"，我爱的那个人离开我了？还是"记得那年花下"，在"水堂西面"，我跟她见面了？

没有，他没有说。所以冯延巳给人的感发的力量反而更深厚，更不受限制了。这就是说，不受限制有不受限制的好处，不知作者有不知作者的好处。

《古诗十九首》之所以多义的第二个原因，也是我们中国诗歌的一个普遍的特色，就是没有明白的人称的指称。我多年在海外教书，我的那些研究生写论文都是用英文，所以要把所有的诗都翻译成英文。他一翻英文的时候马上就问，说我这个是要用"I"还是"You"？是用"She"还是"He"？他不知道。所以这个男性跟女性，第一人称与第二人称他弄不清楚。我们中文可以没有人称的指称，你可以是第一人称、第二人称，可以是第三人称；可以是男子，可以是女子。没有明白的人称的指称，所以使它有了多义性。

第三个使《古诗十九首》产生多义性的原因，是我们文法的模棱性。这也是我们中国诗歌的一个特色，它没有把主语、谓语、宾语或者过去式、现在式说得很清楚，这个文法有模棱的性质，你可以这么讲，也可以那样讲。文法的模棱在不同的情况下，可以成为优点，也可以成为缺点。杜甫写过一组诗，叫《戏为六绝句》，是论诗的绝句，其中有这样两句："纵使卢王操翰墨，劣于汉魏近风骚。"这里说的是"初唐四杰"中的王勃和卢照邻，说纵使卢、王写的诗，"劣于汉魏近风骚"，这句话文法模棱，因为可以有两种停顿：一个是"劣于—汉魏近风骚"，说它比不上汉魏的诗接近风骚；一个是"劣于汉魏—近风骚"，说它虽然是不能跟汉魏的诗相比，可是它跟风骚还是比较接近。所以这是文法的模棱，这是不好的。因为杜甫的这句诗是论诗的，是要用理性、用评判的，说得模棱两可就不好。还有杜甫说他自己"不薄今人爱古人",你可以说"不薄——今人爱古人",我不轻视"今人爱古人";也可以说"不薄今人——爱古人",我对今人不看轻,但是我也爱古人。按照我的意思,我以为杜甫说的是"纵使卢王操翰墨,劣于——汉魏近风骚",纵使它比不上汉魏诗的近于风骚,它也有自己的好处,何必一定要像汉魏近风骚呢?杜甫说我"不薄今人",所以我不看轻四杰的诗,可是我也爱古人的诗,这才是正解。不过它因为有了一个文法的模棱性,就造成了另外的一个可能性,使读者产生了困惑,所以我要说这是缺点。

再如李后主的《浪淘沙》词:

> 帘外雨潺潺,春意阑珊。罗衾不耐五更寒。梦里不知身是客,一晌贪欢。　　独自莫凭栏,无限江山,别时容易见时难。流水落花春去也,天上人间。

这"天上人间"是什么意思?俞平伯先生早年写过《谈词偶得》,他说这"天上人间"有很多的可能性:第一种可能性就是一般的疑问之辞,"流水落花春去也",春去到哪里?天上还是人间?第二种可能性说这是一个对比,"流水落花春去也,天上人间",昔日是天上,今日是人间了。第三种可能性就是一个呼天之辞,"流水落花春去也",天哪!人哪!就是一种感叹,根本不需要解释。还有第四种可能性,就是承应、注解上句的"别时容易见时难","流水落花春去也"是"别时容易","天上人间"是"见时难"。所以你看，"天上人间"这四个字就有这么多可能的意思了，那是为什么？因为李后主不是一个太理性的人，不是很有思辨性，不是很有逻辑思维，所以他就直接地说。他说："帘外雨潺潺，春意阑珊。罗衾不耐五更寒。梦里不知身是客，一晌贪欢。"然后他就说："独自莫凭栏，无限江山，别时容易见时难。流水落花春去也，天上人间。"他忽然间就冒出这四个字来，根本没有理性的思辨，所以就有了多种的可能性。而且我认为，像李后主的这个多种可能性，是同时并存的，同时并存才造成它的丰富性，这就反而成为一种优点。

二十世纪三十年代一个英国学者威廉·燕卜荪（William Empson）写过一本书，叫作 *Seven Types of Ambiguity*，"Ambiguity"就是暧昧，不清楚，所以后来台湾把它翻译成《七种暧昧的类型》。其实朱自清先生早就翻译过这本书的名字，他翻成《多义七式》。"Ambiguity"就是不明确、暧昧、模糊、不清楚，一般来说这个词好像含有贬义，所以后来的西方文学批评就不用这个"Ambiguity"，而用"Plurisignation"或"Multiple Meaning"，可是这个"Multiple Meaning"跟"Plurisignation"虽然都有"多义"的意思，但是其实有所不同。因为"Multiple Meaning"中的"Meaning"，是说它本来的意思，它本来就可以有多重的意思。李后主的"天上人间"就有一种"Multiple Meaning"。至于这个"Plurisignation"，就不见得是意义，不见得是作品原来的"Meaning"，而是读者自己可以有很多的"Signification"。比如说温庭筠的词，有"懒起画蛾眉，弄妆梳洗迟，照花前后镜，花面交相映"（《菩萨蛮》）的句子。张惠言说这有屈原《离骚》的意思。那温庭筠有没有这个意思？不见得有，这只是张惠言的一个联想。南唐中主说"菡萏香销翠叶残，西风愁起绿波间"（《摊破浣溪沙》），说到秋天的时候，荷花、荷叶都零落了，那王国维说这几句词有《离骚》的"美人迟暮"的感慨，这就是他的"Signification"。这是说读者可以有这种想法，但不一定就是诗的"Meaning"。所以说诗歌有这么多种的可能性，有的时候是"Multiple Meaning"，有的时候是"Plural signification"。威廉·燕卜荪把英国的诗歌归纳成"Seven Types"，说有七种类型的暧昧的可能性。

如果我们从西方的语言学来说，索绪尔（Ferdinand de Saussure）认为语言有两条轴线，一个是平行的、语序的轴线，是文法的叙述的轴线；一个是直的、联想的轴线。一般说起来，引起"Ambiguity"，让你觉得模糊不清的原因，或者是语序轴（Syntagmatic Axis）上的问题，或者是联想轴（Associative Axis）上的问题。李后主的词之所以有那么多"Meaning"，问题就出在语序轴上，因为它的文法不完整，一个"天上"，一个"人间"，没有主语、谓语，什么都没有，你可以颠倒错综。《古诗十九首》之所以有这么丰富的意蕴，最主要的原因，就是不知道它的作者和时代，还有就是它的语序轴、联想轴的原因。

二十世纪七十年代、八十年代以来，西方的文学批评理论日新月异，既有符号学，又有诠释学，又有接受美学，既有结构主义，又有解构主义。解构的学者现在所反对的，就是那种坚持只有一个意思的解释，他们认为那是死板的，那是限制的，是不好的。我曾经在台湾"清华大学"参加一个班上的讨论，他们在念法国当代的一个女学者朱莉娅·克里斯蒂瓦（Julia Kristeva）的一本书，叫作 *Revolution in Poetic Language*（《诗歌语言的革命》）。这个革命不是说把旧有的推翻，而是说你怎么超越旧有的，怎么能够使它更丰富起来。所以他们是反对一个死板的、一个固定的解释，他们觉得多义的、丰富的解释才是好的，而且他们认为这个符号（Sign），你不要把它当作一个"Dictation"来说明，你要把这个"Sign"当作一种模拟的相似，而不要把它说死了。

那么诠释学的人更说了，说这个作品有一个本意，诠释作品的人尝试要追求这个诗的本意，可是没有一个人可以把作者原来的本意一点也不差地找到，这不可能。每一个说诗的人，他想说明作者的原意，结果他所说的都带着他自己的色彩，带着他的感情、他的知识、他的学识的背景以及他的人生的经历。每一个诠释的人都可以不同，这就是我们中国所说的"仁者见之谓之仁，智者见之谓之智"。

那么接受美学更说了，说读者参与了作品的创造。作者创作的作品，如果没有经过读者的阅读，它只是一个艺术的成品（Artifact），它没有生命，是读者赋予它生命，而不同的读者会给它不同的生命。还不仅是如此，德国的接受美学家沃尔夫冈·伊塞尔（Wolfgang Iser）有一本书叫作 *The Act of Reading*，还有一本书叫 *The Reading Process*，一个是《阅读的活动》，一个是《阅读的过程》。伊塞尔认为，读者阅读一个作品，应该尽力向这个作品认同。其实这个感受还不只是近代的西方的文学批评家感受到了，朱自清先生在《唐诗三百首指导大概》那篇文章里就说了，当你阅读古人的作品的时候，你应该尽量投入古人的作品之中。这也就是孔子所说的"兴于诗"，你应该让作品的兴发感动的生命在你的心里复活起来。伊塞尔接下来还说了，他说当你自己复活到这个作品里，让作品的生命又一起复活的时候，你就随之被改变了。所以按照他所说的，阅读的过程同时应该也是读者自己的人格、感情的一个改造的过程。

你要知道，西方的文学批评经过很多的转折和改变，我刚才说最早的是历史主义的文学批评，后来有所谓"新批评"（New Criticism）。"New Criticism"就说历史主义的批评所讲的是诗歌的外围，考证作者的生平、考证作品的本事，这个不是文学，这个不是艺术，不是艺术的生命。所以"New Criticism"注重的是作品的本身，它讲一个作品，讲它的"Rhyme"、它的"Image"，就是讲它的形象、句法、韵律，这是作品的本身。可是"New Criticism"反对的一点，就是说作品有感动的力量，说我读了这个作品我受了感动，他们说那叫"Response Fallacy"，就是"感应谬论"；你说作者的感发的生命的原意，他说那是"Intentional Fallacy"，是一个意向的谬论。所以在新批评的时代，诗歌的感发的生命完全被否定了，他们既否定了作者原来的感发的生命，也否定了这个感发的生命可以在读者之间产生感发的作用。所以现在的接受美学，现在的读者反应论，更新的西方文学批评才又开始重视读者反应的作用。最近他们还有所谓的"意识批评"（Criticism of Consciousness），他们也重视作品本来的、这个作者的意识。

我这样讲得很远，讲的是什么？讲的是《古诗十九首》的多义性，不知道作者是使它多义丰富起来的一个缘故，没有明白的人称的指称是使它丰富起来的又一个原因，我现在要说的就是读者的共鸣，读者的感发和联想的共鸣。而《古诗十九首》之多义，就容易使读者产生一种感发的联想。

从《行行重行行》看《古诗十九首》的多义性

我们现在就拿《古诗十九首》的第一首来看一看它的意蕴丰富的多种可能性。

> 行行重行行，与君生别离。相去万余里，各在天一涯。道路阻且长，会面安可知？胡马依北风，越鸟巢南枝。相去日已远，衣带日已缓。浮云蔽白日，游子不顾返。思君令人老，岁月忽已晚。弃捐勿复道，努力加餐饭。

"行行重行行，与君生别离"，我前文说王安石的"春风又绿江南岸"，当中有一个"诗眼"，但是像《古诗十九首》，你挑不出哪一个字是"诗眼"。"行行重行行"，五个字里边四个字都是一样的，"行—行—行—行"，中间只是加了一个"重"字；不但这字都是一样的，而且"行"是第二声，"重"也是第二声，所以它还是同一个声调：平—平—平—平—平。中国南北朝的时候，沈约这些人讲"四声"，近体诗也讲"平平仄仄平平仄，仄仄平平仄仄平"。"平平平平平"，这是在《古诗十九首》的那个时代，还没有这些人为的约束加在上面，所以是天籁。我们现代人就是失去了天籁之美，净剩下人类的规矩和造作了。如果你说它自由，自由可以好也可以坏啊，我看了很多当代人写的诗填的词，平仄都不对，也不讲格律。他说，李太白的歌行平仄也都不对，都没有格律，《古诗十九首》也没有格律。我说这没有格律算什么？如果你要摆脱格律，你要把这个"人籁"消除掉，你就得有个"天籁"之美啊，可现在你既没有"人籁"也没有"天籁"，那就只剩下噪音了是不是？这个"行行重行行"，就是天籁之美。它还有一个美，为什么美呢？你要知道，在中国古代四声的声调中，平声一般是可以拖长的，而如果是用广东话说入声，都有"p""t""k"音的收尾，像我这个"叶"字，它就闭起来，有一个"p"音的收尾不能够拖长，可是第二声阳平的字是可以拖长的，"行—行—重—行—行"，真是妙。它的意思是写一个人渐行渐远，越走越远，越走越远了；不但在意思上是如此，它在声音上也是如此，"行—行—重—行—行"，所以这真的是天籁。

"行行重行行"就是写一个别离的基本形象，别离的基本动作。李太白《黄鹤楼送孟浩然之广陵》说"孤帆远影碧空尽，惟见长江天际流"；岑参（岑参的"参"字，有不同的读音。由于孔子的学生曾参的"参"读作"深"，所以西方很多人在翻译的时候都把岑参的"参"也拼成"深"的读音。可是根据考证，这个字不应该读作"深"而应该读作"餐"。因为岑参曾写文章说他的祖先有很多人都参与公卿之位，他们家里希望他也能够参与公卿之位，所以取名岑参）说"山回路转不见君，雪上空留马行处"（《白雪歌送武判官归京》）。如果你是坐船走的，就如李太白所说，看见一个白色的帆影越走越远，在碧天的尽头，这个帆影就消失了，帆影都看不见了，"惟见长江天际流"；岑参所说的是骑马走的，所以是"山回路转不见君，雪上空留马行处"，只有马走过的雪地上的印子。而"行行重行行"，只要是送别，不管是坐船的还是骑马的，你都是亲眼看他（她）越走越远。如果是相爱的两个人，本来你愿意跟他（她）永远在一起，可是现在你们分别了，就好像有谁把他（她）从你身边硬生生地扯开了一样，所以是"与君生别离"。我们不是说多义吗？这个"生别离"的"生"字，就有两种可能：一个是跟"死"对举的"生"。《楚辞·九歌》里说，"乐莫乐兮新相知"，人生最快乐的是什么？是你刚刚认识了一个如此知心的好朋友，因为你跟新朋友之间充满了新鲜，充满了好奇，你们每次谈话、每次见面，都会发现一些新的东西，所以"乐莫乐兮新相知"。前面也说"悲莫悲兮生别离"，人间最悲哀的就是"生别离"，"生别离"在这里是跟"死别离"相对的。

我们说"死别离"当然是可悲的，而为什么"生别离"才是最可悲哀的呢？因为"死别离"是一痛而绝，你再也没有希望跟他（她）见面了，你当时也许是极悲深痛，但是从此以后你心断望绝，天长日久这个慢慢地就过去了。可是"生别离"呢，他（她）一直在那里，你永远也放不下。这个道理薛宝钗最懂得，所以《红楼梦》里边，林黛玉死了以后，大家都对宝玉隐瞒，宝玉不知道黛玉已经死了，所以心里总是惦记着林妹妹怎么样林妹妹怎么样。有一天薛宝钗就对宝玉说，你不用老说林妹妹，你的林妹妹已经死了，宝玉一下子就昏过去了。大家都骂薛宝钗，说你怎么就告诉他林妹妹死了？薛宝钗说，你们不知道，你不告诉他，他这心里总是悬着，他总想着林妹妹，你现在告诉他了，他今天是悲哀，痛苦，昏过去了，可是慢慢地他的心反而会安定下来，因为他没有什么想头了，是不是？这就是"死别离"跟"生别离"之不同。"行行重行行，与君生别离"，如果是死别离，这是命运，是天意，作为一个人我们是无可奈何的，我们无可作为，什么人能够跟死神去抗争？你没有办法。可是如果我们两个人都活着，为什么我们没有办法在一起？所以这才是可悲哀、可痛苦的事情。

"生别离"还有另外的一个可能性，就是"硬生生"的别离。什么叫硬生生的？比如两张纸，我偶然把它们放在一起了，但是它们本来就不是连在一起的，所以我一下就把它们分开了，这个就是普通的别离；如果它本来是连着的，你把它撕断了，这个才叫硬生生的。可是你要知道，虽然有这么多的可能性，但是按照《古诗十九首》的时代，这个"生别离"是跟"死别离"相对的，是《楚辞·九歌》的那个"悲莫悲兮生别离"，因为"硬生生"的这种意义是后代才有的。所以你要是理性地分辨，你可以说《古诗十九首》的时代一定是跟"死别离"相对的"生别离"，可是作为我们二十一世纪的人，我们已经有"硬生生"的一个语法，我们就自然可以产生那个"硬生生"的一种感受和联想。

"行行重行行，与君生别离"，这是一个现实的别离。"相去万余里"，"去"在这里不是动词"来去"的"去"，这个"去"是

"距离"，两人相距有一万多里这么远了。"相去万余里"，到这里就有一个反省，你已经走得越来越远，我忽然间停下来一想，我们已经相隔万里之遥。"各在天一涯"，你在天的那一边，我在天的这一边。从我而言，你在天涯；从你而言，我就是在天涯。请大家注意，这个"涯"字有三种读音：一是念"yá"，在诗韵的"麻"韵里边；一是念"ái"，在"佳"韵里边；一是念"yí"，在"支"韵里边。这里押的是"支"韵，所以念"yí"。中国的文字，有的时候是同义而多音，同一个意思有很多不同的读音；也有的时候是音变了，这个义也变了，音不同义也不同。

那么现在我们还有一个问题，《古诗十九首》之所以多义，就因为我们不知道作者，不是吗？所以你不知道写诗的这个人，是男性还是女性？它是以男子的口吻说的，还是以女子的口吻说的？而且要两个人才有别离，别离一定是一个人留在这里，一个人走了，那么现在这首诗，它是"居者之辞"，就是留下的那个人的口吻；还是"行者之辞"，就是远行的人说的话？这就很妙。后边，"道路阻且长，会面安可知"，我们两个人已经是"各在天一涯"了，距离这么遥远。这里他就停下来有一个反省，说我们希望能够见面，可是你一直"行行重行行"，你越走越远了。"道路阻且长"，"阻"是说我们中间的道路艰险，也许有高山、大川；道路虽然是"阻"，但是如果不"长"，如果只隔一座山、一条河，那我想个办法不就过去了吗？可是我们中间阻隔的道路是"阻且长"，既艰险又遥远，是多重的阻隔。所以我们真是不知道哪一天会重逢，所以"道路阻且长，会面安可知"？

下面就很妙了，"胡马依北风，越鸟巢南枝"，这是两个形象。我们以前讲《诗经》，说《诗经》的赋、比、兴都是在开头的，可是《古诗十九首》很妙，它也善用比兴，但是这个比兴不一定在开端，而是在句中或者篇中。"行行重行行，与君生别离。相去万余里，各在天一涯。道路阻且长，会面安可知"，一直都是沉闷的，说我们真是没有见面的希望了，我们之间的阻隔越来越艰险、越来越遥远了。在你真的要心断望绝的时候，又扬起了希望，"胡马依北风，越鸟巢南枝"，这就是古诗的"温柔敦厚"。前文我们说了，产生多义的可能，一个是语序轴上的原因，一个是联想轴上的原因，中国有这么长久的诗歌的历史，如果用西方的朱莉娅·克里斯蒂瓦说的"Intertextuality"（互为文本）来说，它每一个句子都有很多"Cultural Code"（文化符码）的联想，所以是很妙的。

　　"胡马依北风，越鸟巢南枝"，这有几种可能，"Intertextuality"，里边有很多的联想。一个出于《韩诗外传》："代马依北风，飞鸟栖故巢，皆不忘本之谓也。"古人的诗里就说了，北方的"代"这个地方的马，每当有北风吹来的时候，它就很依恋地向着北方；那个南方的鸟，总找向南的树枝做巢，这都是不忘本之意！我们说"旧时王谢堂前燕"，燕子回到旧日的巢来，可是王、谢已经不在了，变成平常的百姓了，所以就"飞入寻常百姓家"。这里就是说，虽然我们是"相去万余里，各在天一涯"，虽然是"道路阻且长，会面安可知"，但是你想，胡马，就是北方的马，都向着北风而依恋；越鸟，南方的鸟，它就是到北方来做巢，也总是立在向南的树枝上，所以是不忘本。难道人不如马乎？难道人不如鸟乎？马跟鸟都那么怀念自己的故乡，而你这个远行的人就不怀念故乡了吗？"胡马依北风，越鸟巢南枝"，这是一种"兴"，就是不直接地说，用外在的两个形象的联想，扬起来一个希望。

还有第二种可能，《吴越春秋》上说："胡马望北风而立，越燕向日而熙"，"同类相亲之意也"。说这个胡马总是向着北风立在那里，南方的海燕看到海上的太阳出来了，它就觉得非常温暖，这是"同类相亲"。难道你离开了故乡，离开了故人，离开了你所爱的人，你就不怀念了吗？

再有一种可能，就是你不用管他《韩诗外传》说什么，也不用管他《吴越春秋》说什么，现在就这么两句，"胡马依北风，越鸟巢南枝"，一个是胡马、北风，一个是越鸟、南枝，一北一南，一南一北，胡马是依北风的，越鸟是巢南枝的，我们两个人是"各在天一涯"，一南一北只是表示一个距离。

所以这两句就有这么多的可能性。当一首诗有多种可能性的时候，有的时候你要给它分别，哪个是对的，哪个是错的，哪个是好的，哪个是坏的；有的时候你不需要分别，可以让它们同时存在，这样才更显出其意义的丰富和感发的多重性。

"胡马依北风，越鸟巢南枝"，这是一种象喻，胡马跟越鸟象征我的期待、我的盼望，那是我的想象，我希望你回来，可是你毕竟没有回来，所以后面它说"相去日已远，衣带日已缓"，事实上我们彼此之间的距离是"日已远"，一天比一天更远了。"衣带日已缓"，"缓"就是松了，一天比一天宽松。柳永说："衣带渐宽终不悔，为伊消得人憔悴。"（《凤栖梧》）"消得"，值得，我为我所爱的人因为相思怀念而憔悴消瘦，但是我"终不悔"，因为我心甘情愿地为她憔悴。

"相去日已远，衣带日已缓"，那远行的人毕竟没有回来，而且越走越远了，所以在相思怀念之中，我的衣带就"日已缓"。前面都说他越走越远，但是真正让人心痛、让人绝望的是什么？是"浮云蔽白日，游子不顾返"，是浮云把白日给遮蔽了，游子不再想到回来。前面说我们中间本来并没有遮蔽，虽然你越走越远了，可是我对你是相思怀念的，我也相信你对我有相思怀念，可是现在呢，忽然间出来一个遮蔽，如同是浮云把白日给遮蔽了，所以游子就"不顾返"，他不是因为道路的阻隔而回不来，是他根本就不想回来了。这"浮云蔽白日"就很妙了，我们不是说多义吗？陆贾的《新语》就说了，"邪臣之蔽贤，犹浮云之障日月也"，所以这是一种可能，说奸邪的臣子蒙蔽了贤臣，好像浮云把日月给遮蔽了。这里"白日"象征的是贤臣，"浮云"就是奸邪的小人。

前文我们不是说吗，这首诗是男子之辞还是女子之辞？是居者之辞还是行者之辞？我们不知道。我们一直讲下来好像都是女子的口吻，因为在古代，女子总是守在闺房之中的，而男子汉是志在四方的。欧阳修的词说了："庭院深深深几许？杨柳堆烟，帘幕无重数。玉勒雕鞍游冶处，楼高不见章台路。"（《蝶恋花》）男子骑着加上雕鞍的白马，在外面寻花问柳，"玉勒雕鞍游冶处"；女子只能在闺房，虽然站在高楼上，也看不见这个男子跑到哪里去了，"楼高不见章台路"。所以一般说到离别，留在家里的当然是女子，远行的那个人就是男子，从外表上看起来我们都可以讲得通的。如果说是女子之辞，"浮云蔽白日"的"白日"，就是指这个远行的男子。《西厢记》上讲到张生跟崔莺莺在长亭送别的时候，崔莺莺就说了一句话，说："若见了那异乡花草，再休似此处栖迟。"她对张生说，你在这里碰见我崔莺莺，我们有这段浪漫的爱情，你现在走了，如果看到别的地方的美丽女子，就不要像碰见我一样，又跟那个女子谈起恋爱来了。那个"异乡花草"就是这个"浮云"，这个女子就在想，你越走越远，这么久还不回来，是不是碰见"异乡花草"了？所以"游子不顾返"，你现在就不再想到家里的我了。

我们说十九首"温柔敦厚"，"文温以丽"，尽管这个男子是行者，他"不顾返"了，可是她把他比作什么了？她把他比作"白日"，说你偶然见了"异乡花草"而不回来，那不过是"浮云"而已，有一天那浮云散去，我相信你还是会回来的。我们这都是用女子的口吻这么讲下来的，我们不是说《古诗十九首》的内容写的都是"逐臣弃妻朋友阔绝死生新故之感"吗？如果从女子来说，那么她就是"弃妻"。

前文我说也可以是男子口吻写的，如果是男子的话他就是"逐臣"，"行行重行行"，就是这个逐臣被贬逐。"与君生别离"，这个"君"字就很妙，因为"君"可以是男子，也可以是君主、君王。这个逐臣就走了，"相去万余里，各在天一涯。道路阻且长，会面安可知"，这个逐臣说，我怎么不怀念朝廷呢？我怎么不怀念君主呢？可是我毕竟是被贬了，是"相去日以远，衣带日以缓"。可是我为什么没有回去？"浮云蔽白日，游子不顾返"，"白日"在这里就不是贤臣了，而是君主的象征。李白有一首诗，说："总为浮云能蔽日，长安不见使人愁。"（《登金陵凤凰台》）他说，朝廷里有很多奸佞的小人，把君主给蒙蔽了，就像浮云把白日遮蔽了，所以我现在回不去。"游子不顾返"，我现在不想再回去了。你要知道，他不是说我不能返，他是说"不顾返"，"不顾"是主动的、从我来说的，不是外边的阻隔让我回不去，而是我"不顾"，"不顾"就是"不念"的意思，不再想了，我不想再回去了。可是你既然是逐臣，你也一直盼望回去，现在为什么又说你不想回去了？这我们也可以举出古人的诗词作为例证。

晚唐的时候，跟温庭筠并称的词人韦庄写过五首《菩萨蛮》，第二首说"人人尽说江南好，游人只合江南老"，又说"未老莫还乡，还乡须断肠"，我总是要回到我的故乡的，不过我现在还年轻，我暂时不回去是可以的。为什么我不回去呢？因为我"还乡须断肠"，我的故乡已经面目全非了，唐朝已经灭亡了，朱温已经篡唐了。这是说我"未老"，所以我不还乡，那就意味着等我老了一定要回去的。可是下面一首，韦庄又说了，"此度见花枝，白头誓不归"，刚才他说我"未老莫还乡"，等我老了一定要回去，可是现在他又说我白头了也不回去，我发誓我不再回去了，这就是心断望绝，我回不去了，我没有家可回了。

如果说《古诗十九首》的这一首是逐臣之辞，那么"浮云蔽白日，游子不顾返"，是因为现在的朝廷我没有办法回去，可是难道我忘记了吗？韦庄也是，虽然他说"白头誓不归"，已经心断望绝，可是在最后一首《菩萨蛮》里，他说："洛阳城里春光好，洛阳才子他乡老。柳暗魏王堤，此时心转迷。桃花春水绿，水上鸳鸯浴。凝恨对残晖，忆君君不知。"我难道真的是把那个绿纱窗下"绿窗人似花"的等待我的那个女子忘记了吗？我何尝忘记！可是我现在没有办法回去了，我满怀愁恨，面对着将落的斜晖。我难道忘记你了？我没有，我仍然是怀念你的，可是我永远回不去了，我也没有办法再告诉你了，所以说"忆君君不知"。

"思君令人老"，这里又有一个很微妙之处，因为"君"可以是"夫君"，也可以是"君主"。我们不是讲《古诗十九首》的多义性吗？清朝的一个诗评家叶燮写过一本《原诗》，是讲诗歌评论的。叶燮在《原诗》里提出来说诗里有情、有事、有理，诗歌之所以使读者产生那么多丰富的感发，因为有的时候虽然"事异"，那个事情不是相同的一件事情，可是它的情、理又可以有相通之处，所以我们说"事异而情通"。柳永的词"衣带渐宽终不悔，为伊消得人憔悴"，说的是男女之间的恋爱相思，这个女的说她怀念她所爱的那个男子，为之憔悴、消瘦，"衣带渐宽"，可是不后悔，因为这个人是值得怀念的。这原来是讲爱情的，可是王国维说这是"成大事业、大学问"的第二种境界，这个"成大事业、大学问"跟男女谈情说爱是两件事情，这是"事异"，可是那种专一，那种感情的深挚和殉身无悔的执着是相通的，这也就是屈原所说的"亦余心之所善兮，虽九死其犹未悔"（《离骚》）。屈原所说的是为他的理想而殉身，柳永所说的是为一个爱情的对象而殉身，虽然是"事异"，然而它们的情有相似之处。

《古诗十九首》的丰富性就因为它有很多首诗写出了我们人

类感情的一种共性。陈祚明的《采菽堂古诗选》说相爱之人离别，"逐臣弃妻与朋友阔绝，皆同此旨"，所以它可以是弃妇之辞，可以是逐臣之辞。作为一个远行的男子，朝廷被"浮云"遮蔽了，政治迫害得我不回来了，但是我没有忘记我的国家，我没有忘记我的朝廷，"思君令人老"；作为女子来说，男子不回来了，被另外一个女子给牵绊了，所以"思君令人老"，相思使人衰老憔悴，而衰老的结果就是走向死亡，你相思是无穷的，可是你的年命是有限的，尽管我对你的相思、爱情没有改变，可是我能够等你多少日子？"人生七十古来稀"，就算我等到七十，你回来了，当年的青春少女现在却变成鹤发鸡皮了，所以"思君令人老"，这是《古诗十九首》的惊心动魄之处。"岁月忽已晚"，而岁月就不留情了，一天一天的，一月一月的，转眼之间一年就消逝了，而人的生命也就一年年地减少了。相思无穷，年命有限，而岁月如流，这真是惊心动魄的一件事情。

《古诗十九首》之所以妙，妙在何处？我们看最后两句："弃捐勿复道，努力加餐饭。"它不但是惊心动魄，还"文温以丽"，写得这么温和动人，这是诗教的修养，"温柔敦厚，《诗》教也"。虽然是"思君令人老"，虽然是"岁月忽已晚"，可是她说什么？她说"弃捐勿复道"，不但"弃捐勿复道"，还要"努力加餐饭"，这真是中国古人的温厚之致。什么是"弃捐勿复道"？这"弃捐勿复道"也有多义。第一可以联想到中国古乐府的《怨歌行》，也叫作《团扇怨》，相传是班婕妤作的。她把自己对君主的爱情比作一把扇子，说"新裂齐纨素"，一匹白绸子"皎洁如霜雪"，像霜雪一样白，"裁为合欢扇，团团似明月"，裁成一把团圆的合欢扇，"出入君怀袖，动摇微风发"，这个扇子在你手中，夏天炎热的时候，每天给你送来清凉的好风，"常恐秋节至，凉飚夺炎热"，可是有一天秋天来了，凉风把炎热赶走了，"弃捐箧笥中，恩情中道绝"，你就把我这把扇子丢在箱子里边，再也不理睬了。这是说一个女子被抛弃了，所以这个"弃捐"的"弃"就是背弃，你"游子不顾返"了，尽管我"思君令人老"，你也不回来了。

"弃捐勿复道"，你把我抛弃了，这件事不用再说了，我还能怎么样？我"努力加餐饭"。这个"努力加餐饭"也有两种可能。一个是劝人"加餐"，尽管你把我抛弃了，这都不用再说了，我还是希望你"努力加餐饭"，我永远祝福你的健康，这真是温柔敦厚。说是劝人加餐也是有出处的，乐府诗《饮马长城窟行》也是写跟所爱的人分别了，说："客从远方来，遗我双鲤鱼。呼儿烹鲤鱼，中有尺素书……上言加餐食，下言长相忆。"我爱的人给我寄来一封信，信上说叫我努力加餐，这就是劝对方；下面说"长相忆"，他对我永远怀念，所以这是信中劝人的话。可是"相去日以远"，"道路阻且长"，他（她）能够寄信去吗？是女子给男子寄了信，还是男子给女子寄了信？它这里没有说啊！所以它是有一个劝人加餐的可能，根据《饮马长城窟行》就是劝人加餐。但还有一个可能，就是自劝"加餐"，如果他（她）不能寄信的话，就是自劝加餐了：我是一直相思，一直盼望、期待着你回来，可是"思君令人老，岁月忽已晚"，我能够等你多少日子？为了保证我对你的等待，我要"努力加餐饭"，我要保重身体，才能等到你回来。所以你看《古诗十九首》，它的意思是这么丰富。

在中国古代，夫妇的伦理关系跟君臣关系从来都是有相似之处的，曹子建的诗就总是把自己比作弃妇。所以如果作为男子，也可以这么说，我是逐臣，我被君主抛弃了，这也是一种可能。另外还有一种可能，乐府诗里面有一首《妇病行》，说："妇病连年累岁，传呼丈人前一言。当言未及得言，不知泪下一何翩翩！"说是一个病妇临死前嘱咐她的丈夫好好照顾他们的小孩子，可是她死了以后，这些小孩子没有得到很好的照顾，他们的一个朋友来到这个孤儿的家里，"交入门，见孤儿啼索其母抱"，孤儿在那里哭泣，还找他的妈妈。他说："行复尔耳，弃置勿复道！"这个作诗的人说，这太悲哀了，我们放下去不要再说了。所以也可以这样讲，不要管是男的（逐臣）还是女的（弃妇），就单纯指把这件被弃的事情放下。我们是在讲《古诗十九首》有这么丰富的多义性，可以是男子之辞，可以是女子之辞，可以是行者之辞，可以是居者之辞，可以是逐臣之辞，可以是弃妇之辞，而千百年读下来，如果你与所爱的人有相思离别，你读之就有一种共鸣。

这是《古诗十九首》写离别的悲哀，它还写了一种不得志的悲哀，我们没有办法把十九首诗都看，我们再简单地看一首诗。

《东城高且长》赏析

我想讲一首《东城高且长》。《古诗十九首》还有妙的地方，你比方这首诗，是跳宕的、变化的，而且中间还有一些地方不通。但是你不要看它不通，有时候不通有不通的好处，这点其实中国古人也早就发现了。陆机的《文赋》上就说了："彼榛楛之勿剪，亦蒙荣于集翠。""榛楛"就是干树枝，你别看干树枝是不好的，有的时候你不要把它剪掉，它也能够在美丽的花草之中做一个装点。这个在插花的花道里就有证明，插花有时候就用几根干树枝盘在那里。现在我们就看这首诗：

> 东城高且长，逶迤自相属。回风动地起，秋草萋已绿。四时更变化，岁暮一何速。晨风怀苦心，蟋蟀伤局促。荡涤放情志，何为自结束？燕赵多佳人，美者颜如玉。被服罗裳衣，当户理清曲。音响一何悲，弦急知柱促。驰情整中带，沉吟聊踯躅。思为双飞燕，衔泥巢君屋。

《古诗十九首》各有不同的好处，"行行重行行"以一个动作开始，"东城高且长"以一个形象开始。"东城高且长"是一个什么形象？是什么意思？"东城"是哪一个城？我们前文说《古诗十九首》"盖不知作者"，有人说有西汉的作者，有人说有东汉的作者，我曾经写过两篇文章，收在我的《迦陵谈诗》里，一篇叫《谈〈古诗十九首〉的时代问题》，还有一篇就是讲《古诗十九首》的多义性的《一组易懂而难解的好诗》。我以为，《古诗十九首》应该是东汉后期班固以后，建安的曹、王以前的作品，我是从它的风格来看的。而且你还可以看到，《古诗十九首》里边常常提到洛阳，《古诗十九首》的第三首就是"游戏宛与洛","洛"指的就是洛阳；还有"驱车上东门","上东门"是洛阳的城门。所以从《古诗十九首》的很多地名来看，可能是东汉的作品。如果是这样的话，那"东城"就可能是洛阳的东城，但是我只说可能，不一定指实。但即使不是洛阳，你看这个东城，既高大又绵延，也必然是一座大城。所以你不要管它是哪里的城，"高且长"的城一定是一座大城，是一个繁华的大都会。

"东城高且长"，下面怎么样呢？是"逶迤自相属"，这个城墙是绵延不断的，你找不到一个缺口（不像北京，现在拆得只剩一个前门楼子了）。卡夫卡的小说《城堡》，写一个人要进一个城，怎么样也进不去。这个"高"跟"长"所代表的，是一种阻隔，给人一种"疏离感"。"东城高且长，逶迤自相属"，这个城整个地围起来，我不归属于它。西方的人文科学家亚伯拉罕·哈罗德·马斯洛说，人类生而有生存的需求，有归属的需求。可是"东城高且长"，它是"逶迤自相属"，我与它不相归属，我是被阻隔、被疏离的。这个我们还可以用《古诗十九首》里的诗来证明，就是《青青陵上柏》那一首，里边说"冠带自相索"，它说这个洛阳城里的人戴着高冠，系着腰带，他们这些人是自成一个阶层的，他们"自相索"，自己彼此互相交往、互相需求，我不属于他们，不属于这个繁华的都市。所以"东城高且长"这么简单的形象，"逶迤自相属"的那种阻隔、那种疏离，就是陈祚明《采菽堂古诗选》里说的"志不可得"。"志不可得，而年命如流"，这首诗就是一个很好的代表作品。"东城高且长，逶迤自相属"，这是"志不可得"；"回风动地起，秋草萋已绿"，这是"年命如流"，光阴不我待嘛！柳永的一首小词说："长安古道马迟迟，高柳乱蝉嘶。夕阳岛外，秋风原上，目断四天垂。"（《少年游》）什么地方是我落魄的柳永的归宿？

"东城高且长，逶迤自相属，回风动地起，秋草萋已绿"，"回风"就是旷野之间的旋风。你看那秋天的草，是"萋已绿"，这个"萋"字，通"凄"，古代凡是形跟音相似的字都可以相通的。所以秋草虽然是绿色，可是已经有了凄凉的感觉，你会感觉到已经是秋天的草了。"秋草萋已绿"，那是一个时间、季节转变的时候，一种很敏锐的变化。所以它说"四时更变化"，春夏秋冬这么变化，"岁暮一何速"，一年怎么这么快就迟暮了？这就是"志不可得，而年命如流"。

"晨风怀苦心，蟋蟀伤局促"，你从表面上看，"晨风"就是早晨的风，"蟋蟀"就是那个昆虫。我说《古诗十九首》的丰富性，就是因为在它的文本中有一些典故与出处造成了内容的丰富性。"晨风"不仅是说早晨的风，它有一个出处，《晨风》是《诗经·秦风》里一篇诗歌的名字，是讽刺秦康公，说他当时的政治不好，是讽刺这个朝廷政治的；《蟋蟀》是《唐风》里的一篇，也有讽刺朝政的意思，是讽刺晋僖公的，两篇都是讽刺国君。所以你因为它的出处就可以想到这个"志不可得，而年命如流"，我还不只是为我自己的不得志而悲哀，我是为我的国家而悲哀。杜甫说"亲朋无一字，老病有孤舟"，那是我自己；可是"戎马关山北，凭轩涕泗流"（《登岳阳楼》），我所悲哀和感慨的，不是我自己一个人的不得志，而是我们的国家怎么落到这种地步。所以"晨风怀苦心，蟋蟀伤局促"，在"年命如流"里，还有一个更深一层的、更广一层的悲慨。"回风动地起，秋草萋已绿。晨风怀苦心，蟋蟀伤局促"，而后面就有了一大转折，所以我说这首诗是跳宕的。

那么，在这种"志不可得，而年命如流"的悲慨之中怎么样？"荡涤放情志，何为自结束？"你自己何必这么悲哀？你应该得乐且乐。"人生如朝露，何久自苦如此？"这是《汉书·苏武传》上李陵对苏武说的。所以他说，我不如"荡涤放情志"，"荡涤"就是把一切都解除，把一切都放弃，一切都不在乎，放开我的情志，把一切都摆脱掉。中国古人如果不得志了往往就怎么样？就耽溺于"醇酒妇人"，信陵君就是如此，不是吗？连辛稼轩这样一个豪杰都说："可惜流年，忧愁风雨，树犹如此！倩何人唤取，红巾翠袖，搵英雄泪？"（《水龙吟·登建康赏心亭》）男子不得志就找一个女子，用爱情来解除他的寂寞跟悲哀。所以他说"荡涤放情志，何为自结束"？我要找一个美丽的女子来自我安慰一下，所以"燕赵多佳人，美者颜如玉"，说北方燕赵之地有很多美丽的女孩子，容颜像玉一样洁白温润。

"被服罗裳衣，当户理清曲"，一步一步地说下来，先说她容颜的美，再说她衣饰的美，"被"就是穿在身上，身上穿的是罗裳衣。不仅容颜美、衣饰美，这个女子坐在门前调理乐器，在弹奏一个曲调，是"当户理清曲"，所以她的才能也是美的，而且她是"当户"的女子，是可以希求的。"音响一何悲，弦急知柱促"，她弹出来的音乐是那样使人感动，"悲"就是使人感动的意思。"弦急知柱促"，她的弦弹得这么急，我们可以知道她那个弦乐器的"柱"

是很密的。一般中国古人写女子容貌的美、衣饰的美、才能的美，以及她所唱的歌、所弹的曲子的美，都代表那个女子感情和心灵的美。所以你看晏小山的《临江仙》"记得小苹初见，两重心字罗衣"，这是衣服的美；"琵琶弦上说相思"，这是音乐的美。这个女子容颜的美、衣服的美、才能的美、音乐的美，都代表她感情、心灵的美。《古诗十九首》前面有一首《西北有高楼》，也是说高楼上有一个女子弹奏音乐，说："清商随风发，中曲正徘徊。一弹再三叹，慷慨有余哀。不惜歌者苦，但伤知音稀。愿为双鸿鹄，奋翅起高飞。"音乐是使人感动的。陶渊明写过一篇《闲情赋》，里边就写了一个女子，说她是"淡柔情于俗内，负雅志于高云"，然后这个女子就"激清音以感余"，她就在那里弹琴，借着这个音声来使我感动，"愿接膝以交言"，所以我就愿意跟她亲近，期待跟她相见，跟她交谈。这里说"音响一何悲，弦急知柱促"，就是像陶渊明所说的，"激清音以感余，愿接膝以交言"。

"驰情整中带"，你不要以为只有你的身体才会跑，其实你的心也会跑，要不然古人怎么说"意马心猿"呢？你的心跑了，你心里的感情跑到那个女子那里去了，这就是"驰情"。"驰情"怎么样？我们常说"女为悦己者容"，女子要见男子，就将容颜修饰打扮得很好。其实男子也如此，男子要见一个女子就把衣服整一整，把头发理一理。"中带"就是腰带，有的版本作"巾带"，就是头巾和腰带。你准备去见这个女子，可是"沉吟聊踯躅"，可是他忽然间就"沉吟"，就是沉思吟想，退一步想；"聊"是暂且；"踯躅"，犹豫不决。这是很妙的一点。如果是现在的女子，或者西方的人看了，会觉得很奇怪。柳永有一首词，说："欲掩香帏论缱绻，先敛双蛾愁夜短。"（《菊花新》）说一个女子跟一个男子相爱，两个人刚刚要欢喜快乐地聚会在一起，这个女子忽然间皱起眉头来，觉得这个夜太短了。我的外国学生就不理解，说他们两个人在一起不是很快乐很好吗？她干吗还要皱眉，还要愁夜短呢？这个要是男子，既然两个人很好，那两个人上床就好了嘛。你看现在这个男子写的什么？"驰情整中带"，那么庄重，而且要去的时候还"沉吟聊踯躅"。用现在很摩登的眼光来看，这些人都是傻瓜，是不是？可是你要知道，你做事情的时候，要有一个沉思，要有一个反省，要有一个珍重。陶渊明有一首诗，说："行行停出门，还坐更自思……万一不合意，永为世笑嗤。"（《拟古九首》之六）你不要以为《古诗十九首》写男女之情就是男女之情，写"燕赵佳人"就是燕赵佳人，《古诗十九首》之所以是多义性的，之所以丰富，就因为它给你这么多的联想。陶渊明说的"行行停出门"，我已经要走了，"还坐更自思"，我忽然又回来，坐下来再考虑一下；"万一不合意，永为世笑嗤"，中国古人说"一失足成千古恨"，如果一步路走错了，你一世都不能挽回了。而十九首这里虽然是简单地写男女，写燕赵的佳人，但是它所提示的是一种品格、一种操守、一种修养，所以他"驰情整中带，沉吟聊踯躅"。

后面怎么样呢？他说，我虽然在行为上很小心，可是我的感情是怀念那个美丽的女子的，所以"思为双飞燕，衔泥巢君屋"。我不是说它有不通吗？因为它既然说"巢君屋"，做巢在你的屋子里，那就说你由一个人已变成"双飞燕"，你已经有了一个配偶，怎么衔泥去"巢君屋"？这是不通。宋朝有一个女子，她跟她的恋人因为种种原因没有能够结合，后来她就写了一首《踏莎行》给她所爱的那个男子，说：

随水落花，离弦飞箭，今生无处能相见。长江纵使向西流，也应不尽千年怨。　　盟誓无凭，情缘有限，愿魂化作衔泥燕。一年一度一归来，孤雌独入郎庭院。

她说，我们的感情就像随水的落花、离弦的飞箭，彼此不能相见。我们说"一江春水向东流"，"人生长恨水长东"，她说就算长江都向西流了，我的怨恨也是无终了的，我们当年指天誓日的盟言都没有凭证了，我们的感情也是"情缘有限"。现在我们分开了，那我怎么样？"愿魂化作衔泥燕"，我就愿意变成一只衔泥的燕子，"一年一度一归来"，每一年我都回到你这里来。我是一只孤单的雌燕，"孤雌独入郎庭院"。这才通嘛！因为你是男的，我是女的，所以我要变成一只雌燕子，孤单地回到你这里来。我说起这首词，是要证明《古诗十九首》是不通的，《古诗十九首》说我要为"双飞燕"，那就是说你已经有一个伴侣了，你还回到这个巢干什么呢？但是你要知道，这个不通就是它很好的地方，它是两个感受同时跑出来的，一个是我要跟你变成一对比翼双飞的燕子，"愿为双飞燕"，脱口而出。你说是"双飞燕"吧，可是它又转了一下，说是"衔泥巢君屋"，所以它的不通就是它的两层转折，也增加了它的丰富性。而更重要的，就是这一首诗所表现的"志不可得，而年命如流"，在他"荡涤放情志"的时候，他还有自我所保持的一份反省和节制。

明朝学者陆时雍有一本书叫《古诗镜》，当中曾经评这首诗，说"景驶年催，牢落莫偶"，光阴像马一样地跑过去，流年岁月催人衰老，而这个人的遭遇是"志不可得"，所以"牢落莫偶"，"牢落"就是"寥落"，没有依托，"所以托念佳人"，所以托念一个美丽的女子，"驰情几往"，他的感情虽然驰往那个女子那里去，但"敛襟忧然"，把衣带整理了一下，很怅惘地停止了。他后面又说了，说这样的诗、这样的语言是"最贵美"，这样的语言是最贵美的，是不仅美丽，还有一种高贵的品格在那里。现在说回来，我一开始就讲了，说诗是"可以兴"的，可以"事异而情通"，诗是可以带着感发的。用西方接受美学学者沃尔夫冈·伊塞尔的话来说，你读诗的过程，你被感动的过程，就应该是你的感情和品格得到一个修养的过程。所以《古诗十九首》不只是多义，而且表现有它的品格，使我们在感动之中能够对我们有一种感发的，或者是提升的作用。

曾有人问我，《古诗十九首》中哪一首最好？我认为《古诗十九首》可以说每一首都很好。但是我个人比较偏爱的两首诗，一首就是刚讲过的《东城高且长》，另一首是《西北有高楼》。为什么？要讲起来就很复杂了，现在我只能简单地说。

> 西北有高楼，上与浮云齐。
> 交疏结绮窗，阿阁三重阶。
> 上有弦歌声，音响一何悲！

谁能为此曲，无乃杞梁妻。

清商随风发，中曲正徘徊。

一弹再三叹，慷慨有余哀。

不惜歌者苦，但伤知音稀。

愿为双鸿鹄，奋翅起高飞。

　　"西北有高楼，上与浮云齐"，这个是非常妙的，不知道名字，也不知道所在，反正就是西北有一个高楼。我们中国的地形就是西北高嘛，所以西北本来就给人高的感觉，还有就像我们说的"又恐琼楼玉宇，高处不胜寒"（苏轼《水调歌头》）。而且这高楼不仅"上与浮云齐"，而且还很美："交疏结绮窗"，雕刻着美丽的花纹，装饰着美丽的窗纱。"阿阁三重阶"，高高的楼阁有很多重台阶，所以是非常崇高、非常遥远的一个形象，很妙。不但是这个高楼引起了我们的想象，而且你听，"上有弦歌声，音响一何悲"，楼上还有弹琴唱歌的声音，而且还如此之悲感动人。当你碰到一些美好的诗或歌，你就会想，"谁能为此曲"？是什么人作出这么美的诗？是什么人弹奏了这么美的音乐？所以下面它就说："谁能为此曲？无乃杞梁妻。"莫非就是杞梁的妻子吗？杞梁妻就是那个哭倒长城的孟姜女。她的丈夫死后，孟姜女说她"上则无父，中则无夫，下则无子"。中国古代的女子是"在家从父，出嫁从夫，夫死从子"，孟姜女现在既没有父亲，也没有丈夫、儿子，那是极言其孤独、没有依靠。所以有一支曲子就叫《杞梁妻叹》，现在高楼传下的曲子就是这种情调的。

"清商随风发，中曲正徘徊"，这个音乐很美，那种凄清、哀伤而又动人的音调随风飘散下来，曲中还有很多的反复、辗转。"一弹再三叹"，它的每一根琴弦、每一个音符都传达出那么多的感动，"慷慨有余哀"，真是让人感动。"不惜歌者苦，但伤知音稀"，我所惋惜的还不只是歌者的辛苦，如果这个歌者虽然唱得很辛苦，但是在座的有人欣赏、了解她的歌，那她就没有白唱，没有白白地辛苦。所以冯延巳说："款举金觥劝，谁是当筵最有情？"(《抛球乐》)他说，我举起一个金杯给人敬酒，我敬给哪一个人？谁是酒筵上最多情、最值得我敬酒的人？还有晏同叔说的"若有知音见采"，如果在座真有一个知音欣赏我，那我"不辞遍唱《阳春》"(《山亭柳·赠歌者》)，我决不推辞，我要把我所有的、最好的曲子都唱给他听。可是这个人在哪里？"不惜歌者苦，但伤知音稀"，我所悲哀的是没有一个人真正懂得欣赏、了解这么好的音乐。这个听的人，就是在楼下的这个人，跟楼上那个女子一面都没有见，只是遥想，远远地想。他说，我以为我是一个知音的人，所以"愿为双鸿鹄"，我愿意跟楼上的这个弹琴唱歌的女子变成一对鸿鹄，"奋翅起高飞"，鸿鹄是飞得很高的鸟，我们如果真是知音，能够相赏，我们就愿意在一起高飞。

这首诗真是很妙，陆时雍在《古诗镜》中评赏这首诗说："抚衷徘徊，四顾无侣。"它真是从内心之中发出来的这种徘徊，你举目四望，没有一个知音。"空中送情，知向谁是？"它的感情是空中的寄托，并没有真的这个人，他是那个听的人，也是那个弦歌的人，"空中送情，知向谁是？言之令人悱恻"。这是我喜欢的一首诗。

五
*

诗歌吟诵的古老传统

诗歌吟诵的起源

作为一个终生从事古典诗词教学与研究的学者，我感觉到现在虽然有很多人喜欢古典诗词，但真正对古典诗词传统有深入理解的其实不多。中国古典诗词是以兴发感动的作用为诗歌美感之主要特质的，而这种美感的由来则与中国吟诵的传统有着密切的关系。可是，中国吟诵的传统现在已几乎断绝了，很多人已经不知道吟诵是怎么一回事。当然目前市场上也有一些诗词歌曲的录像带或磁带，但那多是用唱歌的方式，并不属于真正的吟诵传统，所以我这里想把我们诗歌吟诵的古老传统简单地介绍一下。

吟诵的起源很早，从周朝就开始了。在《周礼·春官宗伯》里有这样的记载："大司乐……以乐语教国子兴、道、讽、诵、言、语。""国子"，就是贵族士大夫的子弟。古代士大夫子弟到了入学的年龄，就要跟着他们的老师"大司乐"学习"乐语"。什么是"乐语"呢？就是可以配合着音乐来歌唱的语言，也就是诗，因为《诗经》的三百篇本来都是可以吟诵的。古代小孩子一入学就开始学诗，这种教育办法有一定的道理。这也正是为什么我近些年在大陆一再提倡，想要在中小学和幼儿园里开设一个"古诗唱游"科目的原因。古人怎样教小孩子学诗呢？主要有"兴、道、讽、诵、言、语"六种训练。对于这六个字，注《周礼》的郑玄有一个解释，他说："兴者，以善物喻善事；道读曰导，导者言古以剀今也；倍文曰讽；以声节之曰诵；发端曰言；答述曰语。"这些话是什么意思？我们一个一个地来解释。

第一个是"兴"。这里这个"兴"字应该读作平声，因为它是个动词；而"赋、比、兴"的"兴"是个名词，读作仄声。在前几章我们已经讲过"赋、比、兴"，我说由心及物是比，由物及心是兴，即心即物是赋。而现在《周礼》中所说的这个"兴"，是古人诗歌教学训练的第一个项目，它强调的是诗之本质中的那种感发兴起的作用，而不是和"比"与"赋"的区别。孔子说"诗可以兴"（《论语·阳货》），那是说在读诗的时候能够引起你产生一种兴发感动。因此，古人教诗首先注重的就是培养学生这种善于兴发感动的能力。

郑玄在注解"六诗"的"比"和"兴"的时候，说"比"是"见今之失不敢斥言，取比类以言之"，说"兴"是"见今之美，嫌于媚谀，取善事以喻劝之"（《周礼·春官宗伯》郑注）。他认为"比"与"兴"所指的事物有好坏的不同，因此在这里注解这个"兴"的时候只说是"以善物喻善事"。但实际上这里这个"兴"的含义更广泛，应当是兼"比""兴"而言之，不但可以"以善物喻善事"，也可以"以恶物喻恶事"。在修辞学上，这应该是举一隅而包括其余的"借代"的方法。这也不光是我这么说，唐朝的贾公彦给《周礼》作疏，在这个地方就曾说，郑注"以善物喻善事"的说法乃是"举一边可知"。就是说，举出它的一边就可以推知它的另一边。

刘勰《文心雕龙》的《明诗》说："人禀七情，应物斯感，感物吟志，莫非自然。"自然界花开花落，人世间悲欢离合，每个人的内心和外物都有感应，而当你有了这种兴发感动的时候，就会"情动于中而形于言"，用诗歌来表现你的兴发感动，这就是诗歌的"兴"。从这个角度来说，我们每个人心中其实都是有诗的。辛弃疾说："一松一竹真朋友，山鸟山花好弟兄。"（《鹧鸪天·博山寺作》）他说，每一棵松树、每一棵竹子都是我的好朋友，山上每一声鸟叫、每一朵花开，都和我的心灵是相通的。这是心与物的交流，如果没有这种交流，如果你对大自然的鸟啼花落、对人世间的悲欢离合完全无动于衷，如果你整天沉湎于现实的物欲之中，那么你的心就死了。所以我常常说：诗，是可以使人心不死的。

"兴"之后是"道"。郑玄说："道读曰导，导者言古以剀今也。"这个"道"，读作"导"。就是由老师引导你，告诉你怎样去读一首诗，通过什么样的途径去体会诗中的兴发感动。"剀"有规劝或讽喻的意思。"言古以剀今"是说，我们读的虽然是古诗，但要能够结合现代的事情。也就是说，要能够使古人的诗意为今人所用，要能够对时代的政治教化有一种"美刺"的作用。当然，郑玄是经学家，他所重视的是一种以政教为主的联想。但实际上，古诗给我们的联想并不都是政治和教化的联想，当你读古诗的时候，你自己个人的悲欢喜乐，也同样能够被它所引发。所以这个"道"是要让学生知道，读古诗不是只感慨古人的事情，你的兴发感动要有一个对你当前现实的指向。

我在1948年结婚之后随着我先生去了台湾，然后在1966年从台湾去了美国。我非常怀念我的故乡北京，但却没有办法回去。我在学校里教的是中国古典诗歌，而在中国古典诗歌中有一个很重要的诗人就是杜甫，杜甫的诗歌里有一组诗叫作《秋兴八首》。秋兴者，是作者由秋天的景色所引起的兴发感动。杜甫晚年漂泊在四川，但是他一心想要回到自己的国都长安。他曾写诗说："即从巴峡穿巫峡，便下襄阳向洛阳。"而且他真的已经准备乘船顺江而下，但是却因为种种原因而滞留在夔州。他就是在夔州写了这一组八首的诗。在《秋兴八首》的第二首中有这样两句："夔府孤城落日斜，每依北斗望京华。"杜甫说，我站在夔州的白帝城楼，又一次目送黄昏的落日，太阳落下之后月亮和星星出来了，而每到星星出来的时候，我都循着天上北斗所指的方向遥望国都长安，我虽然不知道我还能不能回到长安，但是我的心永远怀念着长安。

我们现在生活的时代，与杜甫已经相距一千多年。可是当我在台湾和北美讲课，讲到"夔府孤城落日斜，每依北斗望京华"这两句的时候，我总是激动得流下泪来。因为我也像杜甫一样，不知道此生还能不能回到我的故乡北京。当然我比杜甫幸运，终于在有生之年回来了。所以我曾经写过一首诗说："天涯常感少陵诗，北斗京华有梦思。今日我来真自喜，还乡值此中兴时。"杜少陵的诗能够引起我如此强烈的感动，这就是一种"兴"的作用，是我由古人的诗而联想到自己今天的感情和今天的处境，因而产生了新的感动和感发，这就是"言古以刿今"啊！我们且不要管郑玄的那些政治和教化的说教，我们只看，一首真正的好诗在千百年之后仍然能够感动它的读者，这正是诗中那种感发的生命在起作用。

很多人问我，我们为什么要学诗呢？西方有一位讲接受美学的学者沃尔夫冈·伊塞尔曾经说，阅读是让你的心灵与千百年前的古人相会。其实还不仅仅是心灵的相会，你还可以通过阅读和古人的心灵相通，你可以更进一步地认识你自己，了解你自己，它是对你自己人生境界的一个提升。这也正是读诗的意义和价值之所在。如果你有很好的兴发感动的能力，如果你会背很多首古诗，那么你随时随地看到任何一个人物、任何一处风景、任何一个事件，你的心中就会有许多古人的诗句油然兴起，它们可以给你那么多的启发，让你认识到人生的意义。这是多么好的事情！而且还不只如此，如果你也能够作诗的话，你就把你自己的兴发感动也传达出来，使别人也得到感动，这又是一件多么好的事情！

对于"讽"和"诵"，郑玄注解说："倍文曰讽，以声节之曰诵。"古书用字常有"假借"的方法。这个"倍"字，其实就是"背书"的"背"。学诗光是背还不算，还要"诵"。就是说，要有一个声调，有一个节拍，要"以声节之"。而这个"诵"，就是我们本章要讲的"吟诵"。前几天有一个朋友打电话给我，说他对诗歌诵读很有兴趣。但他所说的诵读不是我们要讲的吟诵，而是朗诵。是像表演话剧一样，在舞台上用铿锵的声调加上表情和手势来大声朗诵。这当然也不错，也有它的效果，而且由于现在的年轻人对于古诗吟诵的传统不熟悉，所以这样子的朗读更容易使一般听众接受。但是我要说，中国诗歌传统的吟诵不是现代的朗诵。如果只是朗诵的话，你就是把《杜甫全集》都朗诵一遍，也不会作诗。但如果你学会了吟诵的声调，杜甫所有的诗不但会背而且会吟诵，那么你肯定就会作诗了。

我在天津的一些学生给我做了一个网站，里边设有讨论诗词的栏目。有一个网友就在这个栏目中提出问题说：我想学作诗，应该怎么样学呢？替我主持网站的是南开大学中文系的一个校友，现在在南开中学教书，他从小喜欢诗歌，既会作诗填词也会吟诵。他就告诉那个网友说：学诗很简单，就是要多背诵，而且最好能够学会吟诵，因为古人说了，"熟读唐诗三百首，不会作诗也会吟"嘛！等你会吟了，慢慢也就会作了。因为在你吟诵的时候，你自然就逐渐掌握了诗的声调和诗的节奏。关于诗的声调和节奏，我在后边还要提到，现在我们先接着看"兴、道、讽、诵"之后的"言"和"语"。

"言"和"语"也是古代诗歌教学中一个重要的科目，就是学习用诗句来问答。不过，"言"和"语"之间也还有一些区别。郑玄注解说："发端曰言，答述曰语。"就是说，两个人谈话的时候，第一个说话的人所说的话就叫"言"，回答他的那个人答述的话就叫作"语"。有人说这个"语"字应该读作"欲"（yù），但是我们也不妨从俗，仍然读作"雨"（yǔ）。如果你既具备了良好的感发和联想的能力，又学会了诗歌的背诵和吟唱，那么你在与人交往和应对的时候，就可以用诗歌跟人家对话了。你看日本古典小说《源氏物语》里的那些人物，他们你写一首诗来，我写一首诗去，都是用诗歌来赠答，这是多么有趣的一件事情！

而且更妙的是，古人还不只是朋友之间用诗赠答，在春秋时代，诸侯国之间的外交使者有时候也用诗歌来赠答，这古人可真是有诗意！你想，假如你跟一个人说，要是你再不答应我的某项要求，我明天就要开始攻打你了。这话直接说总是不大对头。又假如你是那个被攻打的国家，你要向另外一个国家去请求援助，说我要打仗，请你帮忙给我多少军队。这话说起来也有点儿不好意思。所以，你不要直接说，只给他背两句诗，他就明白你的意思了。这不是我说的，我们中国的古人当初真的就是如此，这都是有历史记载的。

《左传》上说，晋献公宠爱骊姬，杀死了太子申生，他的另一个儿子重耳出奔在外多年，后来到了秦国。秦国是一个大国，重耳希望得到秦穆公的帮助，于是就背了一首《河水》。这是一首现存《诗经》里边没有的逸诗。他背这首诗是取水流归海的含义，说你秦国是如此伟大，而我是这样渺小，我要仰求你的帮助。秦穆公就回了他一首《六月》，那是《小雅》里的一首诗，是歌颂西周尹吉甫辅佐周王室的，意思是相信重耳将来也能够做出一番辅佐周王室的事业来。这实际上也就是答应了帮助重耳回到晋国。所以你看，古人学诗，在政治和外交上还有这么多实际的用处。因此孔子说："不学诗，无以言。"（《论语·季氏》）如果你做一个外交使节，人家背了许多诗你却不知所云，那是不可以的。不过，在外交的应对中，熟读背诵固然必要，更重要的却还是那种感发联想的能力。所以孔子还说："诵《诗》三百，授之以政，不达；使于四方，不能专对；虽多，亦奚以为？"（《论语·子路》）你背得再多，如果不能够进行感发联想，不善于使古人的诗为自己所用，那也是白费。

另外，古人在外交场合还不只背诗，他们还配合着音乐来歌唱，即所谓"《诗》三百皆弦歌之"。我还可以再讲一个有关唱诗和诵诗的故事。《左传·襄公十四年》载："孙蒯入使。公饮之酒，使大师歌《巧言》之卒章。大师辞，师曹请为之。初，公有嬖妾，使师曹诲之琴。师曹鞭之，公怒，鞭师曹三百。故师曹欲歌之，以怒孙子，以报公。公使歌之，遂诵之。"卫献公手下有一个大臣孙林父，他跟君主的意见不合，就逃回自己的封地去了。然后他派自己的儿子孙蒯到朝廷里来见献公，想试探一下君主对他是什么态度。卫献公就招待孙蒯喝酒，命令乐师歌唱《诗经》里《巧言》这首诗的最后一章，这一段的歌词是："彼何人斯？居河之麋。无拳无勇，职为乱阶。"言外的意思是："你孙林父算个什么东西？你跑回黄河边你的封地，没有足够的武力，难道还想发动叛乱吗？"乐师知道唱这首歌一定会激怒孙蒯，回去告诉孙林父必然引起叛乱，所以他就推辞不肯唱。乐师不肯唱是为了国家着想，不愿意造成战争。可是另外还有一个小乐师叫师曹，师曹就主动要求代替乐师唱这首诗。献公本来只是叫他配合着音乐来歌唱，可是他还怕在音乐声中孙蒯听不明白，就不歌而诵——诵读了这首诗，让孙蒯听个清楚。师曹为什么要这样做？这里有一个原因：早先卫献公命令师曹教他的一个宠姬学弹琴，这宠姬总是学不好，师曹责打了她。宠姬把状告到献公那里，献公就鞭打了师曹，所以师曹怀恨在心，唯恐天下不乱，此时抓住机会就有意激怒孙蒯，使孙林父发动叛乱，以此来报复卫献公，结果孙林父果然发动叛乱，把卫献公赶出了卫国。所以你看，唱诗和诵诗在古代原来还有这许多有趣的故事。

中国语言文字的特点决定了诗歌的节奏

前文我们已经简单地介绍了《周礼》中的"兴、道、讽、诵、言、语"六种诗歌教学的训练，现在我要着重谈一谈其中的"诵"。要知道，当你学诗的时候如果是配合着音乐来唱，旁边就得有乐师，还要有乐器。但如果既没有乐器也没有乐师，你就只能够"诵"了。不唱怎么能够表现出诗的音乐美？所以就要"以声节之"。其实"诵"者，就是"美读"，是要读出一个韵律和节奏来。但不配合音乐怎么能形成韵律和节奏呢？这就涉及我们中国语言文字的特点了。

我们前面讲过，中国文字独体单音——每个字都是单一的形体、单一的声音。由于有这样的特点，中国的文字必须组织配合起来，才能够形成声调的变化和顿挫的节奏。在《诗经》的时代，写诗并没有格律的规定，诗里边的节奏和顿挫都是自然形成的。为什么《诗经》里的诗大多数是四个字一句呢？这是由于在诵读的时候，至少要有四个字才可以成声为节。我们说"花"，没有一点儿声音的变化；我们说"红花"，还是形不成节奏。但我们说："关关—雎鸠，在河—之洲。窈窕—淑女，君子—好逑。"这叫"二、二"的节奏，也就是说，至少四个字组合起来才有一个节奏的变化。所以这"二、二"的节奏是由我们中国语言文字的特点而自然形成的最简单的节奏。《诗经》所收的大致是西周到春秋末期的诗，其中大多数都是这种"二、二"节奏的四言诗。

可是，四言的节奏毕竟太简单，变化太少，太单调了。而且，当后来诗歌不再承担那些政治、外交的使命，也不一定非得要音乐伴奏以后，诗歌的韵律和节奏之美就显得更加重要了。我以为，汉朝五言诗的出现，是在诗歌演进史上非常值得注意的一件事情。

我们知道，诗歌和音乐是有密切关系的，古代的周朝有采诗之官，他们每到农闲时节就拿着木铎到四方去采集各地的民歌、民谣。汉朝模仿周朝的"采诗"制度，设立了一个专门的官署叫"乐府"，负责采集四方的诗歌和民谣。在汉武帝的时候，乐府官署里边有一个很有名的乐师叫李延年，《汉书》的《佞幸传》中记载说，李延年"善歌"，并且能"为新变声"。汉朝的时候与西北方各民族有很多来往，西域音乐因此而传入了中国，所谓"新变声"，就是中国传统音乐受到西域外族音乐的影响而产生的一种新的音乐，配合这种音乐的歌诗就是最初的五言诗。

历史上记载，李延年创作过一首歌曲叫作《佳人歌》："北方有佳人，绝世而独立。一笑倾人城，再笑倾人国。宁不知倾城与倾国，佳人难再得。"他说，在北方有一个非常美丽的女子，"佳人"这个词跟"美人"还不大一样，"美人"只是说容貌美丽，而"佳人"是说这个女子在品德、才能、容貌各个方面没有一样不好。他说，这个人大家都不认识她，她是远离尘世，一个人在那里生活的。他说，她要是笑一笑的话，可以使全城的人都为之倾倒，倘若再笑一笑的话，可以使全国的人都为之倾倒。这位佳人，可算得是一个能够颠倒众生使天下大乱的尤物了，这令人联想到《荷马史诗》中的美女海伦。可是他说，难道我们不知道这样的女子会使天下大乱吗？但我们宁可付上倾城倾国的代价，也要得到这个女子，否则就会遗恨终生！李延年给汉武帝唱了这样一首歌，唱得汉武帝也动心了，就问："天下果然有这样的女子吗？这女子在哪里？"李延年说："那就是我的妹妹。"于是汉武帝就把她召进宫来，这个女子就是后来汉武帝最宠爱的李夫人。我说这个故事，是为了讲五言诗的起源。我们看李延年的这首《佳人歌》，除了第五句"宁不知倾城与倾国"是八个字，其他各句都是五个字。但"宁不知倾城与倾国"是三、五的停顿，其中"宁不知"三个字相当于唱歌时的"衬字"。所以说这首诗虽然还不是完整的五言诗，但已基本上具备了五言诗的形式。这说明，西汉时候最新的歌曲已经不是《诗经》时代的四个字一句的老歌，已经发展演变为五个字一句的"新声"了。

从汉朝开始，五言诗流行起来，这在诗歌体裁的发展上是一件大事。你想，《诗经》的四言体裁没有被广大的后代诗人所继承，《楚辞》的骚体和楚歌体也没有被后来的广大诗人所继承，从唐宋元明清一直到现在，人们写诗主要用什么体裁？是五言诗和七言诗。七言诗我们等一下再说，这五言诗最初本是受外来音乐的影响而形成，为什么反而被广大的后代诗人所接受了呢？这就与吟诵有密切的关系。

从五言诗开始，诗歌与散文就分途划境了。先秦的四言诗是"二、二"的停顿，文章中有许多四言的句子也是"二、二"的停顿，从这种停顿的节奏来看，诗与散文之间并没有显著区别。至于先秦《楚辞》的"骚体"，它除"兮"字之外，前边六个字后边六个字，这跟散文句法也没有明显的区别。可是五个字的节奏就不一样，比如"客路—青山下，行舟—绿水前"，它是"二、三"的节奏。分得再细一点就是"客路—青山—下，行舟—绿水—前"，是"二、二、一"的节奏。一般的散文不做"二、三"的停顿，而是做"一、四"或者"三、二"的停顿。这是诗、文划界的开始。如果我们把结尾一个节奏单元的字数是单数的句子称为单式句，把结尾一个节奏单元的字数是双数的句子称为双式句，那么五言诗和七言诗的句子都是单式句，而一般的散文则多用双式句。唐朝的韩愈以文为诗，像"乃一龙一猪"（《符读书城南》），是"一、四"的停顿，属于双式的句子，这是他故意在诗中使用文章的句式。这样的句子就不好吟诵。而五言诗的"二、三"的节奏是适合于吟诵的。

那么七言诗呢？西汉武帝时有《柏梁台》的联句，但有很多人认为那不可信。后来到东汉的时候有张衡的四愁诗，他说："我所思兮在泰山，欲往从之梁父艰，侧身东望涕沾翰。"它是七个字一句，但还不能算七言诗。因为它每句中间大都有个"兮"字，这属于"楚歌"的体式。《楚辞》中的《九歌》，就是"兮"字的后边跟前边各有两个字、三个字或者四个字。但从节奏上来说，这里这个"兮"字是归到前面的，所以它形成了"四、三"的节奏，而"四、三"的节奏，正是七言诗的节奏。于是有人就问，《九歌·湘夫人》的"帝子降兮北渚，目眇眇兮愁予"，要是去掉"兮"字是否就成了五言诗呢？这是不成的，因为这两句的节奏应该是"帝子降—北渚，目眇眇—愁予"，是"三、二"的停顿而不是"二、三"的停顿。因此我们说，五言诗是从西汉才开始的，而七言诗的形成时间虽然更晚，但它在节奏上受到了"楚歌体"的影响。一般认为，曹丕的《燕歌行》是最早的七言诗。但《燕歌行》虽然是七个字一句，却也还不能算成熟的七言诗，因为成熟的七言诗是隔句押韵的，而《燕歌行》是句句押韵，那仍是由楚歌遗留下来的习惯。

诗歌的四声与平仄

以上我说的是诗歌的节奏和停顿，下面我就要说一说诗歌的四声与平仄。古代汉语分"平、上、去、入"四声，其中上声、去声、入声属于仄声，我们现在发音的一声和二声都属于古代的平声，三声和四声属于仄声，现代汉语已经没有入声了。如果我们写诗时只管内容不注意声音的协调，诵读起来就不好听，比如我说"溪西鸡齐啼"，意思是说溪水西边的鸡都一齐啼叫起来。但由于它用的都是同声同韵的字，读起来像绕口令一样，都不知道说的是什么！当然，这是一个比较极端的例子。因此我们中国的格律诗在声调上注重平声字和仄声字的搭配，通过声调的交替变化形成诵读时的声音之美。古诗虽没有平仄的规定，但往往有一种自然形成的"天籁"之美。如《古诗十九首》的"行行重行行"，五个字都是平声，同一个调子一直拖长下去，这在格律诗里是不允许的。然而正是这种单调的声音，与行人越走越远、一去不回的内容结合起来，就自然产生了一种令人感动的力量。这是天籁，不是用人工技巧能够做到的，对作者来说可遇而不可求。所以有人说，古诗其实比格律诗更难写，因为它那种自然的声音之美没有一个技巧的规律可循，所以更难掌握。

中国人注意到汉语语言的声调，并将其应用于诗歌，是从南北朝的齐梁时代开始的。在齐梁时代，中国人对自己的语言开始有了一个反省。为什么到齐梁之间才有反省呢？因为那时佛教已经盛行。梁武帝不是曾经舍身同泰寺吗？杜牧之的诗不是说"南朝四百八十寺，多少楼台烟雨中"吗？佛教如此之盛，大家都去念经，都去学习佛教的梵唱，因此语音的问题就提到了日程上。而且齐梁之间翻译了大量的佛经，这又涉及对印度梵语的学习。学习一种外语首先要注意它的读音，当人们研究梵语读音的时候，对我们自己的汉语读音也就会有一个反省。翻译有的时候是音译，比如"菩萨"就是梵语"菩提萨埵"声音的简化。有些外语字的发音，我们中国不一定有一个字跟它同音，那就要用两个字合起来，取上一个字的声，下一个字的韵，于是就产生了"反切"的拼音方法。以"东"字而言，它是由声母"d"和韵母"ong"结合而成的，用"反切"的拼音方法来表示就是"德洪"切。"德"的声母是"d"，"洪"的韵母是"ong"，快读就是"东"。

说起佛教的念诵，前几天有人给我打了一个电话，说香港有一个佛学院要找我去给他们讲诗。其实我还真的在寺庙里讲过诗。那是当年我在温哥华教书的时候，我的班上有一个女学生是信佛教的，常常跟我提起她的师父。她的师父从大陆去美国，在旧金山讲佛教，吸引了很多信徒，其中有许多是大学生。后来他在北美建了很多庙，最大的叫"万佛城"。在加拿大的温哥华，也有她师父建的一个庙，有一次她师父在庙里讲道，我就跟我那个学生去听。大概我那个学生也跟她师父提起过我，那天她师父一定要我也上去讲一讲。我说我对佛教是外行，不敢随便讲话。他说没有关系，你爱讲什么就讲什么。我讲什么呢？总不能讲《花间词》的美女跟爱情啊。所以我就讲了陶渊明的一首《饮酒》诗，她的师父觉得我讲得不错，就要我每个礼拜到那个庙里讲一次，一共讲了十八首。因为每年秋天开学我要回天津的南开大学教书，所以剩下的两首就没有讲完。后来过了好几年，我的那个女学生已经削发为尼了，有一次她回到温哥华来对我旧事重提，希望我到她们旧金山的万佛城去讲完那两首诗。我这个人很好奇，就真的跟她到万佛城去了。

万佛城有僧众也有女尼，还办有法界大学和附属的中学、小学。此外还有许多居士带着一家人住在那里。每天天还没亮庙里就开始做早课，我也去参加过他们的早课，而且还写了一首诗，我说："陶潜诗借酒为名，绝世无亲慨六经。却听梵音思礼乐，人天悲愿入苍冥。"我给他们讲的是陶渊明的《饮酒》诗，而自古以来就有很多人说陶潜意不在酒，只是借酒为寄托。在《饮酒》诗的第二十首中陶渊明说："羲农去我久，举世少复真。汲汲鲁中叟，弥缝使其淳。""羲农"，是上古的伏羲氏和神农氏，他说上古那种美好时代已经逝去很久了，现在这个社会人与人之间都是互相欺骗和弄虚作假，到处是假冒伪劣，极少有过去那种真诚。"汲汲"，是匆匆忙忙、恓恓惶惶的样子；"弥缝"，是把一个破了的东西补好，使它恢复过去的样子。孔子想要对这个社会有所挽救，可是他恓恓惶惶奔走在道路之上，没有人用他，也没有人听他的。后边陶渊明说："如何绝世下，六籍无一亲。""六籍"，就是儒家的六经：《诗》《书》《礼》《乐》《易》《春秋》。孔子整理了"六经"的经书留给后人，希望后人能实现他的理想，可是在现在这种败坏的世风之下，没有一个人愿意亲近这些东西。所以我说："陶潜诗借酒为名，绝世无亲慨六经。"陶渊明诗中所慨叹的，是现在这个世道再也没有人亲近六经，大家都不追寻真理了。

可是，我在万佛城早晨起来从我住的地方向大殿走的时候，我看到那些僧人、居士，还有法界大学及其附属中学、小学的学生，排着队在庙里转着圈唱诵佛经，在敲钟击磬的佛教音乐中行走跪拜如仪。虽然他们奉行的是佛教的仪式，可是那种声音感动了我，令我联想到孔子儒家的礼乐。孔子也想要救世，但是孔子从来不讲宗教不言鬼神，他说："未能事人，焉能事鬼？"又说："未知生，焉知死？"（《论语·先进》）现在的事情你还没有做好，还管什么他生来世呢？孔子是现世的，他的理想属于人的"悲愿"；佛教讲未来西方极乐世界，释迦的理想属于天的"悲愿"。所以我说："却听梵音思礼乐，人天悲愿入苍冥。"我不是佛教的信徒，但佛教的道理我能够接受，所以我一大早也跑去和他们一起唱诵。那天他们唱的是《大方广佛华严经》，这是佛经里最大部头的一部经，翻译得非常典雅。而《华严经》的开头两页讲的就是反切，是教给你读音的。其实儒家也是如此，我在美国哈佛大学看到清朝印的一本"四书"，它前边的很多页都是讲"四书"内一些字的特殊读音。一个字在四声里有不同的读音，我小的时候父亲教我认字，每个字有多少读音都在书上圈出来。比如"数"字吧，它做名词的时候读"树"，是去声；做动词的时候读"属"，是上声；当"屡次"讲的时候读"朔"，是入声；当"繁密"讲的时候读"促"，是入声。最后这个讲法出于《孟子》的"数罟不入洿池"，是个不常见的读音。

对汉语四声的认识，始于南北朝的齐梁时代，而齐梁时代之所以能够产生对我们自己语言特色的反省，又是由于佛经梵文影响的结果。这种反省很快就影响到了诗歌。因为人们发现，一句诗如果所有的字都是平声或者都是仄声，读起来是很不好听的，一定要平仄间隔才好听。所以从齐梁开始，诗歌逐渐就走向了格律化，到初唐时就形成了"近体诗"。所谓近体，是相对古体而言。古体诗不讲究平仄也不讲究对偶，近体诗讲究平仄和对偶。对偶，其实也是由中国语言文字的特质而形成的。英文单词长短不齐很难对起来，而中国文字单音独体，天生来就适合对偶。《易经》的《乾》卦说："水流湿，火就燥；云从龙，风从虎。"那时候的作者还没有后来这种对语言文字的反省，它是自然而然就对上的。而到了六朝的时候，对偶就成了很多诗人自觉的追求，像谢灵运的《登池上楼》，从头到尾都是对偶，虽然还不是格律诗，但与汉代那些质朴的古诗相比已经大不相同了。

到了齐梁时期，诗歌在声音上已经很讲究，只不过还没有形成近体诗的格律而已。近体诗的格律是什么样子呢？除在句数、字数和对仗等方面的规定之外，最主要的就是声音的平仄了，这与我们今天讲的吟诵是有关系的。像我前文讲节奏时所举的"客路青山下，行舟绿水前"两句，就是唐代五言律诗中的一联，它的平仄声音是"仄仄平平仄，平平仄仄平"。律诗的平仄当然有它的规律，但也不是完全死板的，有的地方平仄可以通用，有的地方就不可以。另外还有所谓"拗句"，有的地方可以"拗"，有的地方不可以"拗"，有的地方"拗"了还可以"救"。于是有人就说，格律诗变化这么多，太伤脑筋，学作诗不是太难了吗？其实只要通过吟诵把握了它的基本规律就一点儿也不难。"客路—青山—下，行舟—绿水—前"，你要注意它节奏的停顿：五言中的第二个字是一个停顿的所在，第四个字是一个停顿的所在，第五个字则是整个一句的停顿所在。凡有停顿的地方，就是一个音节的节拍落下的地方。所以除结尾的那个字之外，这第二个字和第四个字是最重要的，在这几个字的地方一定不能够把声音的平仄搞错。七言律诗也是一样，比如杜甫《秋兴》的"夔府—孤城—落日—斜，每依—北斗—望京—华"，除结尾的韵字之外，节拍的停顿分别在第二、第四和第六个字。这就是人们常说的所谓"一三五不论，二四六分明"。

说到节奏的停顿，我还要说明一下：五言诗的节奏是"二、三"的停顿，细分为"二、二、一"；七言诗的节奏是"四、三"的停顿，细分为"二、二、二、一"。但文法上的停顿和声音上的停顿有时候是不统一的。比如欧阳修有两句诗说："黄栗留鸣桑葚美，紫樱桃熟麦风凉。""黄栗留"是鸟的名字，就是黄莺；"紫樱桃"则是一种水果的名字。按照文法应该是"黄栗留—鸣—桑葚—美，紫樱桃—熟—麦风—凉"。但这样读是不对的，读诗一般不按文法来读，而按声音节奏的停顿来读。所以这两句应该读作"黄栗—留鸣—桑葚—美，紫樱—桃熟—麦风—凉"。讲诗的时候当然要以文法为准，但读诗的时候就要以音节为准了。

另外，不管格律诗还是古诗都要押韵。格律诗如杜甫的《秋兴》："玉露凋伤枫树林，巫山巫峡气萧森。江间波浪兼天涌，塞上风云接地阴。丛菊两开他日泪，孤舟一系故园心。寒衣处处催刀尺，白帝城高急暮砧。"双数句结尾的字一定要押韵，首句结尾的字可以入韵也可以不入韵。这首诗首句入韵，所以共有五个韵字："林""森""阴""心""砧"。需要说明的是，在诗、词、曲中，诗的押韵要求最严，一定要押同一个韵部的字，不可以出韵，也不可以四声通押。曲是可以四声通押的，词则只可以上、去声通押。什么叫"四声通押"呢？举个例子，如马致远的曲子《天净沙》："枯藤老树昏鸦，小桥流水人家。古道西风瘦马。夕阳西下，断肠人在天涯。""鸦""家""涯"都是平声，"马"是上声，"下"是去声，平声和仄声都押在一起了，所以叫四声通押。"四声通押"不同于古诗的"换韵"。古诗在押韵上比近体诗稍微宽松一点儿，它可以"换韵"。比如白居易的《长恨歌》："汉皇重色思倾国，御宇多年求不得。杨家有女初长成，养在深闺人未识。天生丽质难自弃，一朝选在君王侧。回眸一笑百媚生，六宫粉黛无颜色。"这八句押的是仄声韵，下边就换了平声韵："春寒赐浴华清池，温泉水滑洗凝脂。

侍儿扶起娇无力，始是新承恩泽时。"他每四句、六句或者八句从平声换韵仄声或从仄声换韵平声，这叫换韵，不叫四声通押。

因此，清朝的声韵学家江永在其《古韵标准例言》中就提出来一个问题说："如后人诗余歌曲，正以杂用四声为节奏，诗歌何独不然？""诗余歌曲"就是词曲。他说既然词曲可以四声通押，为什么诗歌就不能够通押？这个问题郭绍虞先生做过解答，他在《永明声病说》一文中说："四声之应用于文词韵脚的方面，实在另有其特殊的需要。这特殊的需要，即是由于吟诵的关系。"又说："歌的韵可随曲谐适，故无方易转"，而"吟的韵须分析得严，故一定难移"。他说，因为歌要配合音乐来唱，故此可以随着音乐转变字的声调，所以在韵字声调的要求上也就不那么死板。可是诗是吟诵的，韵字及其声调就显得更为重要，所以四声不能混用，诗歌是从体式的形成上就受到了吟诵之影响的。

以上，我从理论上谈了吟诵的历史传统及其与诗的密切关系。下面我再从诗歌的读者和作者两个方面谈一谈吟诵的作用。

吟诵的作用

日本至今保留着诗歌吟诵的传统，而且他们还把古代一百个诗人所写的一百首和歌编起来制作了一个纸牌的游戏，名字就叫"百人一首"，这种吟诵的游戏目前在日本仍很流行，许多人在中小学的时候都玩过这种游戏。越南现在也保留着诗歌吟诵的传统。有一个在南开大学留学的越南同学告诉我，现在越南的电视台每天晚上11点钟有一个节目叫《诗之声》，就是有关诗歌和吟诵的。这个同学还把他写的一篇文章拿给我看。他的文章中说，诗歌是非常精练的语言，它以最短的语言符号引起大家注意，可是还隐藏了很多没有说出来的意思。如果你就这样泛泛地读过去，对那些没有说出来的意思就不能体会；而当你拖长了声音来吟诵的时候，那个没有说出来的意思就慢慢地透过你拖长的声调而表现出来了。他说得很有意思，我们中国的古人早就有这方面的体会。清朝的曾国藩在给他儿子的家书中就曾谈到，对古人的诗文"非高声朗诵则不能得其雄伟之概，非密咏恬吟则不能采其深远之韵"——你要学习写诗文先要读诵古人的诗文，读诵古人的诗文有两种方法，一种是"高声朗诵"，一种是"密咏恬吟"。高声朗诵是为了畅其气，就是把你那种感发的精神提起来；密咏恬吟是小声地静静地吟诵，这是为了得其韵，就是慢慢地体会它的韵味之所在。这是学诗的一种最基本的训练方法。

什么是"气"？我们说文章要有"文气"，诗歌要有"气象"。这"气"实在和声音是很有关系的。孟子说："我知言，我善养吾浩然之气。"你看，他把"知言"和"养气"是合在一起说的。韩愈给他的学生李翊写信谈文章说："气，水也；言，浮物也。水大而物之浮者大小毕浮。气之与言犹是也，气盛则言之短长与声之高下者皆宜。"他说气就像是水，语言和文字就是水上漂浮的东西，只要有气托住，你的文章怎么说都是好，但如果气托不住，你的文章就怎么说都不好了。所以曾国藩教育他的儿子要大声朗诵来把握诗文中的气，可是光有气也不成，当你的声音大起来的时候，你的气就有把内容压倒的趋势。气是一种力量，可以把诗文的语言托起来，但气也不应该胜过内容，把内容都压下去。

我讲课时说刘克庄的词不好，有的同学就觉得我有点儿偏心，只喜欢婉约不喜欢豪放，问我辛弃疾的词难道也不好吗？我说，你把辛弃疾和刘克庄放到一起相提并论就是一个错误。虽然从表面看起来他们都豪放，但这两个人截然不同。辛弃疾的词不仅仅是气，它的感情与内容都是充实、饱满和深厚的；刘克庄则只以气取胜，他说的话口气很大，但里边没有实际的东西，完全都是空的。写诗词不能没有气，但是也不能像刘克庄一样除了气什么都没有。所以曾国藩说在"高声朗诵"之后还要"密咏恬吟"，把声音低下来，让意境显现出来。他说，要用这两种方法反复来读诗文，然后才能够真正有你自己的体会。

杜甫的诗为什么写得这么好？那完全得之于他吟诵的功夫。杜甫写完了诗是配合着声音去修改的，他自己就说过，"新诗改罢自长吟"（《解闷十二首》）。1966年我到哈佛大学去教书的时候，碰到高友工和梅祖麟两位先生，那时我那本《杜甫秋兴八首集说》刚刚在台湾印出来，我就送给他们每人一本，后来他们两人就合作写了一本书，从语言声音方面来分析杜甫《秋兴八首》的好处。高先生和梅先生两位完全是从理论上分析这八首诗，当然非常有道理，可是杜甫当年写这八首诗的时候，他研究过语言学和声韵学吗？那时候还没有语言学和声韵学。杜诗的声音这么好，他的秘诀就是吟诵，是"新诗改罢自长吟"。

杜甫有一个好朋友叫郑虔，当年他们有了钱就一起喝酒，喝了酒就一起作诗，即杜甫在《醉时歌》中所说的"得钱即相觅，沽酒不复疑。忘形到尔汝，痛饮真吾师"。可是在安史之乱以后，郑虔被贬到遥远的台州去了，杜甫回到长安没有再见到郑虔，有一次他经过郑虔住宅的时候就写了一首诗，诗中说："酒酣懒舞谁相拽，诗罢能吟不复听。"（《题郑十八著作丈故居》）为什么把诗和舞联系起来？《诗大序》说："情动于中而形于言，言之不足故嗟叹之，嗟叹之不足故咏歌之，咏歌之不足，不知手之舞之，足之蹈之也。"所以你看老先生们念诗的时候，都摇头晃脑的，不但用手用脚打拍子，还用头打拍子，像舞蹈似的，一副陶醉的样子。李太白咏月的时候不是说"我歌月徘徊，我舞影凌乱"吗？苏东坡不是也说"起舞弄清影"吗？这李太白之舞和苏东坡之舞，都不是现在舞台上的舞蹈之舞，而是他们在吟诗的时候，不知不觉地"手之舞之，足之蹈之"的那种"舞"。杜甫当年和郑虔喝酒喝到半酣之时也要写诗吟诗，也会忘乎所以地手舞足蹈。可是现在他说，我的好朋友不在了，我如今还喝酒，但喝了酒之后谁再拉着我起来一同舞蹈呢？我如今还作诗，诗作好了之后我还是高声长吟，但是还有谁能像你当年那样兴奋地听我吟诗呢？当年，他和郑虔两个人还曾一起出游，到长安郊外的山林别墅去拜访一位退休的何将军，晚间住在将军的别墅里。杜甫对此写过一首诗说："将军不好武，稚子总能文。醒酒微风入，听诗静夜分。"（《陪郑广文游何将军山林十首》）他说何将军不是只喜欢打仗，他家里的小孩子都在学诗。他说晚饭时我们喝了一些酒，到夜里酒醒的时候，就听见何将军家的小孩子在吟诗，一直吟到半夜。所以你看，不只是诗人吟诗，唐代的小孩子也是从小就学习吟诗的。

李白也很能吟诗，这也是他自己说的。他有一首《夜泊牛渚怀古》中说："牛渚西江夜，青天无片云。登舟望秋月，空忆谢将军。余亦能高咏，斯人不可闻。明朝挂帆席，枫叶落纷纷。""牛渚"是个地名，在西江的江边上。有一天晚上李白的船停泊在这里，就想起了古代发生在这里的一个故事：晋朝有一位诗人叫袁宏，有一天晚上也曾把船停泊在牛渚这个地方，在船里吟诵他自己写的一组咏史诗。正好有一位叫谢尚的将军微服泛舟江上，听到了袁宏的吟诗，认为不但吟得好，写得也好。他想，什么人有这么好的才气能写出这么好的诗歌？于是就邀请袁宏到自己船上相见，后来两人就做了好朋友。李白说，今天我也来到了西江的牛渚，今天晚上也是这么一个晴朗的月夜。我在船上看着青天上那一轮朗月，就想起了袁宏和谢尚的故事。当年袁宏因会作诗会吟诗，就得到了谢尚的欣赏，我李太白也会作诗也会吟诗，怎么就没一个像谢将军那样的人来欣赏呢？"斯人不可闻"是说，那位谢将军他没有听到我吟诗，他要是听到我吟诗，一定认为我比袁宏吟得更好。李白说我明天早晨就要乘船离开牛渚了，离开这里以后就更不会有机会碰到一个欣赏我吟诗的人了。可见，李白也是会吟诗的，而且很得意自己的吟诗。

我实在要说，你如果读杜甫的诗，读李白的诗，真的应该学会吟咏才好。孟郊和贾岛的诗就很难吟咏，因为他们写得比较狭窄，舒展不开，没有办法高声朗诵以畅其气。我教诗教了这么多年，好的诗我一看就有感觉，像杜甫的《秋兴八首》，像李太白的长篇歌行，我一看就不由自主地想要大声吟咏。清朝有名的诗人范伯子曾经说过两句话，说你作诗的时候，要"字从音出，字从韵出"，就是说你要吟诵得很熟，你的文字是跟着声音出来的。这是一件非常奇妙的事情。如果你面对着纸张和文字，甚至于你还准备了很多辞书字典，你可以一个字一个字地拼凑出合乎格律的平仄和押韵，但你无法给诗以气势，给诗以韵味，给诗以兴发感动的生命。诗歌创作，应该是在吟诵之时，伴随着声音出来的。所以中国的好的诗人，特别是能够在作品中传达出一种深远而又强大的兴发感动作用的那种诗人，一般也都是非常善于吟诵的诗人。

总而言之，诗是有它的节奏和韵律的，如果你现在不作诗，只是做研究，找一些材料写一篇论文，那么会不会吟诵没有关系。你不会吟诵，只要会找材料就可以做论文。可是如果你真的要学写诗，则一定要先学会吟诵才可以。因为声音的感发是作诗的一个根本，就是说你情感的感发跟你声音的感发是一同成长起来的。这个还不只我这样说，连西方的诗人、学者也有这样的说法。当代法国有一位我很欣赏的女学者朱莉娅·克里斯蒂瓦，她是一位很了不起的学者，因为她的思想很深刻，感受和接受的能力都非常强，有很多创新的见解。她写过一本书，叫《诗歌语言的革命》。诗歌的语言跟我们日常的语言有什么不同？她讲了很多非常有意思的话，其中有一段就讲到作诗。她用了一个希腊字"Chora"来指称诗歌创作的原始动力，这是很少见的一个字。她说，"Chora"是一种最基本的动能，是由瞬息变异的发音律动所组成的；又说，"Chora"乃是不成为符示而先于符示的一种作用，是类似于发声或动态的一种律动。就是说，"Chora"是诗歌文字形成以前的一种动力，这动力常常是一种声音。而后她又引出俄国诗人马雅可夫斯基写过的一本书叫《诗是怎样作成的》（*How Are Verses Made*），书中说："当我一个人摆动着双臂行走时，口中发出不成文字的喃喃之声，于是形成为一种韵律，而韵律则是一切诗歌作品的基础。"这也就是说，诗的文字是随着它声音的韵律而形成的。

还有伊萨克·丁尼森（Isak Dinesen）在她写的《走出非洲》（*Out of Africa*）一书中记载了一段故事，说她到非洲去的时候，有一天偶然给那些当地人念诵了一些诗。这些非洲人不知道她念的是什么，但很快就掌握了其中的韵律，他们热切地等待着韵字的出现，每当韵字出现时，他们就发出欢快的笑声，而且不断要求再说一遍，说得像落雨一样。非洲人认为下雨是一件好事，所以他们显然是喜欢诗的节奏和韵律的，尽管他们并不明白那些文字的意义。我还看到过美国的一本教材也有这种看法。那是肯奈迪（X. J. Kennedy）编著的《诗歌概论》（*An Introduction to Poetry*），书中说，读诗不能只用眼睛读，不能像读新闻报纸那样跳过大标题，用眼睛匆匆忙忙地扫一遍。读诗你要读诵，要把你的声音交给这个诗。而且你必须要读它十遍、二十遍，甚至一百遍，然后慢慢地就有滋味被你体会出来了。

其实，吟诵不但对于学诗的人和作诗的人来说是重要的，对于听诗的人来说也是很重要的。晚唐诗人李商隐在他的《柳枝》诗的序中就记载了一段因听人吟诵而产生的爱情故事。他说，柳枝是一个非常聪明的女子，有一天李商隐的一个叔伯兄弟让山在柳枝家附近吟诵李商隐的《燕台》诗,就是"风光冉冉东西陌,几日娇魂寻不得"那几首诗,被柳枝听到了,她立即就惊问:"谁人有此?谁人为是?"什么人有这样的感情?什么人能写出这样的诗来?让山说,这是我的堂兄李商隐写的。于是这个女子就约李商隐见面。据说这女子过去从来不肯好好地修饰化妆,可是当她和李商隐约会的那天却是"丫鬟毕妆",装饰得非常整齐美丽,那是因为她被李商隐的《燕台》诗深深地感动了。可见这诗歌的吟诵是很能够感动人的,它所传递的是一种心灵上的相通而不是对色相的倾慕。

还有《聊斋》里有一段故事叫《连琐》,说是有一个书生去赶考,住在一个庙里,晚上出去散步,听见一个女鬼在吟两句诗:"元夜凄风却倒吹,流萤惹草复沾帏。"这个男子被她那凄苦的声音所感动,于是就给她续上了两句:"幽情苦绪何人见,翠袖单寒月上时。"这女鬼很感动,就现身来见他,然后这人鬼之间就结成了一段姻缘,最后女鬼居然复活,跟这个男子结为夫妇了。《聊斋》里还有一个故事叫作《白秋练》。说是有一个年轻人很喜欢吟诗,他跟他父亲出门去做生意,每天晚上都在船上吟诗。白秋练是一个水中的鱼精,她因听诗而爱上了这个男子,后来就做了他的妻子。所以你看,这吟诗不但能够抒发自己的感情,而且还可以产生美好的爱情。这是多么美妙的一件事情!总而言之你不要作诗则已,如果要作诗,就一定要学会吟诵。

我之吟诵是因为我的家是一个比较古老的旧家庭,小时候我常常听我父母和伯父、伯母吟诗。吟诗和唱歌不同,唱歌有一个曲谱,大家都按同一个曲谱来唱,所需要掌握的是那音乐曲谱的节奏而不是诗的节奏。诗歌的吟唱没有一个固定的曲谱，南方人跟北方人吟得不一样，甚至同一个人在不同心情和场合之下的吟诵也可以有所不同。然而，有一点是相同的，那就是需要掌握诗歌的基本节奏和韵律。五言律诗有五言律诗的节奏和韵律，七言律诗有七言律诗的节奏和韵律，这是在百变之中的不变之处。不过，诗的基本节奏和韵律虽然是不变的，但是哪一个字的声音拖长一点或者缩短一点，粗一点或者细一点，提高一点或者降低一点，这是可以变的。就好像书法家的书法，行草篆隶，看起来大家都这样写，可是每个人写出来的风格都不相同。吟诗也是如此，比如都是七言律诗，它的平仄和节奏都是一样的，但是善于吟诗的人能够吟出他自己的体会来，你仔细一听，就能听出那些精微的差别。

六
*

杜甫诗在写实中的象喻性

我在很多年前出版的《杜甫秋兴八首集说》的前言中就曾说过，杜甫是一个集大成的诗人，在他多方面的伟大成就之中最值得注意的是他继承传统而又能突破传统的一种健全与博大的创造精神。在那篇文章中，我探讨了杜甫在七言律诗的演进中所起的作用、杜诗句法的突破传统和杜诗意象的超越现实。我还曾指出，如果中国的诗歌能从杜甫所开拓出的途径发展下去的话，那么必当早已有了另一种接近于现代意象化的成就，然而自宋以来中国的旧诗却并未于此途径上更有所拓进，这是很可惜的。

　　有一位台湾的小说家王文星教授，他给我写了一封信，提出来要和我进行一次关于杜甫诗的座谈。他所选的题目是杜甫的《遭田父泥饮美严中丞》。为什么选这首诗？因为这首诗是白话的。胡适先生写过一本《白话文学史》，大家都知道，胡适先生是提倡白话文学的，在那本《白话文学史》里边他也非常赞美杜甫的《遭田父泥饮美严中丞》这首诗。而与此同时，胡适先生还批评杜甫的《秋兴》诸诗，说它们是"难懂的诗谜"。而我呢？我这个人观念是比较开放的，我讲的是古典诗，但是我也欣赏白话诗，包括现代诗和朦胧诗，我还给台湾的一位写新诗的诗人周梦蝶先生写过序言。因为我以为，文学作品之美恶，价值之高低，原不在于其浅白或深晦，而在于其所欲表达之内容与其所用以表达之文字是否能配合得完美而适当。诗歌批评是不应该以"白"与"晦"做标准的。一味求"白"的结果固不免意尽于言，略无余味；而一味求"晦"亦未免成为一种病态。

杜甫这个诗人在语言上的成就其实是多方面的。他写诗可以用农夫的浅白的语言，也可以用文人的典雅的语言。在《遭田父泥饮美严中丞》那首诗中，他写一个老农夫，完全用白话来描写那个老农夫的言语和动作，写得很生动。但是我们看他的《秋兴八首》，在那一组诗里，他不但用的是非常典雅的语言，而且在文法上有颠倒错综之处。他可以写出"香稻啄余鹦鹉粒，碧梧栖老凤凰枝"那样的句子，这是杜甫在七律语言上的发展和突破。胡适的《白话文学史》批评杜甫的《秋兴》，说这两句就是不通。因为你想，"啄"是用嘴去啄，香稻没有嘴，怎么可以啄呢？碧梧是树，它又不是一只鸟，怎么可以"栖"呢？应该倒过去，应该是"鹦鹉啄余香稻粒，凤凰栖老碧梧枝"，这样文法才通。不过你要知道，这样一来文法虽然通了，但意思上却有了微妙的变化，变成了完全的写实。而杜甫本意所要写的，却是香稻之多，多到不但人吃不了，连鹦鹉都吃不了；碧梧之美，不但引得凤凰来栖落，而且凤凰还要终老在这碧绿的梧桐树枝上，再也不离开。由此可见，这两句本意不是要写鹦鹉和凤凰，而是要写香稻和碧梧——其实也不是要写香稻和碧梧，而是要写开元、天宝年间那太平的"盛世"。由此可知，杜甫在写实中所把握的并不仅仅是一种对现实描写的"真实"。

何谓"象喻"

我首先要声明一点：我现在所说的这个"象喻"，不是我在讲《诗经》的"赋、比、兴"时所举出来的西方在阐述形象与情意之关系时那八个名词中的Symbol（象征）或Allegory（寓托）。西方在概念的划分上是非常清楚的。像十字架代表基督，红色的枫叶代表加拿大，那是"象征"。把一种理念寄托在某一事物中，如南宋王沂孙的咏物词中往往寓有故国之思，那是"寓托"。而我现在所用的这个"象喻"，所指的不是西方词语的那个狭义的"Symbol"和"Allegory"。我所说的是我们中国诗歌里边的情意与形象之间的关系，也就是诗人的内心与外物之间的关系。我们中国的文化传统是很微妙的。古人说心神相遇，我们用我们的心灵和精神去体会万物，而不是用我们的身体和我们的官能，是所谓"以神行"，是你的精神在运行。所以我们中国的诗学家在讲到诗的时候有这样的话，王夫之的《薑斋诗话》说："情景虽有在心在物之分，而景生情，情生景，哀乐之触，荣悴之迎，互藏其宅。"就是说人内心的情意和外在的景物有在心、在物的分别。我以前讲"赋、比、兴"的时候也曾经说过，所谓"兴"是见物起兴，是由外物而引起你内心的感动；"比"是由心及物，是你先有内心的一种情意，然后才用外界的物象来做比喻。所以这"情"与"景"在观念上是可以分别为"在心"和"在物"的。情景虽然有在心、在物之分，可是当你真正写作的时候，是景生情，情生景，情与景相生。"哀乐之触"，是说你的悲哀和你的喜乐被触动，它是因为什么而感发出来的?"荣悴之迎",是说草木的繁荣和草木的枯萎凋零,那外物的荣悴是怎样来到你面前的?王夫之说那是"互藏其宅",就是像老子所说的"祸兮福所倚,福兮祸所伏"。当你在诗歌里边写到草木之荣悴的时候,你表面上写的是物,但是里边有你内心的情意;而当你在写你的情意的时候,你也把你的情意寄托在景物之上了。黄宗羲的《景州诗集序》说:"诗人萃天地之清气,以月露风云花鸟为其性情,其景与意不可分也。"诗人的感情根本就是可以与外物的草木风雨打成一片的,不可能在感情与外物之间做截然的划分。杜甫写诗的一个特色,就是真正把他内心的情意投注进去。他以表现他内心的情意为主,而不是很死板地刻画描写外物。即以"香稻啄余鹦鹉粒,碧梧栖老凤凰枝"这两句而言,"鹦鹉"与"香稻"这两个词的声调都是"平仄","凤凰"与"碧梧"这两个词的声调都是"仄平",颠倒过来完全可以,并没有平仄声调的错误,那么杜甫为什么放着通顺的语言不说,而一定要把它倒过去说?这就涉及王国维所说的那种"造境"了。王国维在《人间词话》中说:"有造境,有写境,此理想与写实二派之所由分。然二者颇难分别。因大诗人所造之境,必合乎自然,所写之境,亦必邻于理想故也。"我们说造境,即那个景物不是一个现实的景物,而是诗人想象出来的景物。就像王国维所写的《蝶恋花》词说:"忆挂孤帆东海畔。咫尺神山,海上年年见。几度天风吹棹转。望中楼阁阴晴变。"他说,东海上有一个神山似乎很近,年年都可以看见。有一次我就挂起船帆出海去追寻,可是当我历尽艰辛快到达那个岛上的时候,忽然间我就发现它的景色完全变了,变得如此阴暗,如此悲惨,不再像我从远方所看到的那么晴朗，那么美好了。那海上的神山，当然是造境，王国维说他要挂帆到东海上去寻找神山那也是造境。这就是"大诗人所造之境，必合乎自然"。

其实不只诗歌，小说也是如此。犹太裔捷克小说家卡夫卡在《变形记》中写一个人变成一只大甲虫，那当然也是造境。哪有一个人变成一只大甲虫这种事情？这是荒诞，是不可能的。可是你看卡夫卡的故事虽然这么荒诞，但他写那个人早晨起来不能翻身的感觉，他写那个人躲在墙角上被他妹妹用一个苹果打中的感觉，这种种事情都是现实生活中确实有的。这也是"大诗人所造之境，必合乎自然"。不过，我们现在重点要讲的还不是"造境"。像王国维是喜欢写一些哲理之中的想象的境界，像卡夫卡是喜欢写他假想之中对人生的一种体验，所以他们都是喜欢"造境"的人，是"所造之境，必合乎自然"。但杜甫不是，杜甫是一个喜欢写现实的人，因此，我们本章所要讲的，其实乃是杜甫的"大诗人所写之境必邻于理想"。也就是说，杜诗中所写的现实，其实都不是单纯的现实，其中都包含有他的理想。

从《曲江》之二看感发的层次

人对于外界景物的认识，可以分成几个不同的层次：第一个是感知的层次，例如我看到春花开了，我看到秋叶落了，那完全是一种感官的感受；第二个是感动的层次，是可以触动你的感情。例如陆游有一首怀念他妻子的诗说："梦断香消四十年，沈园柳老不吹绵。此身行作稽山土，犹吊遗踪一泫然。"（《沈园》）我们读了这首诗会被它感动，但这只是为陆游本人的爱情悲剧而感动，它不能够引起我们更多、更远的联想；第三个是感发的层次，是在感知、感动之后还能够引发一种联想，引起一种生生不已的生命。我现在讲杜甫的一首诗来说明这第三个层次。杜甫写过很多首关于曲江的诗，其中有《曲江二首》写到曲江江边春天的景色。我们看《曲江二首》中的第二首：

> 朝回日日典春衣，每日江头尽醉归。酒债寻常行处有，人生七十古来稀。穿花蛱蝶深深见，点水蜻蜓款款飞。传语风光共流转，暂时相赏莫相违。

诗里边写到在花丛中穿飞的蝴蝶，写到在水面上点水的蜻蜓。这不是景色的描写吗？杜诗有很多注本，其中有一本是仇兆鳌的《杜诗详注》。在《杜诗详注》里边就引了宋人叶梦得对"穿花蛱蝶深深见，点水蜻蜓款款飞"这两句的批评，说这两句虽然描写很细致，但"读之浑然"，"不碍气格超胜"，说倘若"使晚唐人为之，便涉'鱼跃练川抛玉尺，莺穿丝柳织金梭'矣"。同样是景物的描写，晚唐人的那两句为什么就不好？杜甫的这两句为什么就好？因为"穿花蛱蝶深深见，点水蜻蜓款款飞"这两句不仅仅是感官的感知，它结合有杜甫精神上、心灵中很多的东西在里边。而这些东西，不是简简单单几句话就能够说明白的。杜甫的诗之所以难讲，是因为讲杜甫有很多东西必须从头说起。我当年在台大讲杜甫，那是一年的课，可以写一本杜甫的专书。我从杜甫的家世、杜甫的生平一直说下来，大家就对杜甫有了一个整体的认识，从而也就对杜甫的诗有了比较深刻的认识和理解。而现在用这么短的篇幅来说杜甫，真是不知从何说起，应该讲的太多了。清人的诗话里就说过，说读杜甫诗"十首以下难入"——你至少要读十首，否则根本不能够读进去。而读李白的诗，是"百首以上易厌"——读得太多了就发现李白的诗怎么老是这个样子啊？所以，你要懂得杜甫诗的好处，没有别的办法，你一定要多读而且要结合他的生平来读。

杜甫的家世，他自己说从他的远祖杜预以来一直是"奉儒守官"，也就是说他们家一直尊奉的是儒家传统，一直是为朝廷服务的。他的远祖，晋代的杜预，曾经以功业被封为当阳侯，而且杜预著有《左传集解》，既有事功又有著作。杜甫的曾祖杜依艺、祖父杜审言、父亲杜闲，都是奉儒守官之人。而杜甫也在诗中写过他自己的志意，他说："杜陵有布衣，老大意转拙。许身一何愚，窃比稷与契。"（《自京赴奉先县咏怀五百字》）杜陵在长安附近，那里是杜甫的祖籍。杜甫在唐玄宗开元二十三年参加过一次考试，没有考上，因此他自称布衣。他的祖上奉儒守官，可是他却没有朝廷的功名，是个布衣，所以说"老大意转拙"。古代的"士"与现代的知识分子在概念上已经不同了。现在的知识分子可以学文也可以学理，还可以学工，学电脑，学种种不同的专业，社会上有许许多多的职业可供选择。可是中国古代的知识分子是做什么的？儒家认为，"士当以天下为己任"。古代的士人读了书只有参加科考出仕做官，所谓"修身齐家治国平天下"，这是他们唯一的出路。他们从小受的就是这种教育，所以从小就只有这样的志向。但杜甫说："许身一何愚。"什么是"许身"？韦庄写过一首小词："春日游，杏花吹满头。陌上谁家年少足风流，妾拟将身嫁与一生休。"（《思帝乡》）这是说一个女子出去游春，看到游春路上的许多年轻人，她说这些年轻人中有哪一个是真正风流多才的？如果真的有这样一个人，我愿意许身嫁给他，一生一世就永远跟随他了。在古代，一个女子如果不结婚就等于没有完成她自己，女子是一定要许身的。许身者，就是"将身嫁与一生休"，把一生一世都交托给一个男子。而杜甫也要"许身"，他许身许给谁了？是"窃比稷与契"。窃是私下，杜甫说，我私心自比的是要做稷和契。"稷"是后稷，后稷在舜的时候教人民稼穑，使天下每一个人都可以吃饱。"契"也是舜的大臣，是掌管民治的，他使天下每一个人都能够安居乐业。杜甫还说他要"致君尧舜上，再使风俗淳"——我要使我的国君能够成为尧、舜那样贤圣的国君；我要使现在这种败坏的风俗转变，恢复当初的淳良和美好。可是，杜甫参加科举考试没有考上。到他四十岁的时候，他就非常焦虑。因为《论语·子罕》上说过："后生可畏，焉知来者之不如今也？四十、五十而无闻焉，斯亦不足畏也已。"年轻人是前途无限的，可是如果你已经活了四五十岁还没有一点点成就，那就很糟糕了。所以，杜甫在他四十岁那一年过年的除夕夜就写了两句诗说："四十明朝过，飞腾暮景斜。"（《杜位宅守岁》）杜甫诗真是写得好！人应该三十而立啊，到四十岁就应该有所完成了。杜甫说我"四十明朝过"，就算我再有飞腾的才华，再有飞腾的理想，也是暮景西斜了。杜甫到四十岁连一个进士还没有考上，他的致君尧舜的、窃比稷契的那一份理想，怎么样才能够实现？怎么样才能够完成？

说到这里我先说说孔子，因为杜甫是儒家的嘛！我们讲诗歌吟诵的传统，在周朝的时候，列国之间在聘问和朝会时都是要吟诗的。我吟一首诗，你吟一首诗，都是以诗歌相问答。孔子的学生跟孔子谈话有的时候也非常妙，虽然不吟诗，但都是用的比喻，用得非常好，也有一种诗的韵味。有一天孔子的学生子贡就去问孔子："有美玉于斯，韫椟而藏诸？求善贾而沽诸？"（《论语·子罕》）如果有一块美玉在这里，你是把它放在一个木盒子里面藏起来呢，还是等到一个好价钱就把它卖出去？子贡是要问孔子什么？他要问的其实是：老师你要不要出去做官啊？如果有人找你出去做官你做不做呢？你想，这些话都不好直接说出来，所以他就用这种诗的语言。孔子这个老师也很妙，他回答说："沽之哉！沽之哉！我待贾者也。"就是说：要卖掉啊！要卖掉啊！我就是等人出个好价钱去卖掉的嘛！那么，怎么去卖呢？现在有很多年轻人想要出名，不是就要包装自己吗？也就是先要打出一个知名度来。杜甫当然也有杜甫的办法。在天宝十载的时候，唐玄宗举行了祭祀太清宫、太庙、南郊的三次典礼。杜甫就上了"三大礼赋"，其目的当然是要引起皇帝的注意。我们知道，"赋"这个题材是最适于歌功颂德的。杜甫在那三篇赋中歌功颂德一番，皇帝一看当然高兴，于是就让杜甫去"待制集贤院"，并且"命宰相试文章"。这件事，杜甫始终记在心上。后来杜甫一生漂泊流离，老死在路途之中，当他老年流落贫困的时候，还曾经有几句诗写到当年的际遇："集贤学士如堵墙，观我落笔中书堂。往时文采动人主，此日饥寒趋路旁。"（《莫相疑行》）他说，那时候皇帝亲自给我杜甫一次特别的考试，在中书堂有那么多集贤院的学士都包围在我的周围看我写文章。想当年我的文章辞采是感动了天子的，可是今天我却不能为世所用，而且饥寒交迫。杜甫的一生经常处于饥寒交迫之中，像他从秦州到同谷，从同谷到成都的时候，在冬天的冰雪寒风中到山上去挖黄独的根来充饥："长镵长镵白木柄，我生托子以为命。黄独无苗山雪盛，短衣数挽不掩胫。此时与子空归来，男呻女吟四壁静。"（《乾元中寓居同谷县作歌七首》）满山大雪，穿着连小腿都盖不上的破旧百结的短衣，在山上挖了一天，什么食物都没挖到，拿着长镵回到家里，对妻子无话可说，只能静静地听孩子们饥饿的呻吟声。杜甫是经历过这种生活的。他的一生都记录在他的诗里，要了解杜诗只读一两首远远不够。我现在只能对杜甫做简单的介绍，大家还是要尽量多地看杜甫的诗。

我曾说过作诗是"情动于中而形于言"（《诗大序》），是外界的景物情事使你感动了所以才要写诗。外界景物当然时时不同，而人的内心就更是不同了。杜甫的感动就是杜甫的感动，杜甫所写的诗就是杜甫的诗，和其他人的感动、其他人所写的诗自然不同。你看杜甫，他一心想要致君尧舜，一心想要窃比稷契。他献了好几篇赋，后来好不容易得了一个"右卫率府胄曹参军"的官职，就发生了安史之乱。唐玄宗逃到了四川，而长安城就沦陷了。杜甫想要到灵武去追随当时在灵武即位的玄宗的儿子肃宗，半路上被安史叛军捉住，把他押回到长安。后来他冒险逃出长安，投奔到肃宗所在的凤翔，途中真是千辛万苦，九死一生。那情景和心情，他自己在《自京窜至凤翔喜达行在所》诗中说，"生还今日事，间道暂时人"，"死去凭谁报，归来始自怜"；在《述怀》诗中说，"麻鞋见天子，衣袖露两肘"。这在当时一定也感动了肃宗，于是就给了他一个"左拾遗"的官职。杜甫原先做的"右卫率府胄曹参军"，只是管理朝廷卫队兵器、仪仗的一个卑微的小官。而"左拾遗"是谏官，"拾遗"的意思就是：朝廷有了过失，有了忽略的地方，有了做得不完美的地方，你要把那些缺失都捡起来，以便朝廷弥补。也就是说，谏官的职责就在于给皇帝提意见，指出他的疏漏。而在那国家多事之秋和刚刚收复长安之际，安史之乱还没有平息，朝廷存在着多少严重的问题和多少需要注意的事情！那么，杜甫现在做了谏官，他就想要尽他的责任。杜甫有很多首诗记载了他跟随肃宗回到长安这一段的情形，有一首诗的题目是《晚出左掖》。"左掖"就是左省，即门下省。唐朝的中央政务机构分中书、尚书、门下三省，左拾遗属门下省。杜甫说他每天下班很晚，是"避人焚谏草，骑马欲鸡栖"。"谏草"就是谏疏的草稿。写完了谏疏之后关起门来把草稿烧掉，不让别人知道，这是表示我指出你的错误是希望你能改正，而不是要宣扬你的错误。这个与发表不切实际的议论以哗众取宠是完全不同的。每天人家都下班了他不下班，人家都走了他还写谏疏，写好以后把草稿烧掉，等到他骑着马下班回家时已经是"欲鸡栖"，都到了鸡上窝的时候了，就是说天都黑了。而且他不但晚上干到这么晚，有的时候还在办公房值夜班。他在一首题为《春宿左省》的诗中说："不寝听金钥，因风想玉珂。明朝有封事，数问夜如何。""金钥"是开大门的钥匙，"玉珂"是马上的饰物。他值夜的时候总是不能安心睡觉，总是不断地听一听大门有没有开门的声音，听一听外面有没有朝官上朝的车马声。为什么如此？就因为明天早晨他又要给皇帝递一封谏疏。"封事"，就是密封的奏疏。他只盼着天亮上朝赶快把谏疏递上去，所以这一夜都睡不安稳，一遍又一遍地问那些值班管铜壶滴漏的人："现在是几点钟了？是不是要开宫门了？是不是该上朝了？"

　　我讲了这么多杜甫的经历，其实都是为了回来再讲前文说到的《曲江二首》中的那一首诗。杜甫一直想致君尧舜，好不容易得到一个做谏官的机会，就天天给皇帝上奏疏上忠告。可是哪个皇帝愿意天天听人家指责自己这也不对那也不对？更何况朝廷中充满了种种复杂的人事关系和矛盾斗争。自从安史之乱以后，大唐王朝就一天一天地走向衰落，这是无人能够挽回的。杜甫本以为在朝廷中有了一个位置就能够实现自己的理想，现在看来完全不是这样，那种失望可想而知。所以他才一个人跑到曲江边上去喝酒，才对曲江的春色有感于心而写了《曲江二首》。杜甫的诗之所以好，不是你空空地一看就说他好，是要你真的了解他才能够体会他的好。"朝回日日典春衣，每日江头尽醉归"，你注意这些词的结合。一般人是在闲暇的时候或者和朋友聚会的时候才饮酒，而杜甫他是"朝回"，刚刚下了朝就去饮酒。要喝酒但是又没钱买酒，就把冬天穿的厚衣服都典当出去，而且是"日日"如此，每一天下了朝都要来到曲江江边喝到尽醉方休。这"朝回"跟"尽醉"是很强烈的对比。以杜甫那"致君尧舜上"和"窃比稷与契"的理想，以杜甫那"许身"的执着，如果他不是非常失望，如果他不是无可奈何，他为什么要天天这样做？"酒债寻常行处有，人生七十古来稀"，后来连衣服都没得当了就只好赊账，"寻常"是很短的距离，走上几步就会遇到债主，说明曲江边上的酒铺子都被他赊遍了。人生苦短，我杜甫"四十明朝过"，已经是"飞腾暮景斜"了，还能够有多少年去完成我致君尧舜和窃比稷契的理想？对"穿花蛱蝶深深见，点水蜻蜓款款飞"两句，很多人只是欣赏它对仗的工整和叠字的自然，但这两句的好处实在不仅仅在于它的技巧和形式，那里边有杜甫在失意的悲哀中对春天的无限爱惜，有他自己的不快乐与不和谐的情绪对大自然的美丽与和谐的生命的反应。杜甫对春天生命的感动是非常强烈的，现在他其实还不算老，而且直到后来在他晚年经受了更多挫折之后，他还曾写诗说"稠花乱蕊裹江滨，行步欹危实怕春"（《江畔独步寻花七绝句》）。他之所以怕看见春天，正因为他对春天有那么敏锐的感觉，对春天爱得那么强烈，他怕他自己已经没有足够的生命和春天共同度过了。所以现在他说，你看那在花中飞舞的蝴蝶和点水的蜻蜓，好像是知道我的悲哀而特意用它们美好的姿态来安慰我，但是我还可以和它们共处多久？所以他说"传语风光共流转"，我就希望传一个话给那春天的风光，请它不要急于离开我。但春天的风光能够永远留下吗？他说我知道这是不可能的，但是请再陪伴我一会儿吧，不要这么快就抛弃我而去，是"暂时相赏莫相违"。这里边有杜甫多少深厚的感情，还有他多少不肯放弃的志意！在写了这些诗之后不久，在乾元元年的五六月间，他和房琯、严武等就先后被贬出长安了。

前文我说过，人对于外界景物的认识可以分成几个不同的层次，第一个是感知的层次，第二个是感动的层次，第三个是感发的层次。感发，就是让你感动之后内心之中有一种兴起和发扬。所谓诗的感发其实就是人心之动，是诗让你的心活起来。这时候你所感受的就不只是这首诗本身所写的那一点点感情内容的感动，而是让你自己对你的生命有所珍惜，对你的精神有所提升。

杜甫诗的象喻性

有同学曾经问过我在这么多古代的诗人里边你最喜欢哪一个诗人呢？我是教诗的，从汉魏到唐宋，这么多诗人的作品我都教过，但我这个人比较开放，我认为他们各有各的好处！我们说"气之动物，物之感人"，所以"摇荡性情，形诸舞咏"。但每个人的性情禀赋并不一样，魏文帝曹丕在他的《典论·论文》中说过，"文以气为主，气之清浊有体"，所以"虽在父兄不能以移子弟"。就算跟你最亲近的、最关怀你的父亲和兄长，都改变不了你天生下来所禀赋的气质。

我们现在举个例子，比如说写山吧，大自然中的山是大家都看到过的，很多人都写过山。杜甫也有一首写山的诗《望岳》："岱宗夫如何，齐鲁青未了。造化钟神秀，阴阳割昏晓。荡胸生层云，决眦入归鸟。会当凌绝顶，一览众山小。"我们中国有五大名山，称为"五岳"，即东岳泰山、西岳华山、南岳衡山、北岳恒山和中岳嵩山。这里是写东岳泰山。"宗"是宗主，就是领袖。为什么称泰山为"岱宗"？因为它在五岳中最有名。而泰山之所以有名，是因为孔子称赞过它。《孟子·尽心上》里说，孔子"登泰山而小天下"。杜甫生在河南，以前未见过泰山，但他从小就读《论语》《孟子》，早就听说过泰山。"岱宗夫如何"的"夫"是一个语助词，表现一种说话的口气。"夫如何"，泰山还没有出现，作者那种期待的感情就写出来了。他说我一直在想象泰山是什么样子，今天真的来到泰山脚下了。它果然了不起，那一大片青苍的山脉绵延在齐鲁之间，一眼望去看不到边际，是"齐鲁青未了"。这开头两句，写出了未见到泰山之前的向往和见到泰山之后的惊喜。为什么天地之间竟有这么美丽、这么雄伟的泰山呢？"造化"就是那创造天地宇宙的神灵；"钟"是凝聚，就是都放在一个地方了。他说，这造化真是情有独钟，把天地间最美的灵秀之气都给了泰山了，是"造化钟神秀"。但这还只是一个整体的印象，下边他还要具体地描写泰山之高大，说它是"阴阳割昏晓"。阴是背对太阳的，阳是面向太阳的。如果这山不那么高，也不那么大，太阳一下子就都照到了。可是泰山如此高大，如此广远，太阳如果在这边的话，那边就是背光，就是阴；这边是向光，就是阳。这边天已经亮了，那边天还黑着呢。"割"是说泰山的高峰简直能够分割出大自然的阴阳昏晓。"荡胸生层云"是写登山。登到山上我就发现天上的白云已经一阵一阵地飘荡到我的胸前。"决眦入归鸟"是写望远。站在泰山上视野是那么广阔，那鸟儿哪怕是飞到了天的尽头你都能看得到。"眦"

是眼角，"决眦"就是睁大你的眼睛，好像眼角都要裂开。这两句是对仗的，而且里边也有一种很灵活的句法的颠倒：是先有了"层云"，然后才飘荡到我的胸前；是为了看见那么远的"归鸟"，才拼命睁大眼睛。然而他先说"荡胸"和"决眦"，然后才说"生层云"和"入归鸟"，这也是律诗发展到成熟阶段的一种错综凝练的句法。结尾"会当凌绝顶，一览众山小"的"会"，是将然之辞，他说等一下我一定要爬到泰山的最高峰，那个时候我向下一看，所有的山就都匍匐在我的脚下了。这结尾两句，当然是受到孔子"登泰山而小天下"的影响。这是杜甫早期的作品，并不是他最好的诗，可是你看他的那种气概，那种向上的精神都蕴含在里边了。这就是杜甫所写的山。

我们再看王维所写的山。王维有一首《终南山》，其中也有对山的描写："太乙近天都，连山接海隅。白云回望合，青霭入看无。""太乙"是终南山。王维说终南山这么高，都快接近上天的所在了；终南山这么广远，连绵不断一直到海角。他说，我在登山的时候回头一看，白云已经遮住了我走过的路。前边远远的地方有一片青色的烟霭，可是我走到近前的时候，那青霭却不见了。我们知道，王维是个画家，他是用画家的眼睛去看山的。王维还有一首《送梓州李使君》，诗中描写山中雨后的景色说"山中一夜雨，树杪百重泉"，山里下了一夜大雨，第二天早晨一看，许多积水从树杪高处流下来，好像一层层的泉水一样。你看王维所写的，都是画家眼中的形象，他不像杜甫那么激动，他的好处是能够把山水写出一种"神致"来。杜甫则不同，杜甫写的是一种精神和气概，所表现的是他的"会当凌绝顶,一览众山小"的志意和理想。这两个人写诗的特点是完全不一样的。

由此大家可以初步了解什么是我所说的"象喻"。它不是西方所说的狭义的"象征"或"寓托",它是有中国特色的,是把你的精神、感情、志意都结合在里边的一种写作的方法。前文我说过,从我们对外物认识的层次来说,有感知、感动和感发这三个层次。那么,从我们所写的内容来说呢,也有三个层次,那就是感觉、感情和志意这三个层次。像王维所写的山,那是用画家的眼睛写他的感觉。像杜甫所写的山,那是把他的志意都写在里边了,是"会当凌绝顶,一览众山小"。我还可以再举一个李商隐。李商隐又不同,他写的是他自己的一种无可奈何的感情。李商隐有一首《西溪》诗说:"怅望西溪水,潺湲奈尔何。不惊春物少,只觉夕阳多。""西溪"是四川的一条水名。他说西溪水你每一天都这样潺湲地呜咽着流过去,你为什么要如此?这真是李商隐!他的《锦瑟》诗说"锦瑟无端五十弦",人家五弦和七弦的琴、十三弦的筝、四弦的琵琶,弹出来音乐不是也很好吗?你锦瑟为什么要有五十根弦?这同样是让人无法回答的问题。接下来他说:"不惊春物少,只觉夕阳多。"我的悲哀还不是因为西溪两岸春天的花草都凋零了,而是因为那西下的夕阳已再也无可挽回。李商隐所悲哀的,是人世间那种无法挽回的消逝,这是他常写的感情。李商隐还有一首《昨夜》说:"不辞鶗鴂妒年芳,但惜流尘暗烛房。昨夜西池凉露满,桂花吹断月中香。""鶗鴂"是杜鹃鸟。杜鹃鸟一叫春天就过去了,百花都零落了。李商隐说我知道春天要过去,百花要零落,人世间这种无常是无可避免的，我所惋惜的是，为什么蜡烛还在燃烧的时候就被尘土遮蔽了？花的生命是短暂的，但如果在它开放的短暂时间内风和日丽，那也算对得起它。可是为什么它那么短暂的生命还要遭受风吹雨打，不被人认知，不被人了解？昨天晚上我站在西池凄凉的池水边，到处都是寒秋的凉露，那时候是"桂花吹断月中香"。大家都说月亮里边有桂树，桂树上的桂花是有香气的，可是在昨天那个寒冷的晚上，连月中桂花的香气都消逝了啊。"吹断"，一切美好的东西都被摧毁了，一点希望都没有了。这是感情，是李商隐的那种无可奈何的感情。

王维的诗写得很好，李商隐的诗写得也很好。然而，王维的诗很难说它有什么象喻性；李商隐的诗虽然有象喻性，但他所象喻的是个人的感情。如果我们把"象喻"这个词的定义定得再狭隘一点儿的话，也就是说，不是只要一个物象能够表现一种感情就是象喻，而是你一定要在这个物象之中还表现了一种理念，那个才是象喻。为什么这样说？因为如果按照西方对"象征"（Symbol）和"寓托"（Allegory）的解释，那里边应该有一种理念性的东西。那么如果我们在"象喻"中寻求"理念"的因素，则李商隐所写的只是形象化的一种感情，他没有一个理念；而杜甫的诗常常是有一个理念在里边的，这个理念就是我前文所说的诗歌内容的三个层次中第三个层次的"志意"。而且，杜甫的理念还跟南宋词人所写的那种赋化之词中的"寄托"不一样。南宋词人的"寄托"，是一种有心的寓托，是运用了人工思想安排的寓托。可是在杜甫诗中，他的物象之中所表现的理念是自然的感发，是杜甫的人格与志意的自然流露，是"有诸中然后形于外"的。接下来我们就讲杜甫的几首诗来做一个证实。第一首我们讲杜甫的五言律诗《房兵曹胡马》：

> 胡马大宛名，锋棱瘦骨成。竹批双耳峻，风入四蹄轻。所向无空阔，真堪托死生。骁腾有如此，万里可横行。

房兵曹是一个姓房的军官，他常常到西域去打仗，而西域是出产良马的，所以他就带回一匹好马来。房兵曹确有其人，房兵曹的胡马确有其马，这都是写实。"胡马大宛名"的"大宛"是一个西域国家，这个国家出产的马就是历史上有名的大宛马。《杜诗详注》在这首诗的后边引用了张𬘬的一句话。张𬘬是明朝一个给杜诗做过注解的人，他说："此四十字中，其种其相，其才其德，无所不备。"因为这是一首五言律诗，五言八句共四十个字，他说在这么短的篇幅中，杜甫把这匹马的出身、形象、才能、品德都写出来了。你看"胡马大宛名"就是"其种"，"锋棱瘦骨成"就是"其相"。我曾经到台湾的"故宫博物院"去看古画的展览，看到唐朝韩幹画的马。唐朝人喜欢胖的，画美人是胖美人，画马也都是很肥的马。但杜甫喜欢瘦马，所以他曾经写过一首诗批评韩幹说："幹惟画肉不画骨，忍使骅骝气凋丧。"（《丹青引赠曹将军霸》）韩幹画的马都那么胖胖的没有骨头，所以也就没有精神。杜甫说他怎么就忍心让那些骅骝名马在他的笔下如此垂头丧气？杜甫喜欢的是房兵曹胡马这种瘦马，它的肩胛啊，腿腕啊，都露出来骨架的锋芒，所以是"锋棱瘦骨成"。什么叫"竹批双耳峻"呢？如果我们把一个竹筒斜着劈开，那样子就像马的耳朵立起来。竹子是挺拔的，"峻"是像山峰一样直立，这写得很有神气。"风入四蹄轻"，马跑起来的时候如此之轻快，就像是四个马蹄都踏着风一样一下子就跑过去了。人家常说拿破仑的字典里边没有"难"字，而房兵曹的这匹胡马则是"所向无空阔"。在它的眼中没有遥远，什么地方都是一下子就能跑到。因此，这才是一匹"真堪托死生"的良马啊。谁要是有一匹这样的马，就可以放心地把自己的生命托付给它！所以他说，"骁腾有如此，万里可横行"。"骁腾"是骏马在奔腾的样子。有了这么一匹好马，就是千里万里之远，都可以任意纵横驰骋了。你看这几句就是张綖所说的"其才""其德"了。

杜甫这个人有一个儒家的家世，所以他的思想里边有很多儒家的思想。孔子曾经说过："骥不称其力，称其德也。"（《论语·宪问》）就是说一匹好马之值得赞美，不是因为它的力气，而是因为它的品德啊。一匹好的马，它是有一个"德"在那里的，就凭这一点，你可以非常放心地把你的生死交托给它，所以是"真堪托死生"。一个人，你的家庭出身、你的环境、你的才能、你的禀赋，那是你生来之所得，没有什么值得夸耀的。但是当你遇到事情的时候，你的持守、你的承受，这是对你品德的考验和衡量。儒家认为，这才是一个人最重要的品质。这首《房兵曹胡马》是非常写实的诗，可是从写实之中我们能够看到杜甫的精神和杜甫的志意。这里边就有了一种"理念"。另外我们还要注意到，杜甫在写这匹马的时候投入了自己的精神和志意，但那是一种自然的投注，不是用苦苦的思索找来的，也不是靠查一些典故的类书来拼凑造作上去的。他之所以能够如此自然地投注，是因为他的感情比别人深厚，他的理想比别人执着。

我们再看他的一首五言律诗《画鹰》：

素练风霜起，苍鹰画作殊。㩳身思狡兔，侧目似愁胡。绦
镟光堪摘，轩楹势可呼。何当击凡鸟，毛血洒平芜。

"素练"是指画卷的白色丝绢。画家一下笔，那画卷上就起了一片风霜之气。为什么白色的素绢上有了风霜？因为这个画家画的鹰真是与众不同。他画成什么样子呢？是"㩳身思狡兔"。这个"㩳"字念"耸"，相当于"高耸"的那个"耸"字。你看猫要捉老鼠的时候就把肩端起来，老鹰要去扑一只兔子的时候把两个翅膀也端起来，那是一种马上就要有所动作的姿态。然后它"侧目"，还"似愁胡"。这杜甫真的是妙，他说你要从旁边看这只鹰的眼睛，它是凹进去的，眼眶上边的骨头很高，很像胡人的眼睛。因为外国人的眼骨一般比较高，眼睛凹进去，就有点儿像皱眉的样子，所以说"似愁胡"。然后他说"绦镟光堪摘"。"绦"就是丝绦，这只鹰是家养的，所以是用一根丝绦把脚绑起来的。这丝绦绑在什么地方呢？"镟"是一根铜柱子，这个老鹰就被一根丝绦绑在一根铜柱子上。而那闪亮的铜柱是"光堪摘"。这画家画得真是好，那丝绦的颜色、那铜柱反射的光影，都被他画得像真的一样，使你觉得都可以过去把这只鹰解下来。这是极言画家画得逼真。"轩楹势可呼"是说如果把这张画挂在窗前，那姿态让你觉得好像你一叫它，画上

的鹰就会从那里飞下来。所谓"呼鹰"，是古人打猎把鹰放出去捉拿猎物，然后吹一声口哨，这鹰老远地就飞回来了。这两句锁定了画上的鹰，写得多么有精神。但还不只如此，结尾两句他说："何当击凡鸟，毛血洒平芜。"如果有那不成材的鸟，它们都将被这老鹰打败，而且会被咬碎、撕烂，是"毛血洒平芜"啊！那些凡鸟的羽毛和鲜血，都将洒在平野的草地上。

为什么杜甫会写出来这样凶恶和鲜血淋漓的诗句？所以我说要读杜甫的诗，必须了解他这个人才行。我前文说杜甫写过三篇"大礼赋"，那是在玄宗的天宝十载。然后皇帝就在集贤院的中书堂召试文章，之后就让他等着，这一等就等了三年没有消息。于是杜甫就又献了一篇《雕赋》。雕也是老鹰的一种。杜甫为什么要献这篇《雕赋》？他说雕是代表一种正直不屈的、有勇武的精神的人，他说作为一个谏臣就应该如此。谏臣所抨击的就是朝廷里的那些小人，所以要"何当击凡鸟，毛血洒平芜"，这是谏臣之喻，朝廷的谏臣应该有这种不屈服的战斗作风。因此，在《杜诗详注》中仇兆鳌就赞美说，杜甫"每咏一物，必以全副精神入之，故老笔苍劲中，时见灵气飞舞"。杜甫不管是咏什么，都把全部的精神和心灵感情投注进去，所以他写得那么老练，那么有力气，而且中间还有灵气飞舞，写得与众不同。

讲完了杜甫的《房兵曹胡马》和《画鹰》，这两首咏物的诗都是有象喻性的。杜甫也写现实的情事，在现实的情事之中如何看杜甫的象喻性？下面我们再讲他的一首《同诸公登慈恩寺塔》。"诸公"，是杜甫的一些朋友。"慈恩寺塔"就是西安市的大雁塔，据说是唐高宗为纪念他的母亲而建造，所以取名"慈恩"。这首诗有一个原注说："时高适、薛据先有作。"其实，当时登塔而且写过诗的除了高适、薛据，还有岑参和储光羲。岑参、高适他们都是唐代有名的诗人，他们每个人都写了登塔的诗，所以你就要比较了。我们要看看，同样写山，王维写什么样的山，杜甫写什么样的山，更妙的是陶渊明写什么样的山。陶渊明说："采菊东篱下，悠然见南山。山气日夕佳，飞鸟相与还。此中有真意，欲辨已忘言。"（《饮酒》）于是后来辛弃疾就写了一首《水调歌头》的词说："岁岁有黄菊，千载一东篱。悠然政须两字，长笑退之诗。"唐朝的韩愈韩退之写了一首《南山》，共两百多句，押的是上声"有"韵，用的都是稀奇古怪的字，全诗都在描写，都在堆砌。可人家陶渊明也是写南山，却根本就没有那一大片的描写，人家就是抓住了"悠然"两个字，"采菊东篱下，悠然见南山"，写得多么好！每一年都有黄菊花开，但千载之中把黄菊和南山写得如此悠然的，不是只有一个陶渊明吗？陶渊明的诗真的是好，你看他写春天："山涤余霭，宇暖微霄。有风自南，翼彼新苗。"（《时运》）那种生命，那种自然，不像杜甫这样逞气使力，而自有一种精神上非常高妙的境界。所以这诗人与诗人之间真的是大不相同的。那我们现在说的是杜甫的诗，我们说他在写实之中有"象喻"的意思。就是说他的诗不像那"鱼跃练川抛玉尺"只写耳目的知觉，他的诗里边有他的志意和理念，是他整个的人格、心灵的体现，因此就有了那更高一层的"象喻"的性质。《杜诗详注》在这首诗的后边引了清朝钱谦益的评论说："同时诸公登塔，各有题咏。薛据诗已失传；岑、储两作，风秀熨帖，不愧名家；高达夫出之简净，品格亦自清坚。少陵则格法严整，气象峥嵘，音节悲壮，而俯仰高深之景，盱衡今古之识，感慨身世之怀，莫不曲尽篇中，真足压倒群贤，雄视千古矣。"其实就登慈恩寺塔而言，岑参的诗写得也是不错的，比如他的开头是："塔势如涌出，孤高耸天宫。登临出世界，磴道盘虚空。突兀压神州，峥嵘如鬼工。四角碍白日，七层摩苍穹。下窥指高鸟，俯听闻惊风。"（《与高适、薛据登慈恩寺浮图》）他说，这慈恩寺塔从平地涌出来，孤立直耸，好像一直插入了天宫，登上慈恩寺塔向下观望，就像是在尘世之外临望尘世；循着塔的阶梯一层一层向上走，觉得似乎走在虚空之中。他说这座高塔压在大地上，那种峥嵘的样子简直是鬼斧神工，人怎么有力量造出这样的塔来！这塔四面的四角，好像都可以把太阳阻止住；这塔七层的塔顶已经接近了天空的苍穹。我们在地面上要仰视那高飞的鸟，可是到了慈恩寺塔上一看，那些高飞的鸟都在你脚底下。我们低下头来，就可以听见高空中大风的声音。总而言之，岑参这首诗写得也很有气象，但他通篇所写的，只不过是夸说这塔的高大神奇而已。那么杜甫和他有什么不同呢？我们现在就看杜甫这首诗：

高标跨苍穹，烈风无时休。自非旷士怀，登兹翻百忧。方知象教力，足可追冥搜。仰穿龙蛇窟，始出枝撑幽。七星在北户，河汉声西流。羲和鞭白日，少昊行清秋。秦山忽破碎，泾渭不可求。俯视但一气，焉能辨皇州。回首叫尧舜，苍梧云正愁。惜哉瑶池饮，日晏昆仑丘。黄鹄去不息，哀鸣何所投。君看随阳雁，各有稻粱谋。

"高标"是一个地方的很高的一个标识，你老远就看见它了。像世贸大楼本来在纽约是一个标识，但是现在已经消失了。杜甫说这慈恩寺塔高得一直插到天上去，而在这高塔之上，永远在刮着猛烈的大风，没有一个时辰是停止的。这个开头就跟别人不一样。像岑参的"塔势如涌出，孤高耸天空"就只是写塔的高，而杜甫的"烈风无时休"有一种不平静的感觉。因此才引出下边的"自非旷士怀，登兹翻百忧"，我不是那种对尘世漠不关心的怀有出世襟怀的高士，所以我登到这高塔上，感觉那大风的强烈，就引起了我心中很多的忧虑。"方知象教力，足可追冥搜"的"象教"，就是我们现在所说的宗教。宗教常常是以形象来吸引和感动人的，像天主教和基督教的十字架、圣像，像佛教的佛像和壁画，所以他称象教。塔是佛教的塔，杜甫说我现在看到这个塔才知道佛教的力量，它竟可以一直插入上天，直通冥冥之中那些不可知的东西——也就是说通向天地鬼神等超乎现实的事物。"仰穿龙蛇窟，始出枝撑幽。""龙蛇窟"是指这个塔的里面，因为在塔里面一层层向上爬，穿过像龙蛇一样盘旋的磴道。"枝撑"，指塔的下边几层那些交错支撑的柱子。他说我向上爬了好久才爬过没有窗子的黑暗的底层，可以从塔的窗子里面探出头来看一看。看见了什么？看见"七星在北户，河汉声西流"，北斗七星就在窗外，好像都听见天上的银河流动的声音了。这也是写塔的高。"羲和鞭白日，少昊行清秋。""羲和"是给太阳赶车的神，他用鞭子赶着太阳的车走得那么快，马上就要到日暮了。"少昊"是秋天的神，现在他已经在行使他秋天的节令。"羲和鞭白日"是太阳的下沉，"少昊行清秋"是一年的将尽，这都是从他的"登兹翻百忧"引出来的。

那么他忧的是什么？是什么东西已近日暮？是什么东西已到了秋天？这他都没有说。他说他看到"秦山忽破碎，泾渭不可求"，这本来也是登塔下望的写实。秦地多山，你在平地上看都是整体的大山，可是你在高塔上面向下看，看到的是一个一个的许多山头，所以是"秦山忽破碎"。"泾渭"是泾水和渭水，这两条水清浊分明。可是你登在高塔上看，这清水和浊水就分不出来了。在玄宗天宝的时代，战乱已经快要起来了。当大家都还没有看到这危险，都还沉醉于盛世游乐的时候，杜甫以他诗人的敏感已经预见到了乱离之将至。唐玄宗任用杨国忠、李林甫，朝廷里边连善恶贤愚都不能够分辨了，而朝廷外边的战乱也已到了一触即发的地步。这"秦山忽破碎，泾渭不可求"写的都是现实景物，但现实景物里面已经让我们联想到当时那个时代的政局。"俯视但一气，焉能辨皇州"仍是从塔上下望。他说我低头看一看，整个大地一片烟雾茫茫，什么地方是长安城的所在已经分辨不出来了。这很像《长恨歌》上所说的"回头下望尘寰处，不见长安见尘雾"。

于是下面他说"回首叫尧舜，苍梧云正愁"。"尧舜"指的是唐太宗。舜是受了尧的禅让，而在正史记载中唐太宗是受了他父亲李渊的禅让，所以以"尧舜"喻之。太宗时代的贞观之治是中国封建社会历史上最美好的时代之一。"苍梧"是舜所葬的地方，在这里暗指唐太宗的昭陵。其实这也是写登塔远望所见。他说在高塔上遥望昭陵的方向，只能看见一片一片的惨淡的白云。但这景物的描写令人联想到，唐太宗的时代已经过去了，那些美好的往事永远也不会再回来了。

"惜哉瑶池饮，日晏昆仑丘"用了周穆王在西王母的瑶池饮宴的典故，而他所要反映的，其实是玄宗的求神仙和宠爱杨贵妃。"黄鹄去不息，哀鸣何所投"，高飞的黄鹄都飞走了，它们哀鸣着飞到哪里去？这也是塔上所见，可是要知道，现在这个世界不接受高飞远举的黄鹄鸟，现在的世界接受的是什么？是"君看随阳雁，各有稻粱谋"。你看一看眼下一般的这些人，他们就像追随太阳的鸿雁，哪里温暖就到哪里去，哪里有粮食就到哪里去。所有的人都是短视的，都是追求现实功利的，哪一个人有黄鹄那样高远的追求？大家都只谋求自家的温饱，可是我们的国家怎么办呢？我们的理想怎么办呢？这就是杜甫的诗跟一般人的诗之不同。他的志意和他的理念都融入了他所写的景物之中，所以虽然是写实，但很多地方都有他的象喻性。

从《秋兴八首》看杜诗的象喻性

前边讲的几首都是杜甫比较早期的作品，下面要讲杜甫的七言律诗《秋兴八首》中的前两首，这是杜甫晚年到夔州以后的作品。杜甫到夔州以后所写的格律诗有两种不同风格：一种是横放杰出完全打破了格律的作品；一种是谨守格律但在句法和意象上有拓展和变化的作品。前者可以《白帝城最高楼》为代表，后者则以《秋兴八首》为代表。这两种作品的风格虽然看起来迥然相异，实际上都是杜甫晚年对格律之运用已经达到完全从心所欲之地步的表现。

《白帝城最高楼》是一首拗体的七律。我们知道，格律诗萌芽于齐梁，成熟于唐代。其中七言律诗直到杜甫才能算真正成熟。而早期的七言律诗，如庾信的《乌夜啼》等作品，其音律往往有拗折的地方。"拗"，就是声音不顺口。格律诗对每个字的平仄声都有严格要求，不符合这些要求就是"拗"。所以声律的拗折本来是格律诗的一种不成熟的现象，但杜甫去蜀入夔之后，以拗折之笔写拗涩之情，复然有独往之致，形成了一种横放桀出于格律之外的所谓"拗律"。他的《白帝城最高楼》写的是登白帝城楼远望："城尖径仄旌旆愁，独立缥缈之飞楼。峡坼云霾龙虎卧，江清日抱鼋鼍游。扶桑西枝对断石，弱水东影随长流。杖藜叹世者谁子，泣血迸空回白头。"白帝城在瞿塘峡口，依山而建，下临大江，地势极为险要。杜甫在夔州写过好几首登白帝城楼的诗，这是其中一首。在这首诗中，"径仄旌旆""独立缥缈""扶桑西枝""弱水东影"及"对断石""随长流"等皆平仄不谐调。而像"独立缥缈之飞楼""杖藜叹世者谁子"这样的句子，用的都是散文句法；"龙虎卧""鼋鼍游"则以极为险怪的词语来描写在城楼上下瞰长江所见的真实景物。但这首诗历来得到很多人的赞赏。因为杜甫晚年已经经历了人世间那么多的挫折痛苦，他个人的理想不能够实现，而国家仍处在战乱之中前途未卜，他是把他胸中那些与世多忤的郁闷之情和诗歌拗折的声调自然而然地结合起来了，那拗折的声调正好配合了他的感情。

这种内容和形式的完美结合，使他的拗律虽然表面上跳出了声律之外，却实在是深入于声律的三昧之中。后来韩愈有意学杜诗的奇险，江西诗派有意学杜诗的拗折，未免流于形式技巧的追求，而在感情和志意的投入方面有所缺欠，因而也就不能像杜甫那样在写实之中给读者以那么多的感发。

至于谨守格律但在句法和意象上有拓展和变化的作品，则除了《诸将》《咏怀古迹》等之外，尤其以《秋兴八首》最值得注意。这八首诗，无论从内容来说还是从技巧来说，都显示出杜甫的七律已经进入了一种更为精纯的艺术境界。从内容上看，杜甫在这些诗中所表现的情意已经不是一种单纯的现实情意，而是一种经过艺术化了的情意。杜甫五十五岁来到夔州，那是在他死前的四年。他已经阅尽了世间一切的盛衰和人间一切的艰苦，而那种种的世变与人情又都已在内心中经过了长时间的涵容酝酿。在这些诗中，他所表现的已不再是从前那种"穷年忧黎元，叹息肠内热"的呼号和"朱门酒肉臭，路有冻死骨"的暴露，而是把一切事物都加以综合酝酿后的一种艺术化了的情意。这种情意，已不再被现实的一事一物所局限了。如果我们把拘于一事一物的感情称之为"现实的感情"的话，则这种经过综合酝酿后的感情可以称之为"意象化之感情"。从技巧上看，杜甫在这些诗中所表现的成就，一个是句法的突破传统，一个是意象的超越现实。关于句法的突破传统，我在前边已经举"香稻啄余鹦鹉粒，碧梧栖老凤凰枝"两句做过说明，那是《秋兴八首》中第八首的颔联。至于意象的超越现实，则如第七首颔联的"织女机丝虚夜月，石鲸鳞甲动秋风"。长安昆明池确实有织女与鲸鱼的石刻，这是写实。但那不是"鱼跃练川抛玉尺"拘狭的写实，而且也不仅仅包含作者对长安景物的怀念。因为织女机丝之"虚"，令人联想到在兵火摧残中民生的凋敝；石鲸鳞甲之"动"，令人联想到在遍地烽烟中时局的动荡。杜甫什么也没有说，但在那秋月下凄凉不安的景色中，隐含无限的伤时念乱的感慨，因此那织女和鲸鱼的石刻也就不再是昆明池现实的景物，而化为一种感情的意象了。

《秋兴八首》是一组诗。杜甫晚年漂泊西南，在成都住过几年，离开成都后准备乘舟东下回到中原，途中在夔州住了一年多，这一组诗就是在夔州度过第二个秋天时有感而作。杜甫从夔州秋日的景物兴起感发，引起了对长安的思念。这八首诗首尾相连，记载了他越来越强烈的感发，所以它们是一个整体，每首诗的前后次序是不可以颠倒的。现在只讲他的前两首，先看《秋兴八首》的第一首：

> 玉露凋伤枫树林，巫山巫峡气萧森。江间波浪兼天涌，塞上风云接地阴。丛菊两开他日泪，孤舟一系故园心。寒衣处处催刀尺，白帝城高急暮砧。

宋玉《九辩》说"悲哉秋之为气也，萧瑟兮草木摇落而变衰"；陆机《文赋》说"悲落叶于劲秋"，秋天草木的凋谢是最容易引起诗人感发的。"玉露凋伤枫树林"这一句，在凄凉之中还有一种艳丽的感觉。因为"玉露"有白色的暗示，白是一种冷色；"枫树林"有红色的暗示，红是一种暖色。它不像李白的"玉阶生白露"完全是寒冷的色调，倒有点儿像冯延巳的"和泪试严妆"，在悲哀中藏有热烈。这两种颜色的强烈对比，就更增强了"凋伤"这个词给人的感觉。"巫山巫峡气萧森"是从夔州东望之所见，点出了他现在是身在夔州。"巫山"——上到长江两岸的高山；"巫峡"——下到深谷之间长江的流水。这虽然只是两个地名，但其中有一种包罗一切的"张力"：从高处到低处，从天到地，从山到水，眼前所有的一切都已经被萧森的秋意笼罩无余了。这就像拍电视，先给你一个整体的广角镜头，定下了一个整体的基调，然后再具体来表现它是怎样的萧条和肃杀。他说那是"江间波浪兼天涌，塞上风云接地阴"。我在二十世纪七十年代末回国讲学的时候曾经从西安经秦岭到成都，然后到重庆，从重庆坐船经三峡东下，走的就是杜甫曾经走过的路。三峡江水湍急，奔腾而下，那真是"朝辞白帝彩云间，千里江陵一日还"。在三峡的船上，向前看是滔滔的江水无尽头，向后看也是滔滔的江水无尽头，满江汹涌的波浪好像一直打到天边，所以我写过一首七言绝句说："接天初睹大江流，何幸余年有壮游。此去为贪三峡美，不辞终日立船头。"我整天站在船头，当然是要看三峡的景色，可是船过巫山、巫峡时，两岸山上都是阴云笼罩，看不清楚。船上的工作人员告诉我说，这里经常就是这个样子，很难得遇到晴天。所以我想杜甫当年看到的一定也是这样一种景色。江面上波涛连天，天空中阴云接地，这都是客观的写实。但那波涛风云遮天盖地、夔门三峡秋气逼人的阴晦苍凉的景观，就与当时时代的背景有了一种"象喻"的联系。在杜甫离开长安之后的这些年里，安史之乱虽被平定，但藩镇的势力有增无减，大小战乱接连不断。长安城曾被吐蕃攻陷，皇帝曾又一次逃亡。就连蜀中也有过不止一次的叛乱。天地间到处都是一片动荡的、不安定的景象。而且杜甫也在大唐王朝的动荡混乱之中饱受颠沛流离之苦，他自己的命运也是和时代的灾难结合在一起的。王嗣奭《杜臆》评论这几句说："首章发兴四句，便影时事。"杜诗开阔博大与众不同，别人的诗能写出自己的悲哀就很好了，而杜甫的诗带有时代的感慨和悲哀。但是我不同意王嗣奭"便影时事"的说法。因为"影"是影射，影射就像猜谜，是一种有心的安排。可杜甫之所以了不起，是因为他那种对时世的关心并不是有心安排的，他的胸怀感情本来就博大深厚，当他看到这"巫山巫峡气萧森"的秋景时，开口就带出了时代和身世的双重悲哀。有的人学杜诗，也写些家国的感慨，却很造作，而杜甫的感慨是自然的。

这首诗的题目是《秋兴》，是由秋天的景色所引出来的兴发感动。那么他写完了这夔州秋色的大环境之后就要写自己的感情了，那是"丛菊两开他日泪，孤舟一系故园心"。菊花开在秋天，所以这"丛菊"回应了诗题中那个"秋"字。什么是"两开"？杜甫在听到官军收复了安史叛军根据地河北一带的时候曾写诗说："即从巴峡穿巫峡，便下襄阳向洛阳。"（《闻官军收河南河北》）他在年已垂老时决定离开蜀中，经三峡乘船东下到湖北一带，然后回故乡巩县，然后再转去长安。他是在大历元年春天到的夔州，而在大历三年正月离开夔州出峡。现在应该是大历二年的秋天。算来，已经两年，因此是两开。"他日"可以指过去，也可以指未来，在这里是指过去。这"他日泪"并不是现在流下的眼泪，而是说，山上那些黄色和白色的野菊，一点一点的多么像我去年秋天因思乡而流下的一滴一滴的眼泪。去年此时他漂泊在他乡，今年此时他仍然滞留在他乡，但这只是暂时的，他始终没有放弃回乡的打算。因此他说，我不能放弃我的船，我随时准备登上我的船，我要靠它回到故园去，它是我唯一的依赖和指望，是"孤舟一系故园心"啊！你看，他从玉露凋伤的秋天景色写起，他那感发生命的活动踪迹一步一步地写到了他的故园。

可是他没有机会回到故园，秋意却越来越深了，秋风也越来越冷了，当地人家都开始做寒衣了。在杜甫的诗中，常常都是脉络连通的。"寒衣处处催刀尺，白帝城高急暮砧"又一次回应了诗题中的"秋"字。过去人们冬天穿棉衣，棉衣穿过一冬，里边的棉花就板结起来不暖和了，到秋天就要拆洗重做。"砧"是捣衣石。夔州的白帝城是一个山城。现在你听那山上山下的人家，已经到处都是刀剪声和捣衣声。人们的生活习惯都是差不多的，都是在秋天拆洗寒衣。可是我杜甫带着我的一家漂泊在旅途中已经好几年了，我始终没有一个安定的生活，我用什么来抵御羁旅途中的寒冷？这令人想起清朝诗人黄仲则的两句诗："全家都在秋风里，九月衣裳未剪裁。"（《都门秋思》）这第一首诗，从夔州的秋天起兴引出了他的感发，而他感发的重点则在对"故园"的思念。

下面我们看《秋兴八首》的第二首：

夔府孤城落日斜，每依北斗望京华。听猿实下三声泪，奉使虚随八月槎。画省香炉违伏枕，山楼粉堞隐悲笳。请看石上藤萝月，已映洲前芦荻花。

《秋兴八首》的结构非常严密，八首诗中有作者一个感发的线索贯穿其中。而如果仅就前三首而言，则其中还有一个时间进行的线索。第一首诗是作者白天站在城楼上观望巫山、巫峡的景色而引起故乡之思，一直望到傍晚黄昏一片捣衣声响起的时候，所以结尾一句是"白帝城高急暮砧"。于是第二首诗的开头就从日暮说起，是"夔府孤城落日斜，每依北斗望京华"。夔府是个孤城，因为它四面没有其他城市。一个漂泊的旅人独自站在一个孤城的高山上，从白天望到日暮，从日暮望到天空星星出现，那种孤独飘零的感情是非常强烈的。"北斗"是北斗七星，其中前四星是斗魁，后三星是斗柄，斗柄的位置随着天空星斗的运行随时都在变化，而斗魁的前两颗星星却永远都指着北极。杜甫远在夔州望不见长安，可是他说我的心灵循着北斗的方向去追寻我日思夜想的长安。杜甫的"每依北斗望京华"这句，对我而言有更深切的感受。我从1948年离开了大陆，一直到1974年才第一次回来探亲。在这之前，我在台湾和北美都讲过杜诗，每当讲到"每依北斗望京华"我都非常感动，我不知道我这辈子是否还能回到我的老家北京。所以我第一次回来旅游时写过一首诗，其中有两句是"天涯常感少陵诗，北斗京华有梦思"。在唐代诗人里边，我比较偏爱的也许是李商隐，但在海外能够引起我国家和民族感情的是杜甫。

我们返回去看他感发的线索：在第一首中，前四句虽然含有象喻性但都是写景，直到第五句"丛菊两开他日泪"才点出对故国的思念；而第二首在开头第二句"每依北斗望京华"就开始写对故国的思念。由此我们看到，他的故国之思是一发而不可遏止，一首比一首急切；他的感发也是一首比一首强烈。"听猿实下三声泪"用了北魏郦道元《水经注》的典故。《水经注》在"江水"的巫峡部分引了一首民歌说："巴东三峡巫峡长，猿鸣三声泪沾裳。"古代交通不便，山上非常荒凉，旅客乘船过三峡，一路上听到的都是两岸山上的猿鸣声，那声音就像人的啼哭，感觉非常之凄凉。唐人诗如李白的《长干行》中也说过"五月不可触，猿声天上哀"，那是写船经滟滪堆的，滟滪堆也是三峡著名的险滩。而杜甫这一句写得好还在于那个"实下"，他说那三峡猿声之哀过去都是我听说的或在书上看到的，现在我真的到了三峡，真的听到了猿声，而且猿鸣三声之后我也真的不由自主地流下泪来。这里边写出了一种亲身经历之后方知所言不虚的感觉。

"奉使虚随八月槎"连用了张骞奉使和八月浮槎的典故。《史记》和《汉书》上都记载有西汉张骞奉使西域以穷河源的事情。张华《博物志》则记载了一个故事，有一个人住在海边，每年八月都看到一只浮槎漂来，从来不失期。这个人很好奇，有一次他就上了浮槎随之而去，结果就进入银河，见到了牛郎和织女。后来有的书把这两件事混为一谈，说乘槎入银河的就是张骞，他还得到了织女所赠的支机石。杜甫在成都曾入西川节度使严武幕府，严武推荐他为检校工部员外郎。严武是朝廷派出的地方军政长官，可称"奉使"；节度使任满后要按期还朝，可比那"八月槎"的来去不失期。严武早晚要回到长安，杜甫认为自己有一天也能够跟随严武回到长安。可是他怎么能够想到，严武死了，自己回长安的愿望也落空了。现在的时间也是秋天的八月，现在他也是在水上漂泊，可是他仍然滞留在蜀中。所以这个"虚随"，有一种计划落空的悲哀。

"画省香炉违伏枕"的"画省"，在汉代指中央办公机构的尚书省。但唐代中央办公机构分尚书、门下、中书三省，则杜甫当初在长安供职的门下省似亦可循汉代尚书省之例美称为画省。汉代尚书省的墙上都画有古代名人的画图，办公室有专人负责香炉薰香，唐代的中央办公机构当亦如此。这是杜甫回忆当初在长安任左拾遗时的经历。但他现在已经离开那里很久了，所以是"违"。"伏枕"是说他现在的衰老多病，杜甫还写过一首诗题目就叫《舟中伏枕》。也有人认为"伏枕"是指他当初在左省值宿，所以那仍然是回忆他在长安的生活，这样讲也不是不可以。

"山楼粉堞隐悲笳"是现在眼前所闻。城上齿形的女墙叫"堞"，刷上白色就叫粉堞。"隐"通"殷"，是形容一种声音响起来的样子。《诗经》的《国风》里边有一篇《殷其雷》，就是形容雷声的震动。这里是说在高城城楼的女墙之后，听到有吹笳的声音。吹笳的是什么人？在这里应该是那些远离家乡在山城戍守的兵士。唐朝有吐蕃为患，而四川与吐蕃邻近，所以是有军队戍守的。"请看石上藤萝月，已映洲前芦荻花"，是说刚才照在山石藤萝上的月光现在已经移动到江边沙洲前的一片芦荻上，一夜已经快要过去了。所以我说杜甫这八首诗的章法确实是非常严密：他从白天写到日暮，从日暮写到天黑，从月光的移动写出时间的消逝，然后第三首"千家山郭静朝晖"就开始写第二天早晨了。这是时间的结构。

另外他还有一个空间的结构：他第一首几乎全是写夔州的秋天，只有"故园心"三个字遥遥呼唤了长安；到第二首中，"每依北斗望京华"是长安，"画省香炉违伏枕"也是长安，对长安的怀念开始一点点地增加；第三首说到"五陵衣马自轻肥"，已经到了长安的五陵了；所以第四首开头就是"闻道长安似弈棋"；然后从第五首到第八首就开始了对记忆中之长安的每一个地方的怀念，把感发的重点从夔州完全转到了长安。

　　很多人都赞美《秋兴八首》的章法，这章法的严谨当然是一种理性的安排。但需要指出的是，杜甫不是只用理性来安排他的结构，他是随着他感情的感发来写他对长安之思念的。从现实夔州的秋天一直写到心中往昔长安的春日，杜甫的描写既反映了现实，又超脱出现实。他不被现实的一事一物所局限，就好像蜂之酿蜜，那蜜虽然采自百花，却已不属于百花中的任何一种。所以像杜甫《秋兴八首》这样的作品，乃是以一些事物的"意象"表现一种感情的"境界"，完全不可拘执字面做落实的解说。这在中国诗的意境中，尤其在七言律诗的意境中，是一种极为可贵的开创。

　　　　　　　　　　　　　　　　　　　（安易、白静整理）

七
*

从西方文论看李商隐的几首诗

《燕台》题解

义山的诗具有一种特别炫人的异彩。从内在意蕴方面而言，思致的深曲、感情的沉厚、感觉的敏锐、观察的细微等都足以使人移情而心折；而从外在辞藻方面而言，用字的瑰丽、笔法的沉郁、色泽的凄艳、情调的迷离则足以使人目眩魂迷。然而李商隐又给我们留下了一些使人读后为之心动却深感无可奈何的作品，《燕台四首》就是这样的作品。这四首诗是组诗，分别标题春、夏、秋、冬，它们的总题目是《燕台》。

这四首诗真是朦胧诗。既然是朦胧诗，所以过去那些注释讲解李商隐诗歌的人就对它们有很多的猜测。

很多人就猜想，"燕台"两个字就是一个女孩子的名字，那个女子就叫燕台。李商隐曾经有一段时间在玉阳山学仙修道，这个女子可能是他当时所爱的一个女道士。所以它的题名就叫《燕台》，这是一种说法。

又有人提出"燕台"这两个字，在中国的传统中有其特殊的含义。西方的语言学、符号学认为任何语言、任何词语如果在一个民族里使用了很长久的时间，它就在这个民族文化的、历史的背景之中形成了一个符码、一个记号，这个记号带着很多的历史文化的背景，所以这样的符号就成为一个文化符码（Cultural Code）。"燕台"这两个字作为一个文化符码在中国的传统之中是有一个含义的，它指的是幕府。中国古代各地方的军政长官都有自己的幕府，这个幕府可以代称为"燕台"。这个典故出自燕昭王曾经筑黄金台招揽天下的贤士，"燕台"就代表能够招募贤才来工作的地方。

有人说"燕台"是一个女子的名字；但有人不同意这种说法，认为这个女子并不叫燕台，这个女子是燕台的主人，是那些节度使、观察使府中的姬妾。李商隐这个人一生都是在幕府之中工作的，所以说他可能是在幕府之中工作的时候，跟幕府主人的一个姬妾发生了感情，然后写了这四首诗。

还有人根据诗中"当时欢向掌中销，桃叶桃根双姊妹"的句子猜测，"姊妹"一定是两个女子，说在皇宫里有两个女子，一个叫飞鸾，一个叫轻凤，《燕台》诗就是写这两个女子的。

同时与《燕台》诗相联的还有一个故事，这个故事是李商隐自己说出来的。李商隐除《燕台四首》诗以外，还写过一组诗，题目叫《柳枝》。《柳枝》诗前面有一段序文"柳枝，洛中里娘也"，其中讲了柳枝的故事，我在前文曾有提及。我以为：第一，这个故事可以证明《燕台四首》诗果然是好诗，使柳枝这个女孩子如此感动；第二，后来历代评注说诗的人，因为知道这个故事，就推测《燕台》里面所写的可能就是李商隐和柳枝的爱情故事。《燕台》诗中写了很多地名，他们说这都是柳枝结婚之后去了这些地方，当然这都是后人的猜测。根据李商隐《柳枝》诗的序文，是李商隐先写了《燕台》诗，柳枝这个女孩子听到以后才有感动的，所以《燕台》诗里面写的不可能是柳枝，他是先有诗然后才认识柳枝的，所以这种猜测是不可能的。

大家对诗里面写的是谁有很多的猜测，对诗里面的地名也是如此，比如李商隐在诗中写到"石城景物类黄泉""浊水清波何异源，济河水清黄河浑"。很多人按照地方猜想，认为这个女子原来在北方，后来到了南方。因为诗里边还写到"内记湘川相识处"，就猜测这个女子后来又到了湖南。我个人以为这些猜测都非常牵强，不能够自圆其说。比如"石城"就有两个地方：一个是南京，南京叫作"石头城"；湖北有个地方也叫"石城"。再比如"蜀魂"，岂不应该是四川；然后又有"瘴花"，岂不是又到云南去了；又有"南云""云梦"，岂不是又到了楚地。持上面这种观点的是当年台湾大学的一位教授，他说诗中有许多可以指实的地方，不妨认为诗中的女主人先在这个地方，后来又到那个地方，有南方的地方，也有北方的地方。劳幹《李商隐燕台诗评述》说："诗中忽南忽北，正是原作者故弄狡狯，无意将谜底告人。"作者故意要制造这些恍惚迷离让人难以猜测，他不想把谜底告诉读者。

另外又有人猜测春、夏、秋、冬都写什么呢？第一首"春"是写春情乱思，是春天引起的一份感情的哀怨；第二首"夏"是写他们旧时某一天晚上的夜会；第三首写那个女子离开他，到远方去了；第四首写他还羁留在这里，不能够去寻找那个女子。大家做了各种的猜测。

我们中国过去讲诗的人都喜欢用历史背景来讲诗，考溯诗人的生平、时代背景，指出诗歌的内容是什么。这个本来是不错的。诗歌有很多的类型，不同的类型需要用不同的方法，用英文说是Approach，就是怎样去接近它。我们中国的诗歌是注重兴发感动的作用的，《诗大序》上说："情动于中而形于言。"中国最早的诗歌总集《诗经》里的诗，它引起作者和读者感发的方式有三种：赋、比、兴。"赋"是直接的叙述，不用一个形象给人直接的感受，只用说明和叙述就可以使人感动。杜甫有一首《醉时歌》是送给他的朋友郑广文的："诸公衮衮登台省，广文先生官独冷。甲第纷纷厌粱肉，广文先生饭不足。先生有道出羲皇，先生有才过屈宋。德尊一代常坎坷，名垂万古知何用？"他完全是叙述，一高一低，一扬一落。有一些诗歌是用"兴"的方式开端的，比如《诗经·周南·关雎》："关关雎鸠，在河之洲。"还有像《诗经·小雅·苕之华》："苕之华，芸其黄矣。心之忧矣，维其伤矣。"它用苕华黄萎的形象来表现人生的忧伤，是用一个景物的形象引起你的感发，这是简单的兴的方式。还有一些诗歌是用"比"，常常选到的是《诗经·魏风·硕鼠》："硕鼠硕鼠，无食我黍！三岁贯女，莫我肯顾。逝将去女，适彼乐土。乐土乐土，爰得我所。"它用硕鼠的形象来做比喻。这种形象跟苕华、关雎不一样，苕华和关雎是眼前看到一个景象，这个景象就引起了你的感动，所以它的感发作用是由物及心，是由外物的景象引起内心的感发。而《硕鼠》不一样。《硕鼠》是内心先有一个感受，说我们遭遇到聚敛剥削，要交纳很高的赋税，然后它用一个硕鼠的形象来代替剥削者，它是由心及物的，是先有内心的情意，再找到一个外物的形象来表达。

像李商隐《燕台》这样的诗，它不是那么简单，很难说它是由心及物或者是由物及心，它整个四首诗都有各种各样的形象，不像《诗经》那么简单。在西方的文学批评理论中讲到形象与情意的关系当然是很多的，像明喻（Simile）、隐喻（Metaphor）、转喻（Metonymy）、喻托（Allegory）、拟人（Personification）、举隅（Synecdoche）等，它们所代表的情意与形象的关系也有很多不同的样式。李商隐这样的诗如果用西方的文学术语来说，叫作Objective Correlative，是一种"客观的投影"，是一种外观的形象，但又与作者的情意有相当的关联，它是一连串形象写下来的，而它的形象常常让人不大清楚它到底说些什么。这样的诗是不能够用理性来完整地去分析它、说明它的，所以我现在就想把这些理性的东西暂时撇开，尝试用另外一种方式来讲，就是借用西方的文论来讲。

西方文论中的几个基本名词

阐释学（Hermeneutics）一词来源于古希腊神话中的Hermes，Hermes是为宙斯大神传达信息的使者。因此西方就把解释《圣经》中神的语言的学问叫作Hermeneutics。《圣经》里有很多象喻，它们有一个表层的意思，还有一些深层的意思，此外还有宗教上的意思，所以它们可以讲出很多不同的意思来。后来西方的哲学家也用这种方式对哲学做解释，这样他们就把宗教的阐释学和哲学的阐释学合在一起都叫作Hermeneutics。阐释学认为有多重解释的可能性，第一层是Meaning，Meaning就是作者的本意。比如李商隐这四首诗究竟说的是什么？是不是写他的一段恋爱故事？那恋爱的对象又是谁？还是写他在使府中仕宦的不得志？他究竟要说些什么？当然诗的类型不同，本意的表达也不一样。像杜甫的诗我们能够找到他的本意，他的《闻官军收河南河北》《自京赴奉先县咏怀五百字》等，我们明白作者的本意是什么。但是像李商隐这样的诗我们很难说明作者的本意。

所以除Meaning以外，还有Significance。Significance就是读者从作品中获得的一种衍义，它不一定是作者的本意。不管是Meaning还是Significance，在西方的阐释学里都认为它们可以有很多的层次。他们还有另外的一些批评术语：Multiple Meaning是很多层次的Meaning；Plural Significance，Plural也是多数的，是多数的Significance。Meaning和Significance是不一样的，Meaning是作者本人创作时的本意；Significance是作品让读者联想到的意思，它可以有多重衍义的推想。不管是作者的本意也好，也不管是读者引申出来的意思也好，任何的意思都是从它的文本衍生出来的，所以我们的理解只能够透过它的文本去探寻，除此以外我们别无依据。为什么我们用文本不用本文呢？因为一说到本文就比较受局限，说它本文的意思是什么。如果是文本（Text），它指的是文字的本体。我们不说它的本文，而说它作为一个客观的文字本体是什么。

我们要从文本来探索，那么文本是什么组成的呢？按照瑞士语言学家索绪尔的说法，他认为所谓文本就是由两条轴线组成的：一条是语序轴（Syntagmatic Axis），语序轴是就语法结构的次序而言的；还有一条是联想轴（Associative Axis），就是文本引起你的联想。如果说语序轴是一条横向进行的语言结构的次序，联想轴则是纵向下来的，比如从"蛾眉"，联想到《诗经》上的"蛾眉"，《楚辞》上的"蛾眉"，李商隐诗歌里的"蛾眉"，这是一条联想的轴线。在索绪尔之后，又有很多学者提出来很多不同的说法。其中有两个重要的学者：一个是雅克慎（Roman Jakobson），他曾经结合语言学和符号学来探讨诗学。雅克慎以索绪尔的二轴说为基础，发展出一种语言六面六功能的理论。他把属于选择性的联想轴的作用，加在了属于组合性的语序轴之上，使诗歌具有了一种整体的、象征的、复合的、多义的性质，这自然也使我们对于诗歌的理解更加丰富、更加深入。

另外一位是俄国符号学家洛特曼（Lotman），他认为人类不仅用符号来交流信息，同时也被符号所控制，符号的系统也是一个规范的系统。我们一方面应该研究符号的内在的结构系统，另一方面也应该研究构成此一系统的外在时空的历史文化背景。他还认为，一篇诗歌所给予读者的，既有理性的认知（Cognition），也有感官的印象（Sense Perception）。Cognition是透过认知来作用的，比如杜甫说的"剑外忽传收蓟北"，在剑门关外听说河北收复了，说得很清楚；"皇帝二载秋，闰八月初吉"，肃宗皇帝至德二载的秋天闰八月初一，它们是用理性认知的符号来表示的。但Sense Perception

是一种感觉的感知，是不可以用理性说明的一种符号，这个符号不是属于认知的，需要读者用感觉去直接感受。

我们接下来看接受美学（Aesthetic of Reception）。德国的接受美学家伊塞尔在他的《阅读的活动——一个美学反应的理论》（*The Act of Reading——A Theory Aesthetics Response*）中提出 Potential Effect，即诗歌有一种可能的潜力，可以给读者很多联想和想象的空间。发挥联想轴上的作用，从它的语言的文化符码（Cultural Code）就可以联想到其他文本上的符码。例如我们从温庭筠的"懒起画蛾眉"想到《诗经》的"蛾眉"、楚辞的"蛾眉"，这种情况就叫作"互为文本"（Intertextuality）。一首诗可能是把很多前人诗歌的语言符号镶嵌在一起，所以它语言的符码里边包含了很多古代的文化传统，它的每一个 Potential Effect 都可以引起读者很丰富的联想。还有一位法国的女学者朱莉娅·克里斯蒂瓦，她在《诗歌语言的革命》一书中谈到诗歌语言有两种作用：一种是象征的作用（Symbolic Function），一种是符示的作用（Semiotic Function）。在前一种情况中，符表（Signifier）与符义（Signified）之间的关系是被限制的。比如屈原的美人芳草、陶渊明的松树菊花，都是出于作者显意识的有心安排。在后一种情况中，符表与符义的关系并没有固定下来，而是处在不断的生发、变化之中。于是，文本就成了这种生发变化的一个"变电所"（Transformer），产生了很微妙的作用。这种作用非常活泼、非常自由，不同的读者可以给它不同的联想。

我们要用这样的方式来探求李商隐诗歌中符号的解释。在这以前我们还是要做一些切实的工作。这四首诗的题目"燕台"二字究竟取义何指？我以为要真正理解一首诗，太拘执、太死板，就会限制兴发想象，这当然是不好的。可是仅仅有自由的感发的联想，这是不够的，所以还需要落实下来，不能完全飞出去。在李商隐的诗里面，他的题目有很多不同的性质，比如《行次西郊作一百韵》，是他经过长安城的西郊时看到农村社会的种种现象，使他内心有所感动，然后写了这首诗，题目说得很清楚。李商隐有很多《无题》诗，还有一些诗有题目，但不像《行次西郊作一百韵》写得那么清楚。比如《丹丘》是因为诗中有"丹丘"两个字："青女丁宁结夜霜，羲和辛苦送朝阳。丹丘万里无消息，几对梧桐忆凤凰。"《瑶池》是因为诗开头两个字是"瑶池"："瑶池阿母绮窗开，黄竹歌声动地哀。八骏日行三万里，穆王何事不重来？"这一类题目是与诗中的字句有关系。《海上》："石桥东望海连天，徐福空来不得仙。直遣麻姑与搔背，可能留命待桑田。"诗中有这样的字面，他就把这个字面当作了诗歌的题目。"燕台"两个字既不是无题，也不是可以解释的题目，那么"燕台"指什么呢？

有人认为幕府叫燕台，幕府为什么叫燕台呢？这是因为燕昭王修筑黄金台招纳贤士，幕府也是招纳贤士的，所以后来人们就把幕府称作"燕台"。还不只是典故上的缘故，李商隐一生仕宦不得意，在很多幕府中做过事，他一直想回到中央政府去，可是一直没有机会。他四十多岁的时候所在的幕府是四川梓州的幕府，节度使是柳仲郢。李商隐曾经写过《梓州罢吟寄同舍》一首诗："不拣花朝与雪朝，五年从事霍嫖姚。"诗言不管是花开的天气，还是下雨的天气，五年之久我都跟随你，像霍嫖姚一样。"霍嫖姚"用的是霍去病的典故，他这首诗清清楚楚说的就是在柳仲郢的幕府之中做事。最后两句"长吟远下燕台去"，诗中用了"燕台"两个字，他说我长吟着远远地下燕台走了，清清楚楚可以证明李商隐这首诗里的"燕台"绝对指的是使府。可是不是因为他写过这首诗，就能够证明《燕台四首》中的"燕台"就是使府呢？我们用李商隐自己的诗来证明他所写的"燕台"是使府，这是不错的。可是就算你证明了是使府，又怎么样去讲？

过去有人说李商隐跟使府后房的姬妾谈恋爱，这其实是不可能的事情，很多人已经反驳过了。但是李商隐一生漂泊，都是依托在幕府之间，这四首诗可能是写他平生不幸的生活。这种说法现在想起来也不对，因为这四首诗应该还是李商隐比较早期的作品。从《柳枝》诗的本事可以知道故事的发生应该是在他还没有考中进士，正在准备到京师去应考的时候，而且是在他结婚以前。所以《燕台》应该是他年轻时候的作品。因此，如果说《燕台》写的是他一生在使府之间漂泊的感慨，恐怕也不可能，因为他那个时候还没有这样的生活经历。我们说了很多可能，也说了很多不可能，那么"燕台"到底是什么？

前文讲到接受美学，读者在接受文本的时候每个人都可以有不同的接受的想象。现在我还要讲到，意大利接受美学家弗兰哥·墨尔加利（Franco Meregalli）在《论文学接受》的论文里提出的一个说法"创造性的背离"（Creative Betrayal）。按照西方接受美学、读者反应论来说，任何一个读者诠释任何一首诗诠释出来的都是读者的所得，而不是作者的本意。作者的本意是根本得不到的，没有一个人能够追寻到作者的本意，所以每一个人的诠释都是诠释自己的感受和解释。诠释学还提出"诠释的循环"（Hermeneutic Cycle），就是你从自己出发追寻作品的本意，而最终追寻的所得是回到你自己。每个人读诗都有不同的感受，你读了有你的感受，他读了有他的感受；今天读有今天的感受，明天读有明天的感受。没有一个人能够追寻到作者的本意，这本来就是不可能的事情。墨尔加利提出"创造性的背离"，明明知道追寻的不是作者的本意，所以读者就可以背离作者的本意，带有自己的创造性。

王国维《人间词话》的词论："古今之成大事业、大学问者，必经过三种之境界：'昨夜西风凋碧树。独上高楼，望尽天涯路。'此第一境也。'衣带渐宽终不悔，为伊消得人憔悴。'此第二境也。'众里寻他千百度，蓦然回首，那人正在、灯火阑珊处。'此第三境也。此等语皆非大词人不能道。然遽以此意解释诸词，恐为晏、欧诸公所不许也。"晏殊、欧阳修他们有这种意思吗？没有。所以王国维做了一个辩护：此种境界非大诗人不能写。在写美女与爱情的小词里能够让读者感受到成大事业、大学问的境界的，不是真正伟大的诗人是不会写出具有这么高深意境的作品的。但是我们要说这个意思就是他们的本意，恐怕晏殊等人都不会同意，这只是王国维作为一个读者的接受。它不必然是作者的本意，而且王国维明明也知道它不是作者的本意，这在接受美学上就称作"创造性的背离"。

说到"创造性的背离"，岂不是任何一首诗，想怎么样讲解都可以？也不尽然是如此。我们要掌握在诗歌里面虽然它的本意不是如此，但在它的文本里面语言符号的微妙作用可以给我们一种提示。这种微妙的作用，在美国学者艾考（Eco Umberto）的《一个符号学的理论》（*A Theory of Semiotics*）一书中提出了"显微结构"（Microstructure）之说，这种"显微结构"不是文法的结构，它是诗歌的文本里面所包含的质素（Elements），是最细致、最微妙的一种作用，可以是声音，也可以是形体，还可以是字意。这种本质的作用最精微的地方是在它的结构里面有一种暗示（Suggestion），读者正是根据这种暗示进行讲解的。作品除Meaning以外，还有Potential Effect，一种"潜能"。

我讲解"燕台"，不能离开很远，还是要有根据的。如果说"燕台"指的是使府，而李商隐还很年轻，他还没有那么多在节度使幕府之中工作的悲哀和感慨，他甚至于还没有考上进士。那么"燕台"究竟是什么？

我前文讲过李商隐在他十七岁的时候参加过一次考试，没有考上。在二十岁时又参加了一次考试，也没有考上。他最后是在开成二年考上的，那年冬天他写了《行次西郊作一百韵》。《柳枝》这首诗有人给它编年是写在开成元年。现在就要知道开成元年之前发生了什么事情？开成元年是唐文宗的年号，开成以前是太和，太和九年发生了甘露之变。晚唐有好几个皇帝都是被宦官杀死的，宪宗、敬宗都是如此。敬宗死了以后，文宗继位，所以文宗很想改革政治，消灭宦官专权的不合理现象，他联合了当时的王涯、李训等大臣准备消灭宦官，有了甘露之变，不想，失败了。如果说李商隐在开成元年、二年之间写了《燕台》诗，那么"燕台"可能是什么意思呢？宪宗、敬宗都是被宦官给杀死的，之后又是太和九年的甘露之变，国家朝堂一空，宰相大臣都被杀死了。李商隐写过感慨的诗。文宗皇帝自己也写过感慨的诗。再看他写的《行次西郊作一百韵》，李商隐对于国家朝廷、对于人民是有这样的一份感情的。"九重黯已隔，涕泗空沾唇"，"我愿为此事，君前剖心肝。叩头出鲜血，滂沱污紫宸"。李商隐是一个有这样感情的人，所以我个人认为李商隐的"燕台"里面是有他自己追求理想而不能达到的悲哀的。

像这样的朦胧诗，不是从李商隐才开始写的，在他之前李贺也写过。但是我对李贺朦胧诗的感受与李商隐的感受不同，我以为同样是朦胧诗，虽然外表都朦胧，但是本质是不一样的，在同样的外表朦胧之下也可以有不同的本质。西方有一种文学理论叫作意识批评（Criticism of Consciousness），着重探讨的是作品之中所表现的一种"意识形态"（Patterns of Consciousness），而且他们认为，我们都可以从很多伟大的作家一系列的作品中，寻找出一种潜藏的基本形态来。每个作家都有不同的"形态"（Pattern），李商隐的意识形态跟李贺的意识形态是不同的。李贺这个人属于自我的、小我的，一己之感受非常锐敏，可是他缺少一点大我的关怀，对于朝廷和国家的关怀。而李商隐是怀有这种大我的关怀的。总而言之，一个人的关怀（Care）是什么？是只是关怀自己，关怀家庭，还是关怀更大方面？每个人生来的感情思想，它是不一样的。我认为李商隐和李贺的差别就在于此。尽管李贺比李商隐还早一点，也可能李商隐的朦胧诗受到李贺的影响，但是李商隐朦胧诗的本质与李贺完全不同。李贺的朦胧诗只是给人诡奇、精致、新鲜、敏锐的感觉，没有很深厚的东西在里面，而李商隐是有的。

我们讲了题目，讲了我们讲解李商隐诗歌的方式，我不是用传统的方法，而是借用西方的文论来讲解。

《燕台四首》赏析

李商隐一方面有热烈的感情，执着的追寻，可是他的那种追寻总是失落的，他总是在痛苦的追寻之中追寻着结果，总是失落。我们先来看他的《燕台》诗的第一首，看李商隐写些什么。我觉得猜测他所写的是不是使府的后房人，是不是柳枝，这些都是很拘执、很狭隘的。这四首诗写得这样扑朔迷离，很难掌握它具体的意思是什么。其实多年以前我就写过关于李商隐《燕台四首》的文章，参看我的《迦陵论诗丛稿》。像《燕台》这样的朦胧诗应该怎样去体会？我在四十年前写的文章中就已经说过，我这个人在思想上有非常自由、非常放纵的一面，可是我在行为上有非常拘执、非常保守的一面。所以我就给那篇文章起了一个新的名字《旧诗新演》，旧的诗我给它一个新的演绎，历史上不是有很多演义吗？现在我根据西方文论中的一些见解，把自己的感受说出来给大家作一个参考。

《燕台四首》，第一首是"春"：

风光冉冉东西陌，几日娇魂寻不得。蜜房羽客类芳心，冶叶倡条遍相识。暖霭辉迟桃树西，高鬟立共桃鬟齐。雄龙雌凤杳何许，絮乱丝繁天亦迷。醉起微阳若初曙，映帘梦断闻残语。愁将铁网罥珊瑚，海阔天翻迷处所。衣带无情有宽窄，春烟自碧秋霜白。研丹擘石天不知，愿得天牢锁冤魄。夹罗委箧单绡起，香肌冷衬琤琤珮。今日东风自不胜，化作幽光入西海。

"风光冉冉东西陌"，写得非常好，春天的呼唤，春天的气息。当大自然复苏萌发的时候，带给人的是什么呢？人在春意萌发之中感受的是什么？《文心雕龙·明诗》说："物色之动，心亦摇焉。"外物的风云月露、春夏秋冬的各种景色的变化，就使人心摇动。《诗品》也说："若乃春风春鸟，秋月秋蝉，夏云暑雨，冬月祁寒，斯四候之感诸诗者也。"天地大自然使我们感动，无怪乎柳枝那个女子要问："谁人有此？谁人为是？"这诗该怎么样欣赏？不是猜测说李商隐写的是哪个女孩子，她的名字是叫燕台还是柳枝，这些不用管它，重要的是这个感情的本质是什么。比如喝酒，酒的芬芳醇烈的程度才重要，你是把它倒在这个杯子里还是那个杯子里，那个外形是不重要的。李商隐真是把这个本质写得很好，而这个本质要像我所说的，一个字一个字去体会。这种分析的方法，在西方理论中，就是"新批评"所说的 Close Reading，一个字一个字地仔细阅读，不要给它上纲上线，用一个外表完全不相干的东西把它拘束起来，而是分析每一个语言文字的符号都真正表示了什么。如果要想真正仔细地欣赏诗，就应该养成这种精致细微的感受和辨别能力。

当"风光冉冉东西陌"的时候，春天的到来引起了你的春心萌动，你要有所追求，看李商隐怎么写？"风光冉冉"与"春光冉冉"就不同，我说要养成这种精微锐敏的感受和辨别能力。"春光"比较死板，"风光"是春的一种动态，天光云影都在流动徘徊；"冉冉"，一切的光影都在摇荡之中，这是春天的生命、春天的活动。"风光冉冉东西陌"，春天从哪里来？到处都是春天的气息，所以他说"东西陌"，各个方向的小路上都有。去追寻什么？寻的是一个"娇魂"，李商隐写得真是非常好，寻的还不是一个美人，是一个"娇魂"。美人只是她外表的形体，她的心灵、她的情思，真正属于人的最宝贵的本质是怎么样的却无法得知。所以他所追寻的不是一个美人，而是一个娇魂，是心魂，是精神、灵魂的最宝贵的东西。但是李商隐寻了这么多日子，也没有找到一个可以投注的娇魂，真是无可奈何。寻不得就算了，可是他还是在追寻。他后边就说："蜜房羽客类芳心，冶叶倡条遍相识。"李商隐真是善于想象。诗歌里有一些意象，是作者透过内心的情意创造出来的形象，李商隐的诗歌里所创造的意象是很妙的。花蕊的深处藏蜜的地方就是蜜房，到蜜房之中带着翅膀会飞的就是"蜜房羽客"。郭璞有一篇《蜂赋》是写蜜蜂的，他说蜜蜂"亦托名于羽族"，蜜蜂是属于带翅膀的一类，"羽客"指的是蜜蜂。这个"房"字用得好，"房"是深隐的地方，蜜蜂是到花蕊深处寻找甜美的蜜；"类"是相同的，"蜜房羽客"那种追寻花房之中最甜美的蜜的心跟我们追寻娇魂的心是相同的。怎么样去追寻？"冶叶倡条遍相识。"如果只看外表，也许会觉得"冶""倡"都不是很好的字眼，"冶"是过分风流的样子，

"倡"是过分浪漫的样子。可是如果反过来想，"冶"是非常艳丽的一种感觉，"倡"是非常茂盛的一种感觉，"冶叶"那么美丽的叶子，"倡条"那么繁茂的长长的枝条。如果不追寻就算了，如果真是要追寻，就要把所有可能寻找的地方都找到，每一片叶子、每一根枝条都要追寻到。

在这种追寻之中恍然如有所见，"暖霭辉迟桃树西，高鬟立共桃鬟齐"。犹太裔的捷克作家卡夫卡，写过小说《审判》，还写过一篇小说《城堡》。他所写的故事都不是现实实在的故事，他所有的故事写的都是他心灵之中的一种感受、一种体验，他把它变了形再表现出来。李商隐在这里也是如此，他把内心的一种情思、一种感受通过幻想和想象体现出来。"暖霭辉迟桃树西，高鬟立共桃鬟齐"，"霭"是烟霭迷蒙的样子，春天里暖日和风的感觉，烟霭迷蒙的光影；"辉迟"是太阳的光辉已经快要西斜的时候，在桃树的西边好像有一个女子。"高鬟立共桃鬟齐"，这是什么意思呢？李商隐的诗跟卡夫卡的小说一样不能用理性说明，但可以用心灵去感受。如果一个女子梳着高鬟，是高贵的形象，这样一个高贵美丽的女子站在哪里？李商隐想象真是很妙，"桃"是桃树、桃花，一种植物，它没有头发，桃树不能够梳一个鬟髻在头上。在恍惚之中，当追寻不得而向往的时候，仿佛真的看见了那个人，看见一个高鬟的女子站在那里。李商隐把桃树想象成一个女子，所以桃树上的万朵繁花就仿佛女子头上插的花一样，正如温庭筠《菩萨蛮》所说："照花前后镜，花面交相映。"

可是这只是暖霭辉迟之中的一个幻影，不是真实的。他后面马上就接下来："雄龙雌凤杳何许，絮乱丝繁天亦迷。"真的找到一个这样的对象了吗？"龙"和"凤"是一个对比，"雄"和"雌"是一个对比，不管是雄龙或者雌凤，是男性是女性，都没有找到应该找到的对象，那么渺茫，究竟在哪里？当追寻了很久，仍然找不到一个可以投注的对象的时候，他说"絮乱丝繁天亦迷"。你看看外边的景物，到处零乱飞舞的柳絮、到处飘荡的游丝，这种人间的絮乱丝繁的迷惘真是有代表性，这种失落是"天亦迷"。李商隐的诗有追寻有失落，失落了还是要追寻。他的《春日寄怀》有两句诗："纵使有花兼有月，可堪无酒更无人。"大自然对得起我们，大自然有花，大自然也有月，纵然大自然有花兼有月，可是我们人间有什么？"可堪无酒更无人"，我们既没有酒也没有人，白白地有大自然这样的美景。李太白有花，"花间一壶酒"，但是无人，"独酌无相亲"，他一个人在饮酒，没有一个对象，没有一个倾诉的人，没有一个相知的人。但是李白不像李商隐，他在"花间一壶酒，独酌无相亲"的孤独寂寞之中，还要"举杯邀明月"。李太白是一个在失落之中仍然要飞起来的人，而李商隐不是。

"醉起微阳若初曙，映帘梦断闻残语"，当醉后初起的时候，天边还有一点残阳，虽然只是那么黯淡的余晖，但是在李商隐看起来，那是破晓的日光。怎么能够把我的追寻放弃呢？我虽然没有追寻到，可是在我的意识之中它就在我的眼前、身旁。如同杜甫《梦李白》所说："落月满屋梁，犹疑照颜色。"又仿佛韦庄的《女冠子》词说："昨夜夜半，枕上分明梦见，语多时。依旧桃花面，频低柳叶眉。"然而这都是假象，是梦中的形象、梦中的声音。

接下来他说"愁将铁网罥珊瑚，海阔天翻迷处所"，我满怀着哀愁，一定要把我所找的那个人找到，用什么方法去找？我要用一面坚固的铁网把海底的珊瑚捞上来。我果然能够把珊瑚捞上来吗？茫茫的大海，渺渺的长空，哪个地方我可以下网找到珊瑚的所在？在这种失落的悲哀之中，他说："衣带无情有宽窄，春烟自碧秋霜白。"《古诗十九首》上说："相去日已远，衣带日已缓。"我所怀念的那个人没有找到，所以我因他而憔悴。柳永的《蝶恋花》词说："衣带渐宽终不悔，为伊消得人憔悴。"一个人的憔悴消瘦在哪里见到？就在腰带越来越松的情况中见到。"衣带无情"，因为它已经有了宽窄的变化，明明告诉你又憔悴了、又消瘦了。《古诗十九首》还说："思君令人老，岁月忽已晚。"人的生命是有限的，等待是无限的，而且你的等待、你的悲哀、你的寂寞，又有谁来关心？"春烟自碧秋霜白"，春天的烟霭迷蒙，烟柳、烟草，一片春色碧绿的风光；当凉露为霜的时候是"秋霜白"，那么洁白的满地的秋霜。由春到秋，由春烟的碧到秋霜的白，诗人的生命就销蚀在这烟之迷蒙和霜之冷漠之中。

李商隐还写过一首咏蝉的诗："本以高难饱，徒劳恨费声。五更疏欲断，一树碧无情。"碧绿的树叶是无情的，因为它并不关心蝉的寂寞或是生命的短促。生命销蚀的痛苦就好像遭遇研磨擘裂一样，所以李商隐接下去说："研丹擘石天不知，愿得天牢锁冤魄。"《吕氏春秋》上说"丹"是朱砂，你可以把它研碎了而不改其赤，红颜色永远不改变；石头你可以把它劈开，而石头本性的坚固永远存在。陆放翁《卜算子》中说："零落成泥碾作尘，只有香如故。"

如果是梅花，有梅花的香气，就是它零落在地上，被车马轧成了粉碎的尘土，它的香气也是存在的。"研丹擘石"，丹的红色是不改变的，任凭多少苦难把它研碎仍不改变；任凭谁把石头劈开了，石头的坚硬也不会改变。但是这种坚持、这种痛苦有人了解吗？"愿得天牢锁冤魄"，这样一个烦冤的、痛苦的魂魄找不到安顿的所在，我知道上天有一个天牢，我愿意到天牢里去。这是一个痛苦的追寻，因为春天是短暂的，追寻也终于落空了。所以他说："夹罗委箧单绡起，香肌冷衬琤琤珮。"有一天连那"风光冉冉"的春天也走了，春天所穿的夹衣放到箱子里收起来，把夏天所穿的薄的纱衣穿上。夏天的感觉是从衣服上感觉的，从皮肤上感觉的，这个女子脱掉厚重的衣服，她的肌肤和她的佩玉接触在一起，夏天真的到来了，这个时候才真正感受到春天永远消失了，真的是没有了。接着他说："今日东风自不胜。""东风无力百花残"，春天再也不能返回来了。春天到哪里去了？"化作幽光入西海。"大自然的春光、人的春心都到哪里去了？化作一片幽光，那么幽深，那么黯淡，那么渺茫，最后连这个幽光也消失了，消失到碧海——茫茫的碧海，深沉的碧海，无底可寻的碧海。东风是向西吹的，所以是"化作幽光入西海"，永远地消失了。

我说过这样的诗很难拿具体的历史事件来说明，但是我们可以从诗的显微结构（Microstructure）、从它的语言符号来感觉它的一种品质。现在回头来看，我们不能只讲这种渺茫的、任其自由假想的解释。有人说这个不算学问，只是你凭着自己的感觉随便在说。那么李商隐为什么会有这样的感情？这四首诗之标题"燕台"二字的取义究竟何在？我们要结合李商隐的生平才能真正追寻到《燕台四首》之中的真意。

李商隐生在唐宪宗的时代，死在唐宣宗的时代。他先后经历了宪宗、穆宗、敬宗、文宗、武宗、宣宗几个皇帝。他死的时候虚岁四十六岁，实岁只有四十五岁。短短四十几年就换了六个皇帝。他生在晚唐，那个时候唐朝已经没落了，外面有藩镇之患，里边是宦官专权，朝廷上有政党之间的党争。大臣的升降不是真正由皇帝做主，就连皇帝自身的生杀废立都操纵在宦官手里。这是他生活的时代背景。

李商隐是河南人，他是家里的长子。他的父亲李嗣是一个小小的官吏，曾经在浙江附近的获嘉做过官，后来死在浙江了。李商隐写过一篇《祭裴氏姊文》，他说："某年方就傅，家难旋臻。"我的年岁应该是跟老师去读书的时候，我们家庭的灾难转眼就来到我的头上。一个八九岁的男孩子，作为家庭的长子，他要负担起家庭的一切责任和苦难。"躬奉板舆，以引丹旐"，他作为一个长子就要把他父亲的灵柩从南方的浙江运回到北方的河南去。当他回到故乡的时候，"四海无可归之地，九族无可倚之亲"。守丧三年，三年期满，"旨甘是急"。父亲死了，母亲还要奉养，他就"占数东甸"，"佣书贩春"，给人做抄写、春米的工作。李商隐是从这样的生活过来的，他读书真是苦读，十几岁写的文章已经极有可观了。史书上说他十几岁的时候就写过《才论》《圣论》，我们就可以知道李商隐所追寻的是"才""圣"。什么叫作"圣"？什么真的是"才"？他所追求的是人生的一个基本问题。

当李商隐十七岁左右的时候，有一个到河南做官的人叫作令狐楚，欣赏他的才华，对他非常好。后来令狐楚做到天平军节度使，就把年轻的李商隐带到他的幕下。令狐楚教给他说，现在社会上、官场上流行的不是古文，是骈文。晚唐时候流行骈体文，连奏疏都是用骈体文。令狐楚就教李商隐写骈体的文章。李商隐参加过几次科举考试，结果都没有考上。有一年一个叫高锴的主持科举考试，令狐楚的儿子令狐绹也在朝廷之中做官，高锴就问令狐绹："八郎啊，谁是你最好的朋友？"令狐绹排行第八，人家称他八郎。令狐绹说是李商隐，而且说了三次，这一年李商隐就考上了。李商隐考上以后，本来还可以回到令狐楚部下去的，可是令狐楚不久就死了。

　　令狐楚死了以后，李商隐去参加了他的丧事。在令狐楚的丧事后回到长安的途中，李商隐写了一首长诗《行次西郊作一百韵》。李商隐早期所写的诗很多都是感慨政治的，甘露之变以后他写过一首《曲江》："望断平时翠辇过，空闻子夜鬼悲歌。"当时诛戮的人真是非常多，听见的都是鬼哭神嚎。李商隐从小就是一个有才华、有志意的人，关心朝廷和政治，可是他经历的是皇帝被宦官杀死，朝廷上的百官大臣也在甘露之变中被纷纷诛戮，在《行次西郊作一百韵》之中，他将百姓的痛苦、盗贼的强悍、自己的悲愤写了出来。

　　我们前文只说到令狐楚，李商隐考中进士是令狐绹给他做的推举，他考中进士的那一年令狐楚就死了。当时有另外一个官员叫王茂元，欣赏他的才华，于是就招纳他为女婿，把女儿嫁给了李商隐。我们知道晚唐的朝廷是充满政治斗争的，王茂元是属于李德裕李党的，令狐楚他们家是属于牛僧孺的牛党，在牛李的党争之中，李商隐是一个年轻人，他有才华，被令狐楚赏识了，也被王茂元赏识了，他没有意识到就陷入了党争之中。李商隐一生仕宦不得意，漂泊在天平、兖海、桂管、武宁、东川各地的幕府之中。我现在每一次看到李商隐的《樊南文集》，就替李商隐难过。你看李商隐的诗写得多么有才华、有志意，你再看他那些文集里边收的是什么？都是给他那些府主写的应酬文字，真是一生怀抱未能酬。他到四十多岁的时候，令狐楚虽然死了，而他的儿子令狐绹在宣宗时代做到了宰相的高位，一做就是十年之久。可是现在李商隐这样失意，令狐绹没有一点同情，这是党争的恩怨。李商隐曾几次向令狐绹陈情，希望令狐绹能够谅解他，希望他们能够恢复旧日的感情。但是令狐绹终于还是不谅解，这个误会一直存在。

李商隐也有诗可以证明，他写过一首《九日》："曾共山翁把酒时，霜天白菊绕阶墀。"他是怀念令狐楚，令狐楚当年非常欣赏他，总把年轻的、有才华的李商隐带在身边。"曾共山翁把酒时"，我记得当年跟我的府主、我的恩主令狐楚在一起喝酒的时候，我是陪侍在旁边。"霜天"，已经是秋天了；"白菊"，白色的菊花长满在台阶的旁边，是秋天的景色。"十年泉下无人问"，令狐楚已死了十年，埋葬在九泉，过去那一段恩情没有人再记得，我也无从再诉说。"九日樽前有所思"，但是每当重九节我看到霜天白菊，都会想到从前，所以是"十年泉下无人问，九日樽前有所思"。最后两句说："郎君官贵施行马，东阁无因得再窥。""郎君"是年轻的小伙子，这里指的是令狐楚的儿子令狐绹。令狐绹现在做了宰相，为什么令狐绹在宣宗朝能够做那么长久的宰相？宪宗死后，中间经过好几个皇帝，穆宗、敬宗、文宗、武宗后才是宣宗，宣宗是宪宗的儿子。宣宗即位以后，当时白行简做宰相，有一天宣宗就问他，他说我记得我父亲去世，灵柩运去进葬的时候，忽然间来了暴风雨，所有送葬的人都跑去避雨了，只有一个"顾身长髯"的人还陪伴我父亲的灵柩没有离开。这个情景给宣宗留下非常深刻的印象，他就问白行简那个人是谁？白行简说那个人是令狐楚。他又问令狐楚有儿子吗？白行简说有，叫令狐绹。又问令狐绹在哪里？说令狐绹在外面，宣宗说把他调回来。令狐绹被从外面调进京城委以政事，做到宰相，而且一做就是十年。李商隐现在落到了这样的境地，令狐绹却无动于衷，毫不同情。

李商隐还有一首《昨夜》："不辞鹡鸰妒年芳，但惜流尘暗烛房。昨夜西池凉露满，桂花吹断月中香。"他的愤慨怎么表达？王茂元当年对他也不错。当他的岳父、他的妻子死了以后，他还到岳父家里去过一次。他也写过一首诗《正月崇让宅》，那是写得很妙的一首诗，中间有很妙的两句："蝙拂帘旌终展转，鼠翻窗网小惊猜。"写他在岳父家里见到蝙蝠在帘子上飞过，蝙蝠是夜里才出来的，那种黑暗、那种隐曲的感觉就表现了出来；老鼠在窗边走过，引起他的惊心。他为什么要写这样的诗句？李商隐的意思是说他在党争之中处于夹缝里边，结果牛党的人鄙弃他，李党的人也鄙弃他，所以他一生都不得志。有人就从他的诗中猜想，可能王家的人后来对他也不好，要不然他为什么写这样的诗。"不辞鹡鸰妒年芳"，"年芳"是一年的芳华，最美好的日子，万紫千红的。"鹧鸪"，屈原《离骚》上说："恐鹧鸪之先鸣兮，使夫百草为之不芳。"我恐怕鸟叫的时候，所有的花草就零落了。李商隐非常执着，他不逃避。"不辞鹧鸪妒年芳"，鸟叫使一年的芳华都零落了，我所逃避的不是这个，"但惜流尘暗烛房"，我所悲哀、所惋惜的是蜡烛的烛心被尘土遮暗了。人总会老死的，美好的事情总是会消失的，所以"不辞鹧鸪妒年芳"，我如果消失了，这没有什么，人生自古皆有死，我所惋惜的是为什么我的心迹不能够表白，为什么我内心深处这一份情意没有人可以体会，可以谅解？"昨夜西池凉露满"，"西池"也可能真有一个西池、但是在诗歌里边习惯用"东"指日出之地，表示兴旺的、茂盛的、有希望的；"西"指日落之地，表示衰微的、隐晦的、衰飒的，是不是真有一个西池并不重要。在这首诗的感情背景之中，他选择了"西"，"昨夜西池凉露满"。"桂花吹断月中香"，相传月中有桂花树，可是月中桂花的香气被寒风吹断了，人天之间永远隔绝，那个香气我再也不能感受到，李商隐一生就在这样的哀怨之中。

李商隐还有一首《赋得鸡》："稻粱犹足活诸雏，妒敌专场好自娱。可要五更惊晓梦，不辞风雪为阳乌。"对于"鸡"，前人的解释有很多种，我只说我的感觉。名字叫作鸡，那么鸡的职责是什么？左思《咏史》说："铅刀贵一割。"你虽然是一把铅刀，但是你的名字既然叫作刀，你总要有一个刀的用处。你这一辈子一刀都没有切下去，你凭什么叫作刀啊？如果叫作鸡，鸡就应该报晓，可是现在鸡一只只都在做什么？"稻粱犹足活诸雏"，只知道争食，自己吃饱了还不算，还替子孙收集了很多。而且收集这些粮食的时候，是"妒敌专场"，对于对手是嫉妒的，都想自己霸占。"好自娱"，以这为他们的快乐。"可要五更惊晓梦"，你还记得作为鸡的职责吗？你可知道你要在天还没有亮的时候，把黑暗之中睡梦中的人叫醒。"不辞风雪为阳乌"，不怕寒风冰雪，你要出来报晓。传说太阳里面有一只三足乌，叫"阳乌"，就是太阳。难道你就只是为了抢粮食？你还要尽到你的责任。可见李商隐是一个有才华、有理想，关怀政治、关怀社会、关怀老百姓的人，他平生不得志，才写了这样悲哀愁苦的诗篇，而且很多愁苦还不能明白地表达。因为令狐家是他知遇的恩人，王茂元是他妻子的父亲，他有很多痛苦没有办法向人述说。所以崔珏写《哭李商隐》说："虚负凌云万丈才，一生襟抱未曾开。"他真是有才情，然而一生都不得志，这就是李商隐。

春天已经走了，夏日来临，李商隐笔下的夏天是什么样的？其"夏"诗曰：

前阁雨帘愁不卷，后堂芳树阴阴见。石城景物类黄泉，夜半行郎空拓弹。绫扇唤风阊阖天，轻帷翠幕波洄旋。蜀魂寂寞有伴未，几夜瘴花开木棉。桂宫留影光难取，嫣薰兰破轻轻语。直教银汉堕怀中，未遣星妃镇来去。浊水清波何异源，济河水清黄河浑。安得薄雾起缃裙，手接云軿呼太君。

普通人写夏天，是写夏天的炎热、夏天的阳光，李商隐写的是一个阴雨的夏天。"前阁雨帘愁不卷"，从房子的前面望去是"雨帘愁不卷"。"雨帘愁不卷"用西方的诠释学、符号学来讲有两种可能：一是说帘前果然有雨，真有一个帘，帘前有雨，那当然是雨帘；二来也可以说下雨像帘一样。如果"雨帘"有两种可能，"愁不卷"就有两种可能：如果真是有帘，帘外有雨，而帘没有卷起，这就是"前阁雨帘愁不卷"，不卷的就是这个帘；可是如果说这个帘根本就不是我们平时挂的帘，而是雨形成的帘，雨幕如帘，这就是说雨一直没有停。"后堂芳树阴阴见"，从后面看过去，后堂有芳树。"芳"是芬芳的、美好的，"芳"可能是有花，即使没有花的话，也是满枝绿叶，长得那么森茂的树。"阴阴"就有两种可能：一是树荫茂密的样子，同时也是阴暗的样子。树是美好的、茂密的，也是阴暗的。在夏天，尽管应该是炎热的、明亮的，可是在李商隐看来是"前阁雨帘愁不卷"，也不是完全的阴暗，还有"后堂芳树阴阴见"。我们前文讲"显微结构"，就是在这种错综复杂的感受之中一种微妙的感觉。

他后面接着写："石城景物类黄泉，夜半行郎空柘弹。""石城"有两种可能：一个"石城"说的是"石头城"，指的是南京；另外的一个"石城"指的是湖北的竟陵。竟陵这个石城之所以出名，是因为这里有个女孩子叫作莫愁。《旧唐书·音乐志》记载，石城有女子叫作莫愁，当时有个歌谣："莫愁在何处？莫愁石城西。艇子打两桨，催送莫愁来。"这个女子叫莫愁就很妙了，莫愁就是没有忧愁，这都是一种语言符号微妙的作用、微妙的联想。"石城"应该是美好的，石城的女子也是美好的，何况她的名字又叫作"莫愁"。"石城景物类黄泉"，本来莫愁应该是没有忧愁的、快乐的，可是现在为什么石城的景物看起来就跟黄泉一样阴暗？黄泉是在地下，九泉之下，为什么这么美好的、人间的石城景物就类黄泉了呢？应该是光明的夏天，他却说"前阁雨帘愁不卷，后堂芳树阴阴见"；"夜半行郎空柘弹"，"柘"是一种树，木质非常有弹性，用这种树木做成的弓叫弹弓，它跟普通的弓不一样。普通的弓是射箭的，弹弓是用弹丸弹射的，用来打鸟的。关于打鸟的弹丸也有一个典故，《西京杂记》上记载："长安五陵人以柘木为弹，真珠为丸，以弹鸟雀。"可见打鸟的年轻人都是贵族公子。《晋书》上记载，晋朝有一个诗人叫作潘岳。在中国的诗人里面有的以容貌的美丽著名，也有的以容貌的丑陋著名。比如王粲有人说他比较丑，而潘岳则是貌美的。潘岳年轻时常常带着弹弓出去游赏打猎，道旁的妇女看到他就把他围起来，把鲜果都丢到他的车上。潘岳是一个美貌的男子，他如果白天出去，大家看见他都来欣赏，可是现在呢？"夜半行郎空柘弹"，虽然他是美貌的年轻人，身手好，可是夜半出来，白白地柘弹了。王国维《浣溪沙》说："万事不如身手好，一生须惜少年时。"少年的时候有好的身手，出去大家都赞美，岂不是很好的事情？可是现在是"夜半行郎空柘弹"，没有一个人看见你。这是第一段，写的是在炎夏之中的阴暗，一种不得知赏、不得知遇的寂寞和悲哀。

　　"绫扇唤风阊阖天，轻帷翠幕波洄旋。蜀魂寂寞有伴未，几夜瘴花开木棉。"夏天来了需要扇子，"绫扇"是用帛绫做的扇子，最美丽、最珍贵的扇子。"绫扇"当然是扇风用的，而这里李商隐不说扇风，而说"唤风"，这个用字就很妙。他真是有自己个人的感受，不一定用固定的说法。"唤风"是形容绫扇的摇动好像一种呼唤，把天上的风都召唤下来了。"阊阖"就是天门，如果天上的风被你呼唤下来了，怎么样？"轻帷翠幕波涵旋"，帷幔是用最薄的丝织品做的，帐幕是美丽的帐幕。杜甫《伤春》说："天青风卷幔，草碧水通池。"从天上下来的风很飘拂，把帐幕都吹起来了，当翠色的轻帷帐幕在风中摇荡的时候，就好像一股水波在涵旋。在这样美丽景色中的人呢？"蜀魂寂寞有伴未，几夜瘴花开木棉。"杜鹃鸟叫的时候春天就迟暮了，夏天来了。《离骚》说："恐鹈鴂之先鸣兮，使夫百草为之不芳。""蜀魂"指的是杜鹃，杜鹃是啼血的，传说杜鹃是蜀国望帝的魂魄所化。望帝失去了自己的国家化为杜鹃鸟，它一直啼叫着"不如归去"，而且啼到滴血出来。"蜀魂寂寞有伴未"，你那种悲哀的呼唤有人回答吗？有人理解吗？"几夜瘴花开木棉"，"瘴花"是南方的花，南方有一种高大的植物叫木棉，这都是切合夏天的景物来写的。

从白天到了晚上，他说："桂宫流影光难取，嫣薰兰破轻轻语。"李商隐的用字是很妙的。有的诗人像李贺，我们前文举的还是他比较通顺的句子，他有的诗句如《金铜仙人辞汉歌》："画栏桂树悬秋香，三十六宫土花碧。"这就不是用认知的符号写出来的。他说，画栏桂树上悬挂着秋香，秋香是什么？是桂花。可是他不说桂树上开了花，他说"画栏桂树悬秋香"。"三十六宫土花碧"，土花是什么？是青苔。他用了很多不常见的符号，字句之间给人一种朦胧的感觉。再看李商隐写的"桂宫留影光难取"，"桂宫"是指月宫，我们都知道月亮里面有桂花树，从月宫里面洒下来的光影，如水一样。虽然月光留下的影子很美，但是月光你能够留住吗？不能。因为它只是光与影，所以是"桂宫流影光难取"。有一种追寻好像可以追到，但是又没有追到，又好像听到了，听到的是"嫣薰兰破轻轻语"。"嫣"是美丽的，"薰"是芳香的，"兰破"是兰花绽开。花好像有一种语言，那嫣然美丽的、带着清香的兰花在绽放。在这种情景之中，"桂宫流影"的美丽、"嫣薰兰破轻轻语"的亲切，这是一种象征。如果有这样的光影、这样的声音，我真的想把它抓住，把它握在我的手中，拥入我的怀中。我要追寻，"直教银汉堕怀中"，我想把天上的银河拥入我的怀中。"直教"是它并没有堕入我的怀中，是我想要让它堕入我的怀中。"未遣星妃镇来去"，"星妃"指的就是织女，"镇"是常常，她常常来了那么短时间就走了，如果真的能够按照我的愿望把她留住的话，我就不要"星妃"总是匆匆地来又匆匆地走。我们可以看出李商隐跟李贺就是不同，李贺用很生疏的字面，可是他不带有感情在里面，李商隐带有感情在里面。

他后面说："浊水清波何异源，济河水清黄河浑。"我毕竟没有能够把银河拥抱在我的怀中，因为我们本来是不同的，不能够在一起，一个是"浊水"，一个是"清波"。你要知道诗人用字各有重点，有的时候重点在"清""浊"，比如杜甫的《秋雨叹》："去马来牛不复辨，浊泾清渭何当分？"杜甫的重点在于清、浊，他是用这样的诗句来慨叹当时朝廷的政治。可是李商隐这里重点不在清、浊，李商隐用清和浊来表示不同的性质、不同的归属。一个是浊水，一个是清波，源头不同，走的方向也不同，济河和黄河的方向是不同的。可是他还是不能放弃，一直要追寻，"安得薄雾起缃裙，手接云轸呼太君"。怎样才能在不同之中找到并结合在一起呢？有一天我真的把那个女子迎来了，当她来的时候，她穿着那样轻飘、那样美丽的"缃裙"。"缃"是一种淡黄的颜色，那么娇柔的颜色，好像带着一种薄雾的样子。当她到的时候，我亲自来迎接她的云轸。"云轸"是仙女乘坐的车，"太君"是神话中对仙女的称呼。但是在这所有的事情前面他加上了一个"安得"，"安得"正是未得的意思，所以这就只是李商隐的一种向往而已。

后面就到了秋天。为什么李商隐要写春、夏、秋、冬呢？我个人以为春、夏、秋、冬是一种循环，一年四季不断地追寻，那种周而复始、不停止的追寻。

再来看"秋"：

月浪衡天天宇湿，凉蟾落尽疏星入。云屏不动掩孤颦，西楼一夜风筝急。欲织相思花寄远，终日相思却相怨。但闻北斗声回环，不见长河水清浅。金鱼锁断红桂春，古时尘满鸳鸯茵。堪悲小苑作长道，玉树未怜亡国人。瑶琴愔愔藏楚弄，越罗冷薄金泥重。帘钩鹦鹉夜惊霜，唤起南云绕云梦。双珰丁丁联尺素，内记湘川相识处。歌唇一世衔雨看，可惜馨香手中故。

人们都说秋天的月亮是最明朗的，当秋天的时候，看天上的月亮是"月浪衡天天宇湿，凉蟾落尽疏星入"。有的版本是"冲天"，"冲天"也未尝不可，可是我感觉"冲"字的力量太强大了一点，而这个"衡"字通横过去的"横"字，所以是"月浪衡天"。我们都说月光如水，月光好像是水的波浪，布满了整个天空。如果我们把月光比作水，而它横布在天上，感觉好像要滴下来，"天宇湿"，连天边都湿了，真是觉得月光像水，从天上到地面都被月光给沾湿了。"月浪衡天天宇湿"，只是说月光很美。"凉蟾落尽疏星入"，"蟾"代表月亮，我们说月亮里面有蟾蜍，就把月宫叫作蟾宫。秋天的月亮当然是凉月，当月亮落尽的时候，天上还有一片疏星，"入"是从天上，从窗外进到窗里来。

"云屏不动掩孤颦"，这个女子在房中整夜未眠，看到"月浪衡天天宇湿"，直到"凉蟾落尽疏星入"，云屏所遮掩的是那个孤颦女子忧伤的面貌。李白有一首《怨情》诗："美人卷珠帘，深坐颦蛾眉。但见泪痕湿，不知心恨谁。"李太白写的也是一个女子的颦眉，这个女子在云母屏风之内，在深闺之中孤独与忧伤。作者不但有所见，还有所听，"西楼一夜风筝急"。我们常常说，在中国的古典诗歌之中每个字都有它的感情，它的暗示。"风筝"现在是小孩子在天上放的，但古人所说的"风筝"是一种会因风而鸣的檐间铁马之类，风一吹就响的，挂在窗前。在秋天的西楼，当你看尽了这一夜，而到了"凉蟾落尽疏星入"的时候，你所听到的是风筝的声音，在这样环境之中的女子是"欲织相思花寄远，终日相思却相怨"。相思之情当然是美的，像花一样美，她就要把她所有相思的感情都织到花纹里面，织成一朵美丽的花，寄给远方所怀念的人。"终日相思却相怨"，整日的相思，内心都充满了哀怨。相思为什么要相怨呢？我想这从《红楼梦》里林黛玉的身上就可以看出来，黛玉对宝玉有很深的感情，可是她每次见到宝玉，两个人常常就会争吵起来，正是因为爱之深才会有怨，没有爱就没有怨，所以"终日相思却相怨"。

"但闻北斗声回环，不见长河水清浅"，这样的相思就会有这样的哀怨，她在楼上能够听到天上北斗星的转动。杜甫有一首《同诸公登慈恩寺塔》："七星在北户，河汉声西流。"他说北斗星就在我的窗外，我听得见天上银河的声音。我们知道地球有自转、公转，所以你看北斗星斗柄所指的方向是不停地改变的，它一夜要转很多方向，一年也要转很多方向。北斗不停地在转也就是光阴不断地消逝，积时成日，积日成月，积月成年，这么长久的相思，这么长久的哀怨。银河可以喻我们之间的阻隔，那么天上的银河能不能云清水浅呢？使我们不用鹊桥就可以过去。"北斗声回环"，这么长时间过去了，可是银河的水并没有浅。我们还是如《古诗十九首》所言："盈盈一水间，脉脉不得语。"

"金鱼锁断红桂春，古时尘满鸳鸯茵。"古时候的人把锁都做成鱼的形状。为什么要把锁做成鱼的形状呢？据说鱼这种动物从来是不闭眼睛的，所以把锁做成鱼的形状它就会整夜地看守家门。而金鱼锁的什么呢？"金鱼锁断红桂春"，"桂花"这么芬芳的花，"红"这么美艳的颜色，"春"这么美好的季节，所有的美好的事物，都被金鱼给锁断了。"古时尘满鸳鸯茵"，"鸳鸯茵"也是美好的，可是上面已经布满了尘土，证明长久以来就没有人睡在上面。李商隐写那种孤独寂寞的感觉真是写得好，那不是一天的尘土，是"古时尘满鸳鸯茵"。

"堪悲小苑作长道，玉树未怜亡国人。"他说我们所悲哀的是小苑都作了长道。"小苑"，杜甫诗说"芙蓉小苑入边愁"（《秋兴八首》），"芙蓉苑"是美好的花园，是皇帝的宫苑。可是有一天国家灭亡了，皇帝的宫苑毁弃了，当年的宫苑都变成了行人大道。这真是可悲哀的，人世间的沧桑变化，盛衰兴替，多少事情都过去了。"玉树"是用陈后主的典故，陈后主作有《玉树后庭花》，陈后主后来成了亡国之君，李商隐所悲哀的还不仅仅是那个唱《玉树后庭花》的亡国之人，他悲哀的是小苑化作长道。李商隐《曲江》诗说："天荒地变心虽折，若比伤春意未多。"天荒地变也不可悲哀，我悲哀的还是伤春。天荒地变只是一时的变故，伤春是人世间美好事物的消逝。陈后主的亡国只是一个国家的衰亡，可是小苑变成长道是千古的兴亡、千古的盛衰。

"瑶琴愔愔藏楚弄，越罗冷薄金泥重。"阮籍的《咏怀》诗中说："夜中不能寐，起坐弹鸣琴。"当你内心有一种感情，很激动，不能安定下来的时候，你可以弹琴，用音乐来消解。"愔愔"是安和的样子，琴声是很温和的。李商隐说得很妙，他总是把两个相反的东西结合在一起，表面听起来瑶琴的声音是"愔愔"，可是就在外表听起来很安和的琴声里面隐藏了多少悲哀和感慨。"弄"是一个曲调，"楚弄"就是楚调。而自从屈原的《离骚》以来，楚音楚调似乎就一直代表着一种忧愁幽思的音调。陶渊明写诗说"怨诗楚调"，瑶琴的"愔愔"里面暗藏了哀怨的声音。"越罗冷薄金泥重"，李商隐的诗歌就是很奇妙，他用一些语言的符码，而他这些语言的符码都带有很敏锐的感觉、很深厚的感情，给读者一种独特的感受。越地是出产丝罗的地方，"越罗"是那么薄、那么冷。他总是从相反的方向来说，瑶琴愔愔的安和之中藏有楚弄的哀怨，身上的越罗在秋天更加感觉到它的冷薄。我们可以想象女子在弹琴，她所穿的冷薄越罗的衣服上面有非常贵重的金泥的花纹。金之富丽与罗之凄冷是一层对比，金之沉重与罗之轻软又是一层对比，在这两层对比之中表达出李商隐心中极为错综复杂的情意。

"帘钩鹦鹉夜惊霜"，古代有很多贵族的女子在家里养鹦鹉，深更半夜的时候，鹦鹉在寒冷之中会叫起来。"唤起南云绕云梦"，它所呼唤起的是什么呢？"云"是非常渺茫；"南"是南方，温暖的地方，多情的地方，大家都以为南方是温暖多情的，北方是寒冷荒漠的，所以它就唤起"南云"。苏东坡有一首《永遇乐》词："明月如霜，好风如水，清景无限。曲港跳鱼，圆荷泻露，寂寞无人见。紞如三鼓，铿然一叶，黯黯梦云惊断。"苏东坡说"梦云"，梦是渺茫的，难以掌握的，所以梦就像云。"南云"就是梦境，梦到的是什么？"唤起南云绕云梦"，"云梦"就是一个符码，可以引起读者的联想。宋玉的《高唐赋》说楚王在云梦山上遇见神女，"旦为朝云，暮为行雨，朝朝暮暮，阳台之下"。

如果你有这样一个多情浪漫的梦，你就应该想给所爱的那个人写一封信，"双珰丁丁联尺素"，"丁丁"两个字念zhēng，《诗经》里说"伐木丁丁"，形容伐木的声音。"珰"是耳环，因为耳环都是一对的，耳环放在一起发出丁丁的声音，她要把一对耳环寄给她所爱的人。李商隐还有一首《春雨》："怅卧新春白袷衣，白门寥落意多违。红楼隔雨相望冷，珠箔飘灯独自归。远路应悲春晼晚，残宵犹得梦依稀。玉珰缄札何由达，万里云罗一雁飞。"诗中的女子想把她的耳环封在书信里寄给她所怀念的人。"内记湘川相识处"，她在信里面写下他们当年相见的地方。于是很多人就考证李商隐在湘川认识的女子是谁。这是不必的。《楚辞》上有"湘君""湘夫人"，湘川这个地方是非常浪漫的，有想象力的。"歌唇一世衔雨看"，"歌唇"是女子的歌唇。我们分别了，我记忆之中永远能看见她的歌唇，所以我想到她的歌唇的时候，我是带着如雨的眼泪看她，歌唇是那么美丽。这就是李商隐，他总是把两个相反的事情写在一起，有美丽的、浪漫的、多情的一面，也有寒冷的、寂寞的、悲哀的一面。"可惜馨香手中故"，"馨香"那么芬芳美好，"故"，陈旧了、失去了，这当然是可惜的，那样的芬芳美好、那样的珍重爱惜就这样在你的手里面失去了，你亲眼看到了它的消逝。

现在来看最后一首"冬"。

天东日出天西下，雌凤孤飞女龙寡。青溪白石不相望，堂中远甚苍梧野。冻壁霜华交隐起，芳根中断香心死。浪乘画舸忆蟾蜍，月娥未必婵娟子。楚管蛮弦愁一概，空城罢舞腰支在。当时欢向掌中销，桃叶桃根双姊妹。破鬟倭堕凌朝寒，白玉燕钗黄金蝉。风车雨马不持去，蜡烛啼红怨天曙。

李商隐有时候用有感情的字样，有时候他没有用感情的字样，也一样带有强大的感发力量，感发的力量不在于他的字样。索绪尔说语言有语序轴和联想轴，有时候感发的力量是从联想轴带出来，有时候也可以从语序轴带出来。"天东日出天西下"，一个"出"，一个"下"，真的是可怕，"天东日出"转眼间就"天西下"，这样无常。有人认为这里面没有一个有感情的字样，但我们同样可以感到强大的感发的力量。"雌凤孤飞女龙寡"，看他的用字，一个是"凤"，一个是"龙"，类别是不同的；"雌"是女，"女"也是女，性别是相同的，"雌凤"和"女龙"在不同类别而相同性别的情形之下的不幸则是共同的，所有的单一的性别都是孤独的，"雌凤"是孤飞，"女龙"是孤寡。"青溪白石不相望"，古代有《青溪小姑》的曲调，青溪边有一个美丽的女子；"白石"，有一个曲调叫《白石郎》，"白石"是一个美丽的男子。龙凤、雄雌应该匹配，可是"雌凤孤飞女龙寡"，青溪边美丽的女子应该跟白石这样美丽的男子匹配的，可是"青溪白石不相望"，两个人永远见不到。"堂中远甚苍梧野"，"苍梧"是舜死的地方，舜南巡就死在苍梧的野地里。古人写的乐府歌曲里面有《远别离》《今别离》《生别离》《永别离》等各种离别的歌曲，而李太白的《远别离》写的是帝舜与娥皇、女英的离别。人间的离别有的是生别，有的是死别，就算是死了也会把尸骨运回来。可是舜是死在苍梧之间，葬在九嶷山上，不用说尸骨没有回来，就连坟墓都不知道在哪里！所以娥皇、女英在湘水边哭泣，泣竹成斑，那是一种什么样的离别呢？李商隐说："堂中远甚苍梧野。"本来堂中应该非常近，可是就在这么近的"堂中"，竟然好像比生死隔绝的苍梧的山野还要遥远，这种隔绝与孤独真是写得很好。

"天东日出天西下"的无常，"青溪白石不相望，堂中远甚苍梧野"的隔绝。那么在隔绝之中怎么样？已经到了冬天，"冻壁霜华交隐起，芳根中断香心死"，墙上冻了有"霜华"，是"冻壁"。墙壁本来就是一种隔绝、封锁，那么寒冷的封锁，李商隐写得那么美，用的是"霜华"。凡是大自然的结晶都有一种六角的花纹，霜也是"霜华"，跟雪花一样，都有一种花纹；"交隐"，交叉错综的、隐约的；"起"是一层一层增加霜的厚度，那么浓密地交隐在一起的霜华。这样寒冷的冬天在这样的隔绝之下，有情的生命再也无法延续了。"芳根中断香心死"，李商隐说得真是无可奈何，一切都断绝了，连根都断了，从它最中心的一点就中断了。

这样芬芳美好的生命竟然连根都中断了，落到这样的下场，那么还有什么可以值得我们期待信赖的呢？所以李商隐说："浪乘画舸忆蟾蜍，月娥未必婵娟子。""浪"是徒然的，你不是向往天上的月亮吗？你不是一直在怀念蟾蜍吗？蟾蜍代表天上的明月，你说月光如水，你如果能够坐着一艘画船到月宫去就一定要找到那美丽的嫦娥。"浪乘"，你白白地坐着画船，你白白地怀念嫦娥。不但是得不到，就是找到了，"月娥未必婵娟子"，也许跟你想的不一样。我们只是说有一个理想没有找到，李商隐却说就是你找到了，也未必是你当初所想象的。我的老师顾随先生写过一首《浣溪沙》词："谁信今朝花下见，不如夙昔梦中来，空花今后为谁开。"从前我总是在梦中梦到，"谁信今朝花下见"，没有想到今天真的在花下见到了，但是跟我梦中所想的不一样，"不如夙昔梦中来"，不如我从前梦中的感觉，从前这个梦是空幻的，现在真是见到了就感到失落，

"空花今后为谁开"，连空花都幻灭了。"浪乘画舸忆蟾蜍，月娥未必婵娟子"，写得非常绝望，本来还有一个理想，有一个追寻，现在说理想追寻不到了，就算追寻到了，也未必就真是你的理想。

"楚管蛮弦愁一概，空城罢舞腰支在"，不管你弹的什么音乐，是管乐还是弦乐，是楚的音乐还是蛮的音乐。"楚管蛮弦"，于是有人就考证这个女子是不是到了楚地，到了江南。李商隐想要表达的不是这个意思。正如我前文所说，一个诗人当他用字的时候是有他的情意的。李商隐说"济河水清黄河浑"，他的重点不在清浊而在两个不同的类别；可是杜甫用"浊泾清渭何当分"，他的重点就在清浊。所以你不一定要考察济河在哪里，那个女子在不在济河，在不在黄河。楚在哪里？蛮在哪里？那个女子是不是到了楚的地方？"楚""蛮"是两个不同的地方，"管""弦"是两种不同的音乐，不管是"楚管"也好，"蛮弦"也好，"愁一概"，无论用什么样的乐器，演奏什么地方的音乐，悲愁是相同的。"空城罢舞腰支在"，舞是给人看的，舞的地方在哪里？舞的地方怎么在空城，空城是给谁看的？姜白石有一首题为《灯词》的诗说："灯已阑珊月气寒，舞儿往往夜深还。只因不尽婆娑意，更向街心弄影看。"你是舞在空城之中，不仅是空城，而且还是"罢舞"，如果没有看的人，也就没有舞了，尽管你不能再舞了，但是你的腰支仍在。这就是陆放翁《卜算子》说的："零落成泥碾作尘，只有香如故。"杜甫《寄彭州高三十五使君适、虢州岑二十七长史参三十韵》说："老去才难尽，秋来兴甚长。"尤其不能放弃你曾经以为珍贵美好的东西，你一直没有放弃，"空城罢舞腰支在"。

"当时欢向掌中销"，当年的那些欢笑都消失了，在你的掌中消失了，在你的掌中也没有办法把握住。"桃叶桃根双姊妹"，苏雪林女士认为这一定是两个女子，是姐妹，是皇宫里的飞鸾、轻凤。其实"桃叶桃根"跟"楚管蛮弦"一样，不用考察。他只是用"桃叶桃根"这双姊妹来加重美好东西的消失的遗憾。李商隐还有《端居》一首诗："远书归梦两悠悠，只有空床敌素秋。"我等待远方的书信，书信没有来；我希望今天晚上做一个归家的梦，我的梦也没有成。我只有一张寒冷的空床。所有美好的东西都消失了，剩下的还有什么？"破鬟倭堕凌朝寒。"美丽的字有美丽的字之好处，不美的字有不美的字之好处。李后主《玉楼春》说"晚装初了明肌雪"，"晚装"是严妆，多么完整，一点破绽都没有的美丽，消磨到现在是"破鬟倭堕凌朝寒"，发鬟已经不成形了，"倭堕"是斜下来的，你要用残破来面对什么？"凌朝寒"，夜已经消失了，夜里你怀念的是"浪乘画舸忆蟾蜍"，可现在是清晨，你的"倭堕"的发鬟已经残破不整了，虽然你的发鬟上还有"白玉燕钗黄金蝉"，有那么美好的东西，可是毕竟是破鬟了。"白玉燕钗"是古代一个传说，在《洞冥记》里记载，汉武帝时有一根玉钗放在一个盒子里，等到武帝死了，昭帝继位以后，打开盒子一看，玉钗变成一只白燕飞走了。"白玉燕钗"是美丽的；"黄金蝉"，黄金是一种装饰，蝉形的装饰。现在只剩下那些没有感情的东西，玉钗还在，蝉也还在，但是你却"破鬟倭堕凌朝寒"。

"风车雨马不持去"，本来我们说风雨是阻隔，而李商隐却把风想象成车，把雨想象成马，如果风是车，雨是马，那么奔腾驰骤，是不是能够把我带到我所爱的人那里去呢？希望风变成车，雨变成马，但是风不能变成车，雨不能变成马，只有风雨，只有朝寒，"不持去"，它们不能够把你带走。"蜡烛啼红怨天曙"，这时候长夜将尽，蜡烛也快完了，"蜡炬成灰泪始干"，滴下来的都是红色的眼泪，蜡烛的生命快结束了，天也快亮了。

李商隐与卡夫卡的相似点

我当年在写有关李商隐的《燕台》评论文章的时候，接到一期《现代文学》杂志，那一期中介绍了犹太裔的捷克作家卡夫卡（Franz Kafka）。我就由西方的小说家想到了唐代的古典诗人，我以为他们中间有一些相似的地方。

第一，李商隐与卡夫卡之所以成为出色的文学家是他们本然所禀赋的一种迥异于常人的心灵。他们取胜于人，他们的作品之所以好就在于此。一部作品好有很多的原因，内容、词句、思想、意义等。可是我认为像卡夫卡和李商隐这样的作者，他们取胜于人是因为他们自己最本质的心灵。在那本杂志上刊登了梁景峰翻译的《卡夫卡简介》，他引用了卡夫卡自己的日记，卡夫卡说他自己的创作是"我梦幻般的内在生活的表现"。所以著者就说，像卡夫卡这样的作品，我们不能用理性去领悟，我们追寻它的内容的概要是没有多大作用的，我们只有竭尽我们的心力去体会作者作品之中象征性的语言，它的语言的造型，才能够打开作品来加以探究。我想李商隐的《燕台四首》也正是属于这一类的作品，而这样的作品我们不能够用理性去了解，我们所要追寻的是作品之中的象征性和语言的造型。

第二，卡夫卡与李商隐非常善于把真实生活的体验糅合在自己充满了梦幻的心灵的幻想之中，所以他们的作品往往不是纯粹的写实，也并不是纯然的幻想，更不是出于理性的寓言和托喻。李商隐的诗不是只能以理性来叙写的现实，也不是以狂妄的梦想制造出来的幻境，也不像一般传统的作者用托喻和寓言做出来的有心的安排，他的作品跟卡夫卡的作品一样，是真实的生活在他梦魇般的心灵之中的反映。而就是在这种经过反射的变态的印象之中，我们可以赋予它不同的意思。他们的作品就是在多面感受、多面解说的可能性之中显示了他们所独有的一份特殊的美感。

第三，从读者对他们的态度来说，卡夫卡和李商隐也有某些相似之处。当时那本《现代文学》杂志上有陆爱玲翻译的爱德文穆尔的《卡夫卡论》，文中说："假如有人承认他的优点的话，他便毫无选择余地地要把那些优点列于首席。另一方面也有许多人觉得他无甚优点，且认为竟有如许读者尊他为相当有天才的作家是不可思议的。"李商隐在读者群中所得到的遭遇也大致相同。我想这种情形是因为他们的作品所写的都是一种心灵的感受。所以要想欣赏他们的作品就应该先有一个与他们相接近的心灵，然后才能进入属于他们心灵的梦幻的境界之中去，做出深刻的体会和欣赏。而这种心灵不是每个人都相同的，有的人非常欣赏，有的人完全不能理解。这是略举我个人一时联想所及的卡夫卡与李商隐的相似之处。我自己曾经写过一首题为《读义山诗》的绝句："信有姮娥偏耐冷，休从宋玉觅微辞。千年沧海遗珠泪，未许人笺锦瑟诗。"

我相信世界上果然有一个像嫦娥一样的女子，她"碧海青天夜夜心"，她忍耐了高空的寒冷寂寞，大家不相信怎么会有这样的人愿意过这样的生活；"休从宋玉觅微辞"，李商隐的诗你不用给他牵强比附，去做指实的解说；"千年沧海遗珠泪"，千年之下他的诗篇好像沧海之中留下的一颗珍珠，一颗眼泪，像珍珠一样的眼泪；"未许人笺锦瑟诗"，是不许人给他做笺释、注解的。既然不许做笺注，我说了这么多，也许是劳而少功的事情。

八

*

一位晚清诗人的几首落花诗

中国古典诗歌体式的发展变化

　　《诗经》是我国最早、最纯朴的诗歌，那个时候写诗，有所谓"比兴"之说，像什么"关关雎鸠""桃之夭夭"，都是非常简单的，看见什么就写什么，用以引起一首诗的兴发感动。而且用的都是最简单的形容词。"关关"就是鸟叫的声音，是雎鸠鸟在叫；"夭夭"是少好之貌，看到鲜艳的桃花因而联想到女子年轻而美好的样子。可是诗慢慢地演进下来，后来就有了《古诗十九首》，《古诗十九首》是中国从最简单、最纯朴的四言诗，发展到五言诗开始成熟时候的作品，所以它真是"婉转附物，怊怅切情"（《文心雕龙·明诗》），写得如此之婉转，低回反覆。五言后来就进步到七言了，而中国诗歌在演进之中形成的最为精美的一个体式，就是七言律诗。我曾经简单地介绍过，我说大家都以为中国旧诗的形式、格律，既讲求平仄，又要押韵，好像是很烦琐的，其实不然。我曾经给大家归纳成两个基本的体式，一个就是A式：平平平仄仄，仄仄仄平平；再一个就是B式：仄仄平平仄，平平仄仄平。绝句和律诗就是以这两种形式组合而成。

这种平仄的形式，产生在齐梁之间，由于佛教传入，大家学习佛经的梵唱，才注意到拼音的反切，注意到四声，觉得这样念起来才好听，文学的演进总是伴随着这些作者自己对文学体式的反省。通过这种反省，他们不但发现中国的语言有平、上、去、入四声，而且发现我们的语言是独体单音的。因为是单音，所以我们要讲求平仄；因为是独体，所以我们可以讲求对句。以前有李笠翁的对句，如"天对地，雨对风，大陆对长空"等。怎么样叫对呢？就是词性要相同，名词对名词，动词对动词。"天"是一个大自然的名词，"地"也是大自然的名词，"天"与"地"，词性相同。除词性相同以外，平仄还要相反。"天"是第一声，是平声；"地"是第四声，是仄声，平仄相反。"雨"是大自然的一种现象，"风"也是大自然的一种现象，词性是相同的；"雨"是仄声，"风"是平声，平仄是相反的。"大陆"，一个形容词，一个名词，两个字都是仄声；"长空"也是一个形容词，一个名词，两个字都是平声。我先讲这个，是因为我们本章要讲的是七言律诗，律诗的中间两联一定要求是对句。

我们本章要讲的是一位晚清诗人的《落花》诗，它的体式就是七言律诗。律诗每两句叫作一联，开头两句是第一联，也叫"首联"；第三句跟第四句是第二联，我们管它叫作"颔联"；第五句跟第六句是第三联，我们管它叫"颈联"；最后两句是第四联，叫"尾联"。中间的两联，就是"颔联"和"颈联"，都要求是对句。所以这是我们中国诗里边最为精美、要求最严格的一种体式。这个精美的、严格的要求不是强加在我们的语言文字之上的，而是我们中国独体单音的这种语言本身的特色，我们的语言文字本身就容易形成这样的美感特质。我们一般说的律诗都是八句，五个字一句的就是五言律诗，简称"五律"；七个字一句的就是七言律诗，简称"七律"。那有没有句数更多的呢？十句，十二句，十四句，十六句，或更多句，当它们两句两句都对起来，是不是也可以呢？可以。这样长篇的如果都对起来，就叫作"排律"。可是如果是那么长，而且都要平仄相反，都要词性相同，那就要求得过分严格，让人觉得太死板了，就运转不动了，呆滞了，所以在长短上要要求适中。

在中国诗歌的体裁形式之中，最为精美的就是七言律诗。而晚清时代，也是我们中国传统文化中的旧体诗歌发展到最为精美的一个阶段。因为有过去那么多的作品可以吸收，可以参考，可以继承，所以是它最精美的一个阶段。再以后我们就有了"五四"的文学革命，新文学开始了，写旧诗的人就减少了。如果还继续写下去，中国的旧体诗会不会有更新的成就？这个已经是不能假设、难以想象的了。晚清的时候，诗歌就有两个方向的发展，在同治、光绪年间发展起来的一类旧诗，我们就叫作"同光体"。什么是"同光体"呢？"同光体"这个名字初见于陈衍给沈乙庵（曾植）的诗集写的一篇序言（《石遗室文集》卷九）。陈衍就是晚清著名诗人陈石遗，他曾提出来所谓"三元"之说（《石遗室诗话》卷一）。"三元"指的是什么呢？指的就是"开元"，盛唐的开元年间，李白、杜甫都是开元时代的；"元和"，中唐的"元和"年间，像韩愈这些诗人的时代；"元祐"，北宋"元祐"年间，苏东坡、黄山谷这些人的时代。所以我们从他提出"同光体"，而且提出所谓"三元"说，我们就知道他们追求的是一个融汇唐宋，兼有两个时代诗歌之长，而同时在继承之中还有所创新的这样一种风格。当然，在晚清那个时候，与"同光体"的"三元"之说同时，诗坛上还有所谓"诗界革命"，说这个旧诗应该革命了，旧体诗都是陈谷子烂芝麻陈陈相因，应该把新的东西加进去。所以那个时候就有黄遵宪、梁启超等人倡导的"诗界革命"，他们就把一些新名词、新事物都写到旧体诗里去，当时晚清诗坛的发展就有这么两种趋势。

陈宝琛其人

我们今天要讲的这位晚清诗人，叫作陈宝琛，他是"同光体"诗人里的一个大家。我们说诗歌的发展，有其本身成长的一个过程，不是人力所能转变的，它与中国语言文字的发展和时代的背景有密切关系的。清朝是一个多变的时代，中国跟外国开始接触了，不能够再闭关自守了。而接触的结果，中国就在列强之前表现出软弱和屈服。我们说百年国耻，就是当时发生了很多战争，订立了很多屈辱的条约，清朝最后当然是走向了灭亡，这是时代的必然结果。而就在这样一个大变故的时代之中，文学上却可以融汇唐宋之所长，陈宝琛可以说是当时一个很有代表性的作者，所以我觉得他的诗其实是很值得讨论的，可是一般人很少讲他的诗。

其实在中国晚清的时候，不管是诗还是词，都出现了好几个杰出的作者，留下了很多杰出的篇章，可是就因为他们是处在晚清时代，随着清朝的败亡，时局的改变，他们就成了"遗老"。而在革命刚刚成功，新时代刚刚到来的时候，大家就对这些所谓的"遗老"表示鄙视，认为这些人的身份、品格都是有问题的。这实在是不应该，因为不同时代有不同时代的情况，而一个人在成长中又会受时代的影响，所以这些人都有他们的不得已之处，连王国维也不例外。但是王国维因为在学术上有可观的成就，所以大家还是尊敬他的。至于像陈宝琛、陈曾寿这些人，大家都不谈他们的诗词，而其实他们的诗词都写得非常好。现在我们就看看这个陈宝琛是何等样的人。

陈宝琛字伯潜，号弢庵，晚号听水老人，生于道光二十八年（1848），死于1935年，相当长寿。同治七年（1868）考中进士，二十八岁就进入了翰林院，十年以后又进用为内阁学士，兼礼部侍郎。光绪五年（1879）充为侍讲，侍讲就是给皇帝讲课，而且日讲《起居注》，记录皇帝的生活，以敢于直谏著名。陈宝琛在当时属于所谓"清流"，就是以直言敢谏、批评时政著称。后来发生了中法战争，在安南之役，陈宝琛与曾国荃（曾国藩的弟弟）因为论见相左而"苟且成议"，就是说跟法国谈判订条约的时候，订得比较草率，所以在光绪十年（1884）就被降调去职，他就回到了故乡。陈宝琛的故乡在福建闽侯，他回到福建以后，就投身于教育事业。中国古代很多有名的学者文人，在仕途上不得意的时候就投身教育，所以陈宝琛从官场上下来后，也投身教育事业，创办了福建的优级师范学堂，现在已经被政府确认为福建师范大学的前身，陈宝琛也成了福建师范大学的第一任校长。他在故乡闲居了二十几年，等到宣统继位，才又被召入朝，充经筵讲官。本来曾一度让他任山西巡抚，后来就革命了，所以没有到任。辛亥革命以后他自然就成为遗老，这是没有办法的事情。

据陈三立为陈宝琛所写的墓志铭记述说，当清帝逊位时曾有人劝其退职归隐，陈氏回答说："吾起废籍，傅冲主，不幸遭奇变，宁忍恝然违吾君，苟全乡里，名遗老自诡耶！"陈氏是福建闽侯的世家，陈宝琛的父亲、祖父、曾祖父都是在清朝仕宦的。他的曾祖是陈若霖，曾经做过刑部尚书，兼管顺天府（顺天府就是首都京畿一带），所以蒙皇帝屡赐御书。皇帝的御书当然要很珍惜、很尊敬地保存，所以他家建有"赐书楼"。他的祖父陈景亮曾做过云南布政使，父亲陈承裘做过刑部郎中，都是学仕有成。他家陆续建的还有"还读庐"等五座书楼，人称"陈氏五楼"。"还读"是出于陶渊明的诗，"既耕亦已种，时还读我书"（《读山海经十三首》之一）。中国古代有所谓"耕读世家"，说是达则兼善天下，穷就归隐田园，"既耕亦已种，时还读我书"，所以叫作"还读庐"。

还有"沧趣楼"，"沧趣"出于杜甫的诗，"吏情更觉沧洲远，老大徒伤未拂衣"（《曲江对酒》）。"吏情"，做官的感觉。杜甫的这两句诗是他在首都做拾遗的时候写的，做拾遗就常常给皇帝上奏疏，批评时政，而皇帝当然不肯采纳，所以杜甫很失意。"吏情更觉沧洲远"，官场之中那种逢迎苟且，贪污腐败，使他无法适应，所以就觉得退隐"沧洲"逍遥自在的生活现在离我更加遥远了。

"老大徒伤未拂衣"，他说我年岁老大了，我很悲伤，我怎么就没有拂衣而去呢？所以"沧趣"是"沧洲之趣"，是归隐田园。

还有"北望楼"，"北望"出于李商隐的诗，"此楼堪北望，轻命倚危栏"（《北楼》）。他说，我登上这个楼向北望，可以看见首都，所以我不顾从楼上跌下去的危险，"轻命倚危栏"。所以你看它很妙，它说是"还读"，"既耕亦已种，时还读我书"；"吏情更觉沧洲远"，所以我叫它"沧趣"；可是我虽然是归耕，虽然是向往沧洲的情趣，可是我没有忘怀我们的国家，没有忘怀我们的朝廷，所以我仍然是"北望"。辛弃疾被贬斥不用的时候，就盖了一个田庄，自号"稼轩"，"稼"就是庄稼。他曾为"稼轩"写过《上梁文》，内有句说："抛梁东，坐看朝曦万丈红。直使便为江海客，也应忧国愿年丰。"他说，就算我现在不能为国家做事了，我还关心庄稼，关心人民的生活。

陈宝琛最后还有一座楼，名字叫作"晞楼"。什么是"晞楼"呢？"晞楼"是出自《楚辞·九歌》："与汝沐兮咸池，晞汝发兮阳之阿。""咸池"就是天池，他说我跟你沐浴在咸池，沐浴完了以后，头发都湿了，就在那山脚下，在太阳里把头发晒干。"晞发"其实就是屈原所说的"进不入以离尤兮，退将复修吾初服"。"离"通"罹"，就是"遭遇"；"尤"就是怨尤。说我不能进入朝廷，不但不被朝廷接纳，而且遭遇了怨尤。但是就算朝廷不用我，我退下来还要重新整理、修饰我本来清洁的服饰，所以我们赞美屈原高洁、好修。因此"晞楼"的意思是：就算"进不入以离尤"，我还要保持我的这种高洁和完美。

我们接下再来看陈宝琛。前文我们讲到，辛亥革命后他就成为遗老了，"九一八"事变以后，日本的关东军就开始筹建伪满洲国，所以现在他就面临一个考验。我们说人生常常会经过一些考试，就是在真正碰到人生考验的时候，你选择了哪一条道路。这个时候，就看你能不能分辨是非轻重，知不知道什么是应该做的，什么是不应该做的。所以当时其他的一些遗老，像郑孝胥这些人，就追随溥仪，听从日本人的安排，建立了伪满洲国。而陈宝琛的态度是如何的呢？溥仪不是写过《我的前半生》吗？在这本书中，他说当时当日本关东军要让他做傀儡建立伪满洲国的时候，第一个提出反对的就是陈宝琛。我曾经写过《王国维及其文学批评》，王国维也是卷进这个里边去的，所以对王国维的死，人们都说他是"殉清"，其实不然。

这么多年以来大家一直在争论这些事情，我想他们有他们的难处。你想，陈宝琛从光绪时候就是侍讲，是给皇帝讲书的老师，宣统的时候他身为太师、太保，还是皇帝的老师。王国维也曾经"行走南书房"。你既然跟这个朝廷有这么密切的关系，那么当这个朝廷败亡了，你采取什么态度？所以从感情上说，王国维跟陈宝琛都不能够断然割舍。有人认为这是软弱，说你怎么不跟它划清界限呢？可是我们说真正有人心、有感情之人，既然曾经有过这一段感情，他就没有办法真的割舍去。王国维没有办法完全划清界限，陈宝琛更没有办法完全划清界限。可是他们两个人都是有持守的人，所以当溥仪被日本人带到东北成立伪满洲国的时候，王国维没有去，陈宝琛也没有加入他们。而陈宝琛跟宣统的关系比王国维更密切，他虽然没有加入他们，可是他关心宣统，曾经多次去见宣统，劝宣统要独立自强，不要听日本人的摆布，可是当时已经无可奈何了，所以陈宝琛是处在这样一个情况之下。

前文我们说了，以诗歌的发展而言，晚清时代是中国的旧诗可以有进一步发展的时代，"同光体"诗人对唐宋有一种融汇和继承。而且，以他们的身世、他们的感情而言，处在如此难以言说的一个不得已的时代，他们可以写出什么样的诗来呢？前文我们引过陈衍的《沈乙庵诗集序》，说他们有所谓"三元"说，而陈衍在《石遗室诗话》里，曾经赞美陈宝琛的诗，说他"肆力于昌黎（韩愈）、荆公（王安石），出入于眉山（苏轼）、双井（黄庭坚）"，说他继承了各家的长处。陈三立给陈宝琛的诗集写了一篇序，说他的诗"感物无端，蕴藉绵邈，风度绝世"。"感物无端"，我们前文曾经讲过，"气之动物，物之感人，故摇荡性情，形诸舞咏"，"花落鸟啼，皆与神通"，所以看到落花，他岂能无所感？而且无端的感悟不是你从理性上可以安排、可以说明的，"无端"就是"莫之为而为，莫之致而至"，自然涌起的这样一种感动。"蕴藉绵邈"是指在这个革命的立场之中，他找不到一个立足之地，他这种亡国的悲哀没有办法诉说，所以"蕴藉"，他不能说出来，他有多少感情都没有办法诉说。"绵邈"，就是有这么长远、悠远的味道，可以让读者去寻思，冥想。"风度绝世"，这种风格、这种品度真是绝世的。那么我们现在就来看一看他的落花诗。

陈宝琛《落花》诗赏析

他的《落花》诗一共是四首。现在的人读旧诗已经很困难了，读七言律诗就更困难了，七言律诗是非常精美的体式，它还要讲平仄、讲对偶。而且七言律诗里边往往就会有一些典故，就会有一些出处，这些对青年人来说是最困难的一件事情。但是如果有一天能够看懂了，你就会知道中国的语言文字可以达到一个非常精微美妙的程度，这种语言、这种感情真是精微美妙，而我们通常说的话是何等粗糙，何等浅薄。

其一

楼台风日忆年时，茵溷相怜等此悲。着地可应愁踏损，寻春只自怨来迟。繁华早忏三生业，衰谢难酬一顾知。岂独汉宫传烛感，满城何限事如棋。

其二

冶蜂痴蝶太猖狂，不替灵修惜众芳。本意阴晴容养艳，那知风雨促收场。昨宵秉烛犹张乐，别院飞英已命觞。油幕彩幡竟何用，空枝斜日百回肠。

这是前面的两首，其实我觉得后面两首比前面两首更好。王国维自沉昆明湖的前一天，他的一个学生谢国桢就请求王国维给他写一个扇面，王国维写的就是后面这两首诗。因此这两首诗就引起了很多人的注意，引起了很多人共同的感慨和悲哀。所以像梁启超、吴宓，这些当时名重一时的学者，都写了这两首诗，而且和了这些落花诗。

在晚清的时代，以旧体诗的发展，因着陈宝琛的生活、遭际，才写出来这样低回绵邈的诗歌。七言律诗要用到很多名物，这些名物从哪里来？落花当然是现实中大自然的花落了，但是很多名物还不只是从现实中来的，而是结合了很多出处。这些名物都是词语，都是一些符号、语言，而这些语言、符号都有出处、有典故。而每一个出处、每一个典故，都结合了历史文化的背景，所以这样的诗，意蕴是非常丰富的。我们说诗有"才人之诗"，有"学人之诗"，有"诗人之诗"，当然还有"俗人之诗"，俗人之诗我们就不谈了。"诗人之诗"就单纯地把作者一份真纯的感情和感动写进去就好了；可是"学人之诗"呢，就把作者的学问、修养和品格都写进去了；"才人之诗"，语汇则特别丰富。陈宝琛可以说既是才人，又是学人，又是诗人。我们现在先不讲陈宝琛的这些诗在当时的时代背景之下，它特定的、狭隘的意思是什么，我们先把这些都撇在一边，就直觉地、用我们自己的感觉去面对这些语言符号，先直接地感受一下。

先看《落花》其三：

> 生灭元知色是空，可堪倾国付东风。唤醒绮梦憎啼鸟，冒入情丝奈网虫。雨里罗衾寒不耐，春阑金缕曲初终。返生香岂人间有，除奏通明问碧翁。

"生灭元知色是空"，这真是写得好。诗怎么样才叫好？花落了就是落了，李后主就说"林花谢了春红，太匆匆"，完全是直觉的感觉，不一定要文言，不一定要典故，李后主就用大白话："谢了"。这"谢了"两个字很好，其中有多少惋惜，有多少悲哀！"林花谢了春红，太匆匆"，"谢了"，我看见花谢了，"太匆匆"是我的感觉，李后主写出来也直接地打动了我们。陈宝琛就说"生灭元知色是空"，有生就有死，《圣经》上也说"草必枯干，花必凋残"，一切有生之物尽皆如此。有生就有死，有聚就有散，这是必然的道理，我们都清楚。这个"元"字通"原来"的"原"。"生灭元知色是空"，我早已觉悟，我早已知道，色即是空，宇宙之间的一切色相都是空的，都是要消失的。可是就算你知道，你看得破，有生就有死，有聚就有散，有生就有灭，但是你怎么忍心见到如此呢？"可堪倾国付东风"，"堪"是忍受，"可堪"是问话，你怎么能忍受？你怎么忍心？你怎么能够？他说，我也知道那清朝是必亡的，可是我怎么忍心看着它一步步走向败亡呢？"倾国付东风"，"倾国"出自李延年的诗："北方有佳人，绝世而独立。一顾倾人城，再顾倾人国。"她使一城一国的人都为她倾倒，都甘心为她覆亡。天下事物，给人最强烈的从生到死的感觉的就是花，因为花的生命最短暂，花的生命最美好。"可堪倾国付东风"，这么美好的花，一阵东风就吹落了，你怎么忍心看着这一幕发生呢？

　　"唤醒绮梦憎啼鸟"，它这里有典故，有出处，结合了很多文化的背景，所以说陈宝琛既是才人，又是学人，又是诗人，他都把它运用进去了，所以每一句诗都有那么丰富的内涵。"唤醒绮梦憎啼鸟"，这是用了唐人的诗句。唐朝有一个诗人叫金昌绪，他写过一首《春怨》，说"打起黄莺儿，莫教枝上啼"，说把那只黄莺鸟打起来，不要让它在树上叫，为什么呢？因为它"啼时惊妾梦，不得到辽西"。它一叫就把我的好梦惊醒了。那我梦见了什么？我梦见到了辽西，快要跟那个戍守边疆的、我怀念的人见面了。所以"唤醒绮梦"，这个美好的梦，我跟我所爱的人相见的美梦被惊醒了，所以我恨。"憎"就是讨厌，讨厌这个鸟叫，所以是"唤醒绮梦憎啼鸟"。我们每一个人都曾经有过很多美梦，有事业的梦、爱情的梦，可是说不定哪一天、哪一件事、哪一个人、哪一句话就曾让你梦醒。这句"唤醒绮梦憎啼鸟"意思真的很丰美，它还结合了另外一首诗，就是孟浩然的《春晓》。"春眠不觉晓，处处闻啼鸟"，后两句重要，"夜来风雨声，花落知多少"！所以写诗用典故用出处，一定要用得妙，这首诗的题目是《落花》，当然由"唤醒绮梦"你可以想到"打起黄莺儿，莫教枝上啼。啼时惊妾梦，不得到辽西"，可是这里边跟落花有什么关系？孟浩然的诗说"春眠不觉晓，处处闻啼鸟"，这啼鸟对金昌绪诗中的思妇来说，就是"啼时惊妾梦，不得到辽西"；对孟浩然来说，不但把你的梦惊醒了，你梦醒了所看到的是什么？是"花落知多少"。你的美梦被惊醒，看到的是满地的落花。所以它是两首诗结合在一起的，这是它的文化背景。

　　什么叫"胃入情丝奈网虫"啊？辛弃疾写过一首《摸鱼儿》，说："更能消、几番风雨？匆匆春又归去。惜春长怕花开早，何况落红无数！春且住，见说道、天涯芳草无归路。怨春不语，算只有殷勤，画檐蛛网，尽日惹飞絮。"春天走了，谁能留住？就是那屋檐下蜘蛛的网啊！你看那蜘蛛就是如此多情，它不愿意看到花落到地上去，所以就张了一面网，把那飞落的花都接到它的网里去，"画檐蛛网，尽日惹飞絮"。蜘蛛对落花是如此惋惜和多情，要把它留住，所以那蜘蛛网上的每一根丝都是多情的、感情的丝。"罥入情丝奈网虫"，"罥"就是"网"的意思，把你网在那多情的蛛丝里，这当然是好的事情。"罥入情丝"，你在世界上被罥入了多少情丝，你的家人、你的父母、你的妻子、你的儿女、你的朋友，他们缠在你身上的有多少情丝？你缠在他们身上的又有多少情丝？可是后面三个字"奈网虫"真的是可怕，这个陈宝琛竟然写到这样的地步。他说那个多情的蜘蛛网，它不仅接住了那个落花的花瓣，还有苍蝇、蚊子，还有那些死去的虫子。你说人的感情是可贵的，可是哪一个没有一点缺陷和污点呢？所以人生是可悲哀的，就算你有情丝，人家缠在你身上，你也缠在人家身上，可是每一根情丝有它可宝贵的一面，但是常常也有很无奈的一面，它有它的污点，也有它的欠缺，所以你"罥入情丝奈网虫"。

朱彝尊有一首小词，写到在夜雨的船头上，跟他所爱的人"小簟轻衾各自寒"（《桂殿秋》）。你有你的一床窄窄的褥子，你有你的一床薄薄的被子，你要忍受你的寒冷；另外一个人虽然跟你同在一条船上，可是她有她的一床窄窄的褥子，她有她的一床薄薄的被子，她要忍受她的寒冷。同在一条船上，你们尚且如此，那么同在一个屋檐之下，同在一个教室之中，同在一个家庭之中，也都一样，你有你的寒冷，她有她的寒冷。人生就是如此，人生就是孤独的，人生也是短暂的。怎么样？这样的人生如何？清朝现在灭亡了，人家劝溥仪到东北去建立伪满洲国，你陈宝琛是去还是不去？你去就进入到这个小朝廷污秽的、败坏的、争权夺利的群体之中。"冒入情丝奈网虫"，这真的是写得好，它有这么丰富的内涵，真是"蕴藉绵邈"。这些话你没有办法用白话直接说出来，所以要用诗来写。这里都不是直接的、简单的反射，"冒入情丝奈网虫"，当中就有转折的、更深的意思，还有更哲理的意味。而你一定要有这样的修养，你一定要知道这么多的文化的背景，你才会读出古诗里的滋味。

"雨里罗衾寒不耐，春阑金缕曲初终"，这里结合的典故真是多。陈宝琛真是学人，也是才人，语言这么丰富。"雨里罗衾"出自李后主的《浪淘沙》："帘外雨潺潺，春意阑珊。罗衾不耐五更寒，梦里不知身是客，一晌贪欢。"可是这与落花何干？"独自莫凭栏。无限江山，别时容易见时难。流水落花春去也，天上人间。"这"雨里罗衾"写的是"罗衾不耐五更寒"，它的矛头所指向的是"流水落花春去也"，而它题目是"落花"，所以它真是妙。诗要做到这个地步那真是好，真是"绵邈"，真是"蕴藉"。"罗衾不耐五更寒"，所以"雨里罗衾寒不耐"，"流水落花春去也"，没有办法挽回。"春阑金缕曲初终"也有一个出处，就是杜秋娘的《金缕曲》："劝君莫惜金缕衣，劝君惜取少年时。花开堪折直须折，莫待无花空折枝。""春阑金缕曲初终"，《金缕曲》已经唱完了，所以是"无花空折枝"，句句是落花，它有这么丰富的文化，这么丰富的形象，写得真是美。"返生香岂人间有"，据说是有一种香叫作"返生香"，薰了它可以让死人复活。可人间真有这样的事情吗？死去的能够再复活吗？已经败亡的朝廷，还能在伪满洲国再成立起来吗？哪有这样的事情！"除奏通明问碧翁"，"通明"就是通明殿，是天帝所居；"碧翁"，"碧"是天之色，"翁"是尊称，老天爷。他说，我们除非写一道奏章给天帝，问他为什么，为什么人生这样短暂，这样无常，为什么人生这样的痛苦。这是他的第三首。

再看第四首：

　　流水前溪去不留，余香骀荡碧池头。燕衔鱼唼能相厚，泥污苔遮各有由。委蜕大难求净土，伤心最是近高楼。庇根枝叶从来重，长夏荫成且少休。

"流水前溪去不留"，李后主也说了"流水落花春去也"，流水是永远不会回头流的。读中国的旧诗一定要有足够的文化修养，才能真正领悟诗歌的美。"惟有楼前流水，应念我、终日凝眸"（李清照《凤凰台上忆吹箫》），这楼前的流水是不回头的；"东逝水，无复向西流"，这是贾宝玉说的。"前溪"两个字就可以引起你的联想，乐府诗《前溪曲》说"花落随流去，何见逐流还"，你只看见落花随流水而去，什么时候看见落花随流水回来呢？没有啊！所以"流水前溪去不留"，去了就去了，去了难道就了了？令人无可奈何的是，花虽然落了，流水落花虽然都走了，"余香骀荡碧池头"，可是还留下香气在那里。陆放翁说"零落成泥碾作尘，只有香如故"（《卜算子》），花虽然已经落了，都化在泥土之中了，可是香气还在那里，这是你难以忘却的，是你难以了断的。所以"余香骀荡碧池头"，花已经不在了，可是留下来的香气"骀荡"在那流水边，还在那池头上飘来飘去。

"燕衔鱼唼能相厚，泥污苔遮各有由"，花落了当然就随着流水去了，还可以有什么下场呢？花可以被燕子衔去。周邦彦有两句词："新笋已成堂下竹，落花都上燕巢泥。"（《浣溪沙》）花已经落了，已经是"零落成泥碾作尘"，变成尘土了。"落花都上燕巢泥"，燕子把那个含着落花的泥衔到枝上做成了它的巢。还有就是"鱼唼"，花落在地上，成为泥土的就被燕子衔到巢上去了，如果落在水中呢？就被"鱼唼"。"唼"，唼喋，就是鱼在水中呼吸，嘴巴一张一闭的样子。花落在水中，鱼就对着那个花一吸一吸的。"燕衔鱼唼能相厚"，燕子多情，要把你衔到它的巢上去；鱼也要用它的嘴巴和你唼喋，表示那种亲密，好像它们跟你的感情很亲厚。可是也有些落花的遭遇是"泥污苔遮"，落花落到不同的地方，就会有不同的遭遇。我们看第一首诗，"楼台风日忆年时，茵溷相怜等此悲"，我记得当日楼台的繁华，和风丽日，那么美好，可是花落了，有的落在草地上，有的坠入厕所这种污浊的地方。而不管是落在茵上还是溷中，总而言之都是落了，所以"茵溷相怜等此悲"，是同样的零落。"泥污苔遮"有一个出处，晚唐韩偓的一首诗有这么两句："总得苔遮犹慰意，若教泥污更伤心。"（《惜花》）这朵花落了，如果是落在青苔上，青苔长出来把你遮蔽了，那还算是幸运的；而如果是落在泥里边被玷污，那就更伤心了。"泥污苔遮各有由"，同样的落花，你落到哪里去了，是落在草地上了，还是落在厕所之中？是落在泥上被泥土玷污了，还是落在青苔上被青苔遮蔽了？我们的人生都是寂寞的，都是孤独的，都是悲苦的，当大难到来的时候，各人的遭遇真是不同，你有你的命运，我有我的命运，"泥污苔遮各有由"。

词在清朝同样有很大的转变。我常常讲明末清初的时候，云间派的三大词人，就是李雯、陈子龙，还有宋徵舆，他们都是云间（现在上海松江）人，所以被称为"云间三子"。三个人同样有才华，同样能够作诗、填词、写文章，而且是同在一个乡里的好朋友。但是一旦大难临头，国破家亡之际，他们各自怎么样？陈子龙作为南方起兵抗清的义士，最后是跳水自杀，殉节死难了。李雯因为他父亲在北京做官，他就随他父亲在北京。他父亲在李自成攻破北京城的时候殉节死难了。父亲殉节死难了，作为儿子的，一定要把父亲的灵柩运回故乡，所以他不能够死。他几乎饿死在北京，有人向清廷推荐他，他就降清了。可是他投降是不得已的，他满心都是痛苦，两三年后就死去了，李雯就落得这样一个下场。而宋徵舆比较年轻，当时在南方。清朝统一天下以后，宋徵舆就出来参加科考，在清朝做了官。他们三个人是同乡，同样有才华，又是好朋友，可是一旦大难临头，每个人的遭遇就不一样，走向了三条不同的道路；清朝灭亡了，你是加入革命党，还是跟溥仪到伪满洲国？还是像王国维、陈宝琛一样，无可奈何了？所以是"泥污苔遮各有由"。

"委蜕大难求净土"，"委蜕"就是像那个蝉蜕、蛇蜕一样脱身而去。可是脱身到哪里去？哪里是干净的土地？在那个时代，刚刚革命以后，到处是军阀的混战，到处是列强的窥伺，你能到哪里去？这就是林黛玉说的"天尽头，何处有香丘"？但是"质本洁来还洁去"，我知道人生是短暂的，我知道我要离开，但是我要保持我的一份清白。"伤心最是近高楼"有一个出处，是杜甫的诗："花近高楼伤客心，万方多难此登临。"（《登楼》）花总是要落的，可是高楼外边的花，更让人伤心，因为花如果就这么低低地落下，你看都没看见，可是高枝上的花，"梅落繁枝千万片，犹自多情，学雪随风转"（冯延巳《鹊踏枝》），你看花从那么高的地方飘下来，所以"伤心最是近高楼"，所以"花近高楼伤客心"。而且从陈宝琛来说，还不只是说从"花近高楼伤客心"，可以联想到杜甫的"万方多难此登临"，还不只是如此。当一个朝代衰亡的时候，你应该怎么办？如果你只是一个升斗小民，那么一个朝代的败亡，跟你是没有关系的，谁来了你也照样吃饭穿衣。可是现实中陈宝琛贵为皇帝的老师，身居太师、太保之高位，在这个大变故之中他应该怎么办？所以"伤心最是近高楼"，他跟那个亡清的皇帝溥仪有这么密切的关系，而且他们家世世代代都是在清朝仕宦，现在发生这样的变故，他能怎么样？他没有办法。

"庇根枝叶从来重，长夏荫成且少休"，龚自珍的诗说"落红不是无情物，化作春泥更护花"（《己亥杂诗》之五），你以为花落了就是无情吗？它虽然落了，还要化作春泥，还要在泥土之中滋养、保护这个花。所以他说"庇根枝叶从来重"，花落了，但是还要"化作春泥更护花"。"庇根枝叶从来重，长夏荫成且少休"，他说不但这花是"化作春泥更护花"，而且上边的枝叶也很重要。"长夏荫成"，现在已经是长夏，花都已经零落了，枝叶都长成了，我们这一代尽了责任，也应该消逝了，应该过去了。我们人生都是短暂的，但是文化是久远的，我们要保留、延续我们的文化，这才是重要的。"长夏荫成"，现在枝叶都长成了，绿叶成荫了，只要枝叶存留，只要我们的国家还在，只要我们的文化还在，我们就是有希望的。"且少休"，我们应该退下来了。辛弃疾说："功成者去，觉团扇、便与人疏。"（《汉宫春·会稽秋风亭观雨》）功成者当然就要退了，我们应该做到的事情已经做到了，虽然我们没有做得很完美，但是尽了力，尽了心意。所以你应该看到，这种七言律诗里边的内涵真的是非常精美、非常丰富的。

陈宝琛的《落花四律》是清朝灭亡以后写的，他早些时候还写了《感春四律》，也是传诵一时。《感春四律》写于甲午战争（1894）之后，那一年朝鲜爆发东学党起义，朝鲜政府请求清政府前往"代戡"，就是替他们平定起义，日本就以护送驻朝公使、保护日本侨民为借口，派兵进犯朝鲜，还袭击了清朝的军舰，中日战争爆发，结果清朝战败了。所以1895年1月，清廷就派使者跟日本求和。3月14日，李鸿章一行赴日议和，签订了《马关条约》，割让了辽东半岛和台湾全岛。四代仕清的陈氏家族的家乡是福建闽侯，在地理上与台湾只有一水之隔，而且陈氏家族与台湾在血缘上也是非常亲近（陈宝琛的小妹妹嫁给了台湾望族林维源侍郎的侄子林尔康；而陈宝琛的小女儿，又是林尔康的儿子林熊祥的妻子，所以是两代的姻亲），陈宝琛的父亲又在《马关条约》签订之后不久就抑郁而终。所以当时赋闲在家的陈宝琛，就写了《感春四律》，因此这四首诗是兼有家国之悲慨的。

晚清著名诗人陈曾寿，就是苍虬老人陈苍虬，曾经给陈宝琛的词写过序。陈宝琛的诗集名为《沧趣楼诗集》，词集叫作《听水斋词》，陈曾寿就给陈宝琛的词集写了序言，说"故身世所遭，既为古人所未有"，真的是身经亡国的悲哀，"膺师保之重，遭非常之变"，他担任着太师、太保这样的重任，经历了非常的家国变故，"长图隐其迹，意蕴于心而深隐其句"，他无论是对国家、对朝廷，都怀有很多理想。他在光绪年间立朝的时候，是以直言敢谏著名的，所以他有多少计划，有多少的志意，"意蕴于心而深隐其句"，"虽有沉哀极涕见于诗若词者，多在回曲隐现之间"，都是低回曲折、若隐若现的，都是没有办法明说。像我们前文讲的两首落花诗，他用了多少典故，用了多少丰富的、委曲的感情，是没有办法说出来的，"多在回曲隐现之间"。

《感春四律》赏析

现在我们来看一看他的《感春四律》：

其一

一春谁道是芳时，未及飞红已暗悲。雨甚犹思吹笛验，风来始悔树幡迟。蜂衙撩乱声无准，鸟使逡巡事可知。输却玉尘三万斛，天公不语对枯棋。

其二

阿母欢娱众女狂，十年养就满庭芳。那知绿怨红啼景，便在莺歌燕舞场。处处凤栖劳剪彩，声声羯鼓促传觞。可怜买尽西园醉，赢得嘉辰一断肠。

这是写甲午战争。"一春谁道是芳时"，谁说春天是很好的日子，是美好的季节？"未及飞红已暗悲"，不用等到花落，已经开始悲哀了。那一年的那个时候，慈禧太后正在筹备她六十大寿的庆典，不是说她把海军军费都拿来盖了颐和园吗？所以下一首说"阿母欢娱众女狂，十年养就满庭芳"。当时慈禧太后正在准备她的六十大寿，"那知绿怨红啼景，便在莺歌燕舞场"，就是说转眼之间情势就改变了，所以"处处凤栖劳剪彩，声声羯鼓促传觞。可怜买尽西园醉，赢得嘉辰一断肠"。你还怎么样庆祝你的六十大寿？所以"未及飞红已暗悲"。

"雨甚犹思吹笛验"，这个陈宝琛不是学人吗？所以他喜欢用典故。前文我们讲《落花四律》，里边所引的都是诗人的句子，像金昌绪的诗、孟浩然的诗、李后主的词、杜甫的诗、韩偓的诗等。可是现在呢，他用的都是笔记小说里的一些故事。《述异记》上记了一段故事，说周穆王的时候，大雨不止，泛滥成灾，结果穆王一吹笛雨就停了。所以"雨甚犹思吹笛验"，就是说当时风雨飘摇之际，清朝就梦想了很多办法，觉得可以这样，可以那样，"风来始悔树幡迟"，等到敌人的军舰真的打来，等到自己的军舰真的被打沉了，才后悔没有早早地做好海军的防卫，可是已经太晚了。"风来始悔树幡迟"用的是另一个神话故事的典故，出于《博异志》。《博异志》上说，唐朝的时候有一个人叫崔玄微，他曾经在一个荒废的花园里边住。有一天晚上他看到很多美丽的女子到园子里来，她们一同讨论一些事情，说"封姨"要怎么样怎么样，当时有一个年轻女子就过来请求崔玄微，说某年某月某日，等到风一起，你就赶快在花园里挂上朱幡，就是红色的幡。崔玄微就记着那个女子说的话，到了某月某日，果然有微风起了，崔玄微就赶快在那个园子里立下一个朱红色的幡。结果那天狂风大作，其他地方所有的花都被风吹得零落了，只有他树了朱幡的这个园子里的花没有被吹落。

"蜂衙撩乱声无准"，"蜂衙"出于《埤雅》。《埤雅》上说蜂有"两衙"，换着班保护蜂王，围绕着蜂王飞来飞去。"蜂衙撩乱声无准"，包围在蜂王身边的蜜蜂嗡嗡嗡嗡的，所以是"声无准"。我们知道，蜂王都是女王，所以是暗指慈禧太后，而两衙就是政府里的两派，"蜂衙撩乱声无准"，你这样说，他那样说，政治上争论不休。"鸟使逡巡事可知"，"鸟使"出自《穆天子传》，周穆王去见西王母，西王母有青鸟做她的使者。这是说甲午战争之后，慈禧太后要派这些人去谈判、讲和，可是"鸟使逡巡"，大家都迟疑不前，可想而知事情办得非常失败，所以"鸟使逡巡事可知"。"输却玉尘三万斛"，这是出于《列仙传》。《列仙传》上说天上的神仙赌棋，如果输了，就以玉尘为注，玉尘就是磨碎了的玉粉。"输却玉尘三万斛"，把这么贵重的东西完全输掉了，暗指中国失败，清朝把辽东半岛、台湾全岛完全割让给日本。现在上天也没有办法了，"枯棋"，完全失败了，再也没有办法挽救了，所以"天公不语对枯棋"。

当时大家都是身经甲午战争割地赔款的耻辱，所以看了他的《感春四律》都非常感动，因而传诵一时，可是我个人觉得《感春四律》不如《落花四律》好。《感春四律》也用了很多典故，什么《述异记》《埤雅》《博异志》《列仙传》《穆天子传》等，但是这种典故跟《落花四律》那些不大一样。这些典故用起来是一种讳饰，就是装饰、避讳。比如说到慈禧太后，他就说"阿母欢娱众女狂"，阿母就是指西王母，所以他用这些名词只是因为避讳。那么那些失败的事情，比如两派政党之争论和互相攻击，是"蜂衙撩乱声无准，鸟使逡巡事可知"。所以我认为他在《感春四律》中用的这些典故，只是一种讳饰，就是对那些不能够直言的事情，他就用这些典故来说。可是他的《落花四律》真是内蕴非常深厚的。而且花的生命其实是与人生最为接近的，所以中国古今写落花的诗非常多，"生灭元知色是空"，那写的就不只是一个清朝的败亡，而是写到我们整个的人生。说"唤醒绮梦憎啼鸟，冒入情丝奈网虫"，那也不只是清朝败亡的悲哀，而是我们整个人类生命共同的悲哀。所以同样是用典故，有的就比较狭隘，它只是代表一个什么意思，影射当时一个什么事件；可是如果用得好的话，内容就非常丰美，《落花四律》中的典故就可以给我们非常丰富的联想。

　　上面说过，中国古今写落花的诗非常多，比如《红楼梦》里就有很多的诗词写到落花。但是《红楼梦》里的诗词，虽然在《红楼梦》里是很好的，可是不能够跟一般的、正统的诗词相比。这个差别在哪里？我们现在看一看林黛玉写的《葬花词》，大家就可以知道其间层次的不同。林黛玉的《葬花词》大家都比较熟悉。"花谢花飞飞满天，红消香断有谁怜？游丝软系飘春榭，落絮轻沾扑绣帘"，这是说到花落。"花谢花飞飞满天"，所有的花都落了，满天的飞花。林黛玉还写了什么呢？"怜春忽至恼忽去，至又无言去不闻"，她说我爱惜这个春天，当它忽然间来的时候，我满心欢喜；可是它忽然间就又走了，它来的时候没有一句话，走的时候也没有一句话。她后面又说了："昨宵庭外悲歌发，知是花魂与鸟魂。花魂鸟魂总难留，鸟自无言花自羞。愿侬胁下生双翼，随花飞到天尽头。天尽头，何处有香丘？未若锦囊收艳骨，一抔净土掩风流。质本洁来还洁去，强于污淖陷渠沟。尔今死去侬收葬，未卜侬身何日丧。侬今葬花人笑痴，他年葬侬知是谁？试看春残花渐落，便是红颜老死时。一朝春尽红颜老，花落人亡两不知！"这真是写得非常动人的一首诗，非常直接，非常浅白，它是铺展的，它的点缀、它的修饰很多。但是点缀、修饰很多就反而把这个主题冲淡了，写葬花就是葬花。所以你就知道，在《红楼梦》里边，以林黛玉的身世和年龄，写了这首《葬花词》，曹雪芹是写得非常好。可是跟一般的、正统的诗词相比，它的哲理的深浅、它的那种幽微曲折的言外的意思的多少是有所不同的。

我们讲了陈宝琛的这几首诗，两首《感春》诗，四首《落花》诗，大家就可以认识到，在中国晚清时代，有这么一类诗歌，真是学人之诗、才人之诗，也是诗人之诗。它有很丰富的典故和出处，而这些典故和出处有两种性质，一种只是因为这个政事不能够明言，所以就用一些典故来影射；有的呢，它不但是影射了当时的政事，而且真是写尽了整个的人生。

九

*

阅读视野与诗词评赏

十多年前，我曾写过一篇文稿论纳兰性德的词。纳兰性德也叫纳兰成德，是蒙古裔的满族人，祖籍在东北叶赫地的一条水边。我也是蒙古裔的满族人，我家祖籍也在那里，因此就对这位作者有一种特殊的亲切感。我接触纳兰词是在上初中一年级的时候。那时我读不懂太高深的词，而纳兰的"昏鸦尽，小立恨因谁。急雪乍翻香阁絮，轻风吹到胆瓶梅。心字已成灰"（《忆江南》）等小词很容易懂，所以我就很喜欢。而且，词这种体裁多写美女和爱情，传统旧家庭一般不教女孩子作词，因此小时候我伯父指点我写诗，却不教我填词。而我读了纳兰词之后，觉得词也不是太难写，于是就也开始自己写词。后来我到台湾大学教书，也讲过词，但对纳兰词的兴趣就减少了。那时候我曾经说，诗词的深浅难易有很多不同情况。有的作品宜浅不宜深，在你知识浅的时候读它觉得很好，到你知识深的时候读它就觉得不好了；有的作品宜深不宜浅，在你知识浅的时候读不进去，到你知识深的时候你才觉得它好。像吴文英的词，我年轻时总是读不懂，但后来我就喜欢吴文英的词而不喜欢纳兰词了。可是，此后又经过很长一个阶段，到我和四川大学缪钺先生合写《灵谿词说》的时候，我们把中国整个词的历史发展做了一个回顾，我就发现纳兰性德的词真是如同赤子一样有一种自然真切的流露，这其实是很难得的。所以，对纳兰词的评赏，我是经历了这样三个不同的认识阶段。

于是，我就联想到德国接受美学家姚斯（Hans Robert Jauss）在他的一本书《关于接受美学》（*Toward an Aesthetic of Reception*）中所提出的"阅读的视野"（Horizons of Reading）。姚斯说，"阅读的视野"可以分成三个层次：第一个层次是美感的、直觉的阅读（Aesthetically Perceptual Reading）；第二个层次是反思的、诠释的阅读（Retrospivelly Interpretive Reading）；第三个层次是历史性的阅读（Historical Reading）。就是说，当我们看一篇作品的时候，最初的阅读层次是美感的和直觉的。比如我小时候念李清照的《声声慢》"寻寻觅觅，冷冷清清，凄凄惨惨戚戚"，我从它的声音上得到一种美感，没有反省也不需要诠释，那就是一种直觉的美感。还有像《西厢记》的"门掩着梨花深院，粉墙儿高似青天"，念起来很好听，那也是一种直觉的、美感的欣赏。而所谓反思的、诠释的阅读，是指你对这个作品有一种反省，向更深一层去探寻它的内容、主题和意境。至于历史性的阅读则要了解自作品问世以来前人是怎样诠释它和接受它的，你要集合大家的意见得出你自己的结论。

在《论纳兰性德词》那篇文章中，我曾借阅读视野的这三个层次讲了我对纳兰性德词的三个不同阶段的欣赏。但这里我要讲的不是这篇文章，而是另外一个德国的文学理论家——姚斯的老师葛德谟（Hans-Georg Gadamer），他写过一本书叫《真理与方法》（*Truth and Methods*），书中提到 "Hermeneutic Situation"（诠释的环境）。诠释的环境中最重要的一部分就是所谓 "Horizons"（视野），而对"视野"真正的理解应该是包括个人理解和历史视野（Historical Horizons）的一个合成视野（Fusing of Horizons）。葛德谟所说的这个 Historical Horizons 和姚斯所说的那个 Historical Reading 还不大一样，Historical Reading 是说这个作品出现以来历代对它的接受，是一种历史阅读的水平，而葛德谟所提出的 Historical Horizons 有他的一个理论。他说，作者在创造作品的时候，有他当时的一个环境，用理论的术语来说就叫作"语境"，你要对当时那个历史的语境有所了解，你的诠释才能够比较正确。

然而，接受美学又认为，当一篇作品写成之后变成一个成品呈现在读者面前的时候，那文本（Text）本身就可以产生很多的意思，是一种 Significance 的衍生的意义，而不必然是作者的原意。所以，诠释学还有所谓"诠释的循环"（Hermeneutic Circle）的说法。这"诠释的循环"有两种意思。一种意思是说，如果你不了解其中个别的部分，就不能了解它的全体；但是你不了解它的全体，也就不能了解其中个别的部分。这是一个鸡生蛋、蛋生鸡的问题。另一种意思是说，读者所有的诠释都是从自身出发的，带着很多属于自己的东西，例如自己种种思想的、阅读的背景，生活的体验，经历，生长的环境，个人的色彩，等等，因此读者所得到的诠释其实又回到了自己本身。像王国维在《人间词话》中说南唐中主的"菡萏香销翠叶残，西风愁起绿波间"大有"众芳芜秽美人迟暮"之感，这是由于王国维熟悉屈原的《离骚》。如果没有王国维这种阅读思想的背景，谁会从"菡萏香销"想到"美人迟暮"呢？所以，葛德谟就提出来"Fusing of Horizons"（合成视野）的说法：每个人诠释的环境都是不同的，每个人都带着自己个人的很多背景去阅读，这是一种个人的视野（Personal Unhistorical Horizons）；而个人的阅读背景如果跟作品的历史背景（Historical Horizons）相会合，就有了一个"合成视野"（Fusing of Horizons）。

我现在要举一些例证来说明阅读视野的重要性。唐代李商隐在桂管观察使郑亚幕府为判官掌书记时曾写过一首题为《北楼》的诗：

> 春物岂相干，人生只强欢。花犹曾敛夕，酒竟不知寒。异域东风湿，中华上象宽。此楼堪北望，轻命倚危栏。

李商隐的故乡在河南，当他来到南方的桂林，春天来了的时候，他觉得南方的四季没有北方那么鲜明——我有一年到新加坡去教书也有这种感觉：那里全年的温度都差不多，窗外的花草树木春夏秋冬四季永远不变——古人说，"悲落叶于劲秋，喜柔条于芳春"，可是他现在找不到芳春到来的那种感觉，所以是"春物岂相干，人生只强欢"。那么他怎样勉强寻找一点乐事呢？问题就出现在后边那两句，"花犹曾敛夕，酒竟不知寒"。有一位西方很有名的汉学家刘若愚（James Liu）先生翻译了这首诗，他是这样翻译的：The wine is cold but I have not even noticed it. 他说："我竟然没有注意到酒是冷的。"他的书出版之后，有一位李祁教授给他写了一篇Book Review。李祁教授认为刘先生这个翻译是不正确的，他说，"寒"不是指酒，因为中国人习惯上说"冷酒""冷茶"而不说"寒酒""寒茶"或"酒寒""茶寒"。李教授说"酒竟不知寒"的"寒"不是酒的寒而是气候的寒，译文应是Although I have finished the wine，I do not feel cold.——虽然我喝完了这酒，但是我没有感觉到寒冷。"酒竟"，就是"酒喝完了"。

我以为，他们两位先生的翻译都值得讨论。因为李商隐写这首诗的时候他所要传达的那种感受的重点在前两句已经说明了，是"春物岂相干，人生只强欢"，后边他还说，"异域东风湿，中华上象宽"——桂林是异域不是我的故乡，春天气候是很潮湿的，回想北方到了春天那真是气象万千，所以我怀念我的故乡，因此就"此楼堪北望，轻命倚危栏"。你看那北方春天的到来，就像欧阳修说的，"雪云乍变春云簇，渐觉年华堪送目。北枝梅蕊犯寒开，南浦波纹如酒绿"，由寒冷到解冻，由雪云到春云，一天有一天的变化，一天有一天的消息。我在新加坡讲到中国古诗词伤春悲秋的感情，同学觉得很难理解，因为那里四季都一样，有什么可悲伤的？李商隐说，我要饮酒赏花，勉强地找一点欢乐，我要在这不变化里找到一点变化。李商隐在桂林的诗里写过朱槿花，朱槿花是大朵的红花，朝开夕敛，他说我所找到的唯一一点变化只是朱槿的朝开夕敛而已，所以是"花犹曾敛夕"。你要注意他的虚字，李商隐的诗常常把虚字用得很好。"花犹曾敛夕"的"犹"字，和"酒竟不知寒"的"竟"字是相对的。"犹"是说仍然有这样的，"竟"是说竟然就没有那样。所以，李祁先生译成"I have finished the wine"是不对的。在北方，春天赏花饮酒还不仅因为酒可以增加赏花的情趣，而且因为春寒料峭，借喝酒可以抵挡身外的寒冷。因此你要了解李商隐写诗时的心情。在南方的桂林全然不见北方人感到"相干"的"春物"之变化，但他仍有借看花饮酒以求强欢之意。可是，看花虽然犹可感到朱槿朝开暮敛的一点变化，饮酒之时却全然没有助人酒兴的身外春寒之感，于是他就更加思念故乡。在这里，把"寒"解释成酒寒当然不对，但把"竟"解释成喝完酒也是不对的。

还有一个例证是杨万里的一首诗《过扬子江》：

> 只有清霜冻太空，更无半点荻花风。天开云雾东南碧，日射波涛上下红。千载英雄鸿去外，六朝形胜雪晴中。携瓶自汲江心水，要试煎茶第一功。

他说，现在是一个寒冷的季节，好像天空还有霜气凝结，没有一点吹动芦荻的微风，东南方出现一片蓝天，太阳照在扬子江的江水上。长江在镇江一带古称扬子江，那里有金山、焦山，再向上游就是六朝古都的南京。你一定要懂得这些地方的历史背景，才能知道作者为什么会产生"千载英雄鸿去外，六朝形胜雪晴中"的感发，所谓"大江东去，浪淘尽、千古风流人物"（苏轼《念奴娇》），所谓"长空澹澹孤鸟没，万古消沉向此中"（杜牧《登乐游原》）。千古的风流人物和六朝的繁华，转眼之间就都消失了，而现在是早春季节，刚刚雪霁初晴。有问题的是最后两句："携瓶自汲江心水，要试煎茶第一功。"他说，我要亲自带着一个瓶子在江心汲水，我要试一试这"煎茶"的"第一功"。许多人批评杨诚斋这首诗，说前面写风景写得不错，最后一句完全是凑韵，煎茶有什么功可言？——这是不了解当时历史的背景，缺少一个"Historicity"（历史性）的阅读视野。这Historicity也是葛德谟提出来的，就是说，作者在写一首诗的时候有他整个背景的历史性，你的诠释也必须结合这背景的历史性。要了解杨万里这首诗历史的背景，首先就要考察杨万里生平的编年。他是在南宋光宗时写的这首诗，在那个时候，南宋与北方的金国时战时和，有种种复杂的外交关系。每年正月初一，金国要派一个贺正旦使来给南宋贺新年，那一年杨万里任南宋的接伴使，也就是作为南宋的代表去迎接北方的使者。接伴使跟煎茶有什么关系？只考察杨万里的编年就不够了。南宋诗人陆放翁写过一本书叫《入蜀记》，其中记载说，在金山上有一个亭子叫"吞海亭"，当时南宋的接伴使接待金国的使者，就要在吞海亭上烹茶相见。所以，"携瓶自汲江心水，要试煎茶第一功"是外交，那是一个外交的重要事件。

由此可见，一首诗虽然可以衍生出来很多的意思，但最主要的是你先要读懂这首诗，然后才可以有你自己衍生出来的意思，在没有读懂之前就随便解释，那是不对的。以上，我是从"理解"的层次来谈阅读的视野。要理解一首诗，你有什么样的Reading Horizon是很重要的。可是现在我们要再进一步，从"理论"的层次来谈阅读的视野。

很多同学说，当年你在台大教诗选，现在怎么常常讲词而不讲诗了？确实，近些年我越来越喜欢讲词了。什么缘故？因为诗是言志的，是显意识的，像杜甫《北征》的"皇帝二载秋，闰八月初吉。杜子将北征，苍茫问家室"，什么都说得清清楚楚；《咏怀五百字》的"穷年忧黎元，叹息肠内热"，那份深厚博大的感情令人读起来心里一阵发热，这是诗的好处。但词更微妙，它常常在表面所说的情事以外给读者很丰富的联想。尤其是早期歌词之词的令词，它们差不多都是写美女和爱情的，哪个好哪个坏？哪个意境更深厚、更高远一些？这里边有很微妙的分辨。所以王国维说："词之为体，要眇宜修，能言诗之所不能言，而不能尽言诗之所能言。"（《人间词话》）清代张惠言说："其缘情造端，兴于微言，以相感动，极命风谣里巷男女哀乐，以道贤人君子幽约怨悱不能自言之情。"（《词选序》）"贤人君子幽约怨悱"还"不能自言"之情是一种什么情？这是很妙的。词所说的情不是直说的，不是显意识的，它都含蓄在里边，能够引起你很多的兴发感动。为什么小词会形成这种微妙的特质？我在小时候读纳兰性德的词，完全是一种直觉的、美感的阅读，但我从1945年开始教书，教了半个多世纪，慢慢就发现小词有一种微妙的引人生言外意蕴之联想的作用。当然，古人也不是没有发现小词的这种作用。北宋李之仪有一篇《跋吴思道小词》，就曾说小词"语简而意深"，"言尽而意不尽，意尽而情不尽"；张惠言也说小词是"兴于微言，以相感动"。小词没有诗中那些高谈阔论的大道理，只是一些描写美女、爱情的无足轻重的"微言"，可是大家都感到里面有某些东西。怎样把这些感觉到的东西表述出来？张惠言就说："盖诗之比兴、变风之义，骚人之歌，则近之矣。"（《词选序》）"则近之矣"就是"大概差不多了"，因为他找不到一个Term，一个术语来说明这种作用。王国维也感觉到了词的这种特色，也说不出来，所以就提出来一个"境界"。但他自己又把"境界"这个词用得很混乱，说诗里边的情景也是境界，成大事业、大学问的几个层次也是境界。他同样也没有找到一个合适的Term来说明词的这种作用。

　　我以为，小词之所以形成这种微妙的作用，是由于它有两个特点。第一个特点是它的"双性人格"，这是从《花间集》就开始了的。花间词用女子形象和女子语言来描写女子的感情，但其作者都是男性。如温庭筠的"懒起画蛾眉，弄妆梳洗迟"（《菩萨蛮》），本是写一个女子起床梳妆、画眉、簪花、照镜、穿衣，张惠言却说它有"离骚初服"之意，为什么？因为屈原也曾以女子自比，说"众女嫉余之蛾眉兮，谣诼谓余以善淫"。而且，当男子求取功名仕宦而不得的时候，其感情与女子那种"弃妇"（Abandoned Women）的感情也有某种暗合之处，所以他们喜欢以失落了爱情或追求爱情而不得的闺中怨妇自比。例如曹子建就曾说："君若清路尘，妾若浊水泥。浮沉各异势，会合何时谐。愿为西南风，长逝入君怀。君怀良不开，贱妾当何依。"（《七哀诗》）这是一种"双性人格"的特点。小词的另一个特点，是"双重语境"。早期文人词产生于西蜀与南唐，相对于五代乱世的中原而言，西蜀与南唐的小环境是安乐的，是可以听歌看舞的；但从大环境来看，北方对它们这些小国有强大的威胁。南唐在中主李璟时就已经处在北周的威胁之中，所以中主李璟的小词《浣溪沙》虽然是写给乐师王感化去唱的思妇之词，其"菡萏香销翠叶残，西风愁起绿波间"却令王国维联想到"众芳芜秽"和"美人迟暮"；冯延巳《蝶恋花》的"日日花前常病酒，不辞镜里朱颜瘦"，饶宗颐先生说是"鞠躬尽瘁，具见开济老臣怀抱"。南唐是一个必亡的国家，作为宰相的冯延巳，内心有沉重的负担，朝廷中又有主战、主和的纷争，他有许多抑郁和痛苦是无法对别人说的，而这些无法说清的东西居然就在写美女和爱情的小词里无心地流露出来了，这正是小词微妙的作用。

正由于小词有这种"双性人格"和"双重语境"的特点，所以就自然地形成了一种要眇幽微的美感特质。对于小词的这一特质，中国传统的说词人找不到一个合适的话语来说明，就想到了"比兴寄托"。但比兴寄托是显意识的，屈原、曹子建都是有心去比喻，而且那些比喻都是有固定所指的，是被限制的、死板的、约定俗成的。而小词则完全是一种无意识的流露，是自由的、发展的、不断增长的、引起读者多重想象的。为了说明小词的这种作用，我也找了一个名词，那就是西方接受美学家伊塞尔在他的一本书中提出来的"Potential Effect"（潜能），一种潜在的可能性。它不是比兴寄托，不是有心的安排，是一种无心的流露。而这 Potential Effect 又是从何而来呢？有的时候，它来自"语码"（Code）的作用。有的时候，它来自"显微结构"（Microstructure）的作用。什么是显微结构？比如桌子有四条腿，有方的，有圆的，这是它整体的、外表的结构；而它是黄杨木还是樟木的？它的纹理是横的还是直的？它摸上去是平滑的还是粗糙的？那就是它的显微结构了。"菡萏香销翠叶残"如果改成"荷花凋零荷叶残"行不行？从表面看起来好像没什么区别。但后者的"荷花""荷叶"完全是写实的，不给人以言外的联想；而前者就不同了。"菡萏"出于《尔雅》，它是古雅的，与现实之间有一个美感的距离；"翠叶"的"翠"不仅是颜色，还使人联想到翡翠、珠翠那些贵重的东西。在这里，"菡萏"的古雅、"翠叶"的贵重、"香"的芬芳，所有的名词都指向一种本质的高贵美好，但连接它们的动词是什么？是"销"和"残"，那是一种无情的摧毁。所以这一句才会让王国维联想到了《离骚》的"众芳芜秽"和"美人迟暮"。

因此，小词之所以引起读者的许多感动和联想，是因为它具有很多微妙的作用——"双性人格"的作用、"双重语境"的作用、"语码"的作用、"显微结构"的作用等。这都属于"阅读视野"的理论层次。再比如，我现在可以结合西方理论来解释小词的这些作用，是因为我生在现在这个时代，而且我在国外多年；但在张惠言的时代，他就没有这个条件，所以也就难以对小词的作用做出更深入的阐释。这也是由于阅读视野的不同。由此我们可以看到，"阅读视野"和诗歌的评赏是有着密切关系的。一个是在"理解"的层次，你首先要能够读懂这首诗才能够评赏它，这我已经举了李商隐和杨万里两首诗的例子。另一个是在"理论"的层次，"阅读视野"的开阔使你能够更具逻辑性和思辨性，更深入地来说明一些问题。

（安易整理）